KB240820

지혜롭게
공부하는
비결

지혜롭게 공부하는 비결

펴낸날 | 2004년 3월 2일 초판 1쇄
       | 2004년 3월 15일 초판 2쇄

지은이 | 박인성
펴낸이 | 이태권
펴낸곳 | 소담출판사
       서울시 성북구 성북동 178-2 (우)136-020
       전화 | (02)745-8566   팩스 | (02)747-3238
       홈페이지 | www.dreamsodam.co.kr
       e-mail | sodamQ@dreamsodam.co.kr
       등록번호 | 제2-42호(1979년 11월 14일)

© 박인성, 2004
ISBN 89-7381-541-5 03810

● 책 가격은 뒤표지에 있습니다.

sodamQ

세상에 힘든 것을 좋아하는 사람은 없다. 누구나 편한 것을 좋아하기 마련이다. 공부하는 것보다는 노는 것이 더 좋고, 일하기보다는 자고 쉬는 것이 더 좋으며, 힘들게 머리 써서 읽어야 하는 고전 문학보다 쉽게 읽히는 만화책이나 무협지가 더 눈에 들어온다.

그렇지만, 중요한 것은 그것이 어려운가 혹은 쉬운가 하는 문제는 아니라고 생각한다. 중요한 것은, 쉽든 어렵든 그 일을 하고 난 뒤에 내게 무엇이 남으며, 그 일이 어떤 가치를 지녔는가 하는 것이다.

최선을 다해 시험을 준비하는 것은 결코 쉬운 일이 아니지만, 힘든 과정을 통해서 자신이 만족할 만한 결과를 얻게 되었을 때 느낄 수 있는 보람은 아무에게나 주어지는 것이 아니다.

따라서 우리에겐 두 가지가 필요하다. '바라보아야 할 대상' 과 '그 대상을 향해 꾸준히 달려갈 수 있는 끈기' 가 바로 그것이다. 바로 '꿈' 과 '인내' 라 할 수 있다.

꿈이 있는 사람은 빛을 가진 사람이다. 반대로 꿈이 없는 사람은 어둠에 싸여 있는 사람이다. 나도 한때는 어둠에 싸여 있을 때가 있었다. 하지

만 나의 삶에 대해, 그리고 내가 가야 할 길에 대해서 꿈과 소망이 생겼을 때, 나는 더 이상 어둠 속에 있지 않았다. 그후로는 아무리 힘든 일이 있을지라도 참아내고 견뎌낼 수 있었다.

꿈이 있다면, 그 다음 할 일은 꿈을 향해 매일 한 걸음씩 나아가는 일이다. 더도 덜도 말고 한 걸음씩 쉬지 않고 꾸준히 걸어가는 일이다.

가슴속에 꿈이 있는 사람은 하루라도 쉬는 법이 없다. 그는 꼭 그 길을 걸어가야 한다는 것을 알고 있고, 또 걷고자 하는 굳은 마음이 있기 때문이다. 이때 인내가 필요하다. 참아낼 수 있는 마음, 견뎌낼 수 있는 마음이 필요하다.

나는 여러분이 가치 있는 꿈을 가슴에 품은 사람, 그리고 그 꿈을 위해서 인내하며 살아갈 수 있는 사람이 되길 바란다. 그리하여 언젠가는 아름답게 꽃을 피울 수 있기를 바란다.

박인식

Contents

Prologue 10

Part 5 이제 나는 수험생

Prologue

시간은 물처럼 흘러간다. 한번 흘러가면 다시는 되돌아오지 않는다. 그렇기 때문에 우리들 삶의 아주 짧은 순간조차 매우 소중하다.

고등학교에서 보내는 3년의 시간도 마찬가지다. 어쩌면 그 어느 때보다 중요하다 할 수 있다. 한 사람의 운명을 결정지을 수도 있는 시간이 아닌가.

흔히 사람들은 고등학교 3년 동안은 한눈 팔지 말고 오로지 공부만 하라고 조언한다. 학생 신분에서는 공부가 가장 중요하다는 것이다. 또한 고등학교 3년이 공부해야 할 가장 중요한 시기라는 말도 빼놓지 않는다.

나 역시 이러한 조언에 수긍하고 동의한다. 하지만 이런 조언을 하는 사람들이 간과하고 있는 것이 있다. 고등학생에게 공부가 가장 중요한 것은 사실이지만, 학생도 사람이라는 점이다. 설사 아무 생각도 하지 않고 공부만 할 수 있다 하더라도, 삶에서 가장 소중한 시기인 고등학교 3년의 시간을 공부하는 데에만 죄다 써버리는 것은 결코 현명한 일이 아니다.

이 책은 앞으로 고등학교 3년 동안 여러분이 어떤 마음을 가지고, 어떻게 공부해야 하는지에 대해서 이야기할 것이다. 그리고 내가 겪었던 많은 경험과 생각을 여러분과 허심탄회하게 나눌 것이다.

무엇보다 이 책의 궁극적인 목적은, 여러분이 앞으로 자신에게 주어진 시간을 좀더 가치 있게 보내도록 이끄는 데 있다. 따라서 여러분이 의미 있고 후회 없는 시간을 보내는 데 작은 도움을 줄 수 있다면, 이 책은 자신의 임무를 충실히 수행한 셈이 될 것이다.

고등학교 졸업식 날, 그리고 그 이후에도 고등학교 시절을 되돌아보았을 때 남아 있는 것이 후회와 안타까움이 아니길 바란다. 스스로에게 떳떳할 뿐만 아니라, 결과가 어찌됐든 무엇보다 소중한 시간이었노라고 당당하게 말할 수 있길 바란다. 최선을 다한 아름다운 시간이었노라고 말이다.

이제 나와 함께, 여러분보다 몇 년을 앞질러 경험했던 그 소중한 시간 속으로 여행을 떠나보자.

Part 1

마음으로 하는 공부

Part 1

나에게 쓰는 편지

먼저 꿈을 가져라

시간의 가치

"나는 완벽하지 않다.
나에게는 부족한 면이 많다.

지금까지 살아오면서 실수도 많이 했고, 잘못도 많이 저질렀기 때문에, 현재의 내 모습에 스스로 책임을 져야 한다는 사실을 인정한다.

그렇지만 아직도 내게 많은 기회가 있음을 안다. 지금까지 내가 어떻게 살아왔든간에 나에게는 새로운 오늘이 허락되었다. 이제 내게 가장 중요한 것은 어제 어떻게 살았느냐가 아니라, 오늘을 어떻게 살아가느냐 하는 것이다.

나는 나 자신의 무한한 잠재력을 믿는다. 비록 지금은 초라하고 부족해 보이지만, 내 잠재력을 조금씩 발휘한다면, 한 걸음씩 나아간다면, 언젠가는 전혀 새로운 내가 되어 있을 것이다.

나는 세상에서 가장 중요하고 가치 있는 존재다.

그렇기 때문에 하루하루를 더욱 의미 있고 가치 있게 살아갈 것이다.

내일 일은 알 수 없다. 다만 내게 허락된 오늘 하루에 감사하며 최선을 다해 살아갈 뿐이다."

나에게 쓰는 편지

난 잃어버린 나를 만나고 싶어

모두 잠든 후에 나에게 편지를 쓰네

내 마음 깊이 초라한 모습으로 힘없이 서 있는 나를 안아주고 싶어

난 약해질 때마다 나에게 말을 하지 넌 아직도 너의 길을 두려워하고
있니

나의 대답은 이젠 아냐

언제부턴가 세상은 점점 빨리 변해만 가네

나의 마음도 조급해지지만 우리가 찾는 소중함들은 항상 변하지 않아

가까운 곳에서 우릴 기다릴 뿐

때로는 내 마음을 남에겐 감춰왔지

난 슬플 땐 그냥 맘껏 소리내 울고 싶어

나는 조금도 강하지 않아

— 신해철의 〈나에게 쓰는 편지〉 중에서

초등학생 때 신해철이 부른 〈나에게 쓰는 편지〉라는 노래를 참 좋아
했다. 어렸던 탓에 가사의 내용을 다 이해할 수는 없었지만, 이 노래를
들으면 마음속에 알 수 없는 떨림이 일고 했다.

그리고 고등학교에 들어와서는 노랫말처럼 매일 나에게 편지를 썼다.

정확히 말하자면 일기를 썼다. 편지 형식을 띠지는 않았지만, 내 마음을 진솔하게 담았다는 점에서 내게로 발신된 편지나 다름없었다. 너무 힘들어서 그 무엇도 나를 위로해 줄 수 없다고 믿었던 그때, 나는 마음속의 풍경들을 있는 그대로 글로 옮겨 적으면서 위안과 용기와 희망을 얻을 수 있었다.

자신에게 띄우는 편지를 한번 써보자. 자신의 마음을 향해 하고 싶은 얘기들을 해보는 거다. 슬프고 괴로운 일이 있다면 있는 그대로 털어놓고, 걱정되고 불안한 일이 있다면 그것도 솔직하게 얘기하자.

아무에게도 할 수 없었던 얘기들을 편지로 쓰다 보면, 자신의 마음을 있는 그대로 바라보고 생각하는 시간을 가질 수 있다. 그러면 아무리 복잡했던 마음이라도 조금씩 정리되는 걸 느낄 수 있을 것이다.

그것이 바로 학습의 출발점이다. 먼저 나 자신의 마음을 정리하고 나서야 무엇을 하든 제대로 시작할 수 있다. 명심하라! 자신을 되돌아보는 시간이 필요하다는 것을!

 꿈과 현실은 다르다

지금 여러분의 눈앞에 마술 램프의 요정이 나타났다고 가정해 보자. 그리고 소원을 한 가지 들어주겠다고 말한다면, 여러분은 어떤 소원을 말하겠는가? 아마도 한참을 고민한 뒤에 자신이 평소 꿈꾸어 왔던 무언가를 말할 것이다. 현실에서는 이룰 수 없었던 바람을 말이다.

우리는 보통 꿈을 말할 때 현실적으로 실현되기 어려운 것을 이야기한다. 되고는 싶은데 될 수 없거나, 가능성이 매우 적은 것을 꿈이라고 말한다. 그러나 현실적으로 이루어질 수 없는 꿈은 참된 꿈이라 할 수 없다. 이룰 수 없는 것, 머릿속에서만 가능한 일들은 상상이나 공상에 지나지 않는다. 현실을 있는 그대로 바라보는 것, 진짜 꿈다운 꿈을 꾸는 것은 그래서 중요하다.

아이들에게 꿈을 물어 보면, 자기가 제일 하고 싶은 것을 이야기한다. 축구 선수라든가 연예인, 우주비행사, 가수, 대통령 등등. 아이들에게는 자신이 정말 그렇게 될 수 있으리라는 가능성이나 현실적인 조건 따위는 중요치 않다. 그저 되고 싶은 것, 자기가 꿈꾸는 것을 말할 뿐이다.

그렇지만 고등학생은 그럴 수 없다. 마냥 꿈만 꾸며, 현실을 직시하지 못해서는 곤란하다. 그럼에도 대다수의 친구들이 1학년 때는 막연히 자기가 좋아하는 대학 혹은 인기 있는 학과에 진학하기를 꿈꾸다가, 수능을 보고 나면 결국 점수에 맞춰서 대학을 가는 게 현실이다.

여러분도 그렇게 되기를 바라지 않는다면, 가능한 한 빨리 자신이 처한 현실을 냉정하게 바라볼 줄 알아야 한다. 나의 장점은 무엇인지, 단점은 무엇인지, 현재 나의 수준은 어떤지, 습관은 어떤지, 내가 원하는 점수에 도달하기 위해서는 어떤 노력이 필요한지, 또 앞으로 어떤 식으로 공부해 나가야 하는지 마음을 열고 현실을 바라보는 노력을 기울여야 한다.

그렇게 현실을 직시하게 되면 여러분은 진정한 꿈을 찾을 수 있을 것이다. 내가 노력하면 이룰 수 있는 꿈, 최선을 다하면 현실로 만들 수 있는 꿈을 발견하게 될 것이다.

나는 여러분 모두가 자신의 꿈을 이룰 수 있길 바란다. 그 때문에 여러분에게 현실에서 실현 가능한 꿈, 이룰 수 있는 목표를 세울 것을 당부한다. 아무리 노력해도 이룰 수 없는 꿈을 세워놓고 현실의 벽에 부딪혀 실망하고 낙담하는 어리석은 일을 하지 않았으면 한다. 자신을 있는 그대로 인정하고, 거기에 맞춰서 실현 가능한 꿈을 세우는 것이야말로 자신을 위해 할 수 있는 가장 현명한 투자다.

 ## 먼저 꿈을 가져라

사람들이 보통 꿈과 관련해 착각하는 게 하나 있다. 꿈을 직업과 동일시한다는 사실이다. 그런 점에서 참다운 꿈에 대해 좀더 이야기를 해야 할 듯싶다.

꿈은 어떤 일을 할 것인지보다는, 어떤 존재가 될 것인지와 깊은 관련이 있다. 그러나 세상은 어떤 일을 하느냐에 따라 그 사람을 판단한다. 즉 직업을 가지고 사람을 평가하는 것이다. 그렇다면 큰 회사의 사장이라는 지위가 혹은 명문 대학 교수라는 신분이 꿈을 이룬 삶, 가치 있는 삶을 결정짓는 유일한 요소일까? 반대로 보잘것없어 보이는 직업을 가진 사람들은 모두 실패한 인생일까?

결코 그렇지 않다. 비록 남들 보기에 보잘것없어 보이는 일을 하고 있을지라도 삶 속에 기쁨과 즐거움이 있고, 자신의 삶에 진지한 관심과 애정이 있는 사람이라면, 그 사람이야말로 진정으로 성공한 사람이라고 말할 수 있다. 나는 그렇게 믿고 있다. 그리고 여러분이 이런 사실을 마음으로 받아들이길 바란다.

우리는 앞으로 공부와 관련해, 어떻게 하면 효율적으로 학습 계획을 세우고, 또 그것을 성취하기 위해서 어떻게 해야 하는지에 대해 얘기해 나갈 것이다. 하지만 그 전에 반드시 알아 두어야 할 것이 있다. 결코 그 것이 전부가 아니라는 사실이다.

내가 아는 사람 중에 아버지가 물려주신 돈으로 게임방을 차리는 게 꿈인 사람이 있었다. 그래서 그는 공부에 그다지 열성을 보이지 않았다. 게임방 주인이 되는 데 돈만 있으면 됐지, 공부는 중요하지 않다는 게 그의 생각이었다. 틀린 생각은 아니었다. 게임방을 하고 싶은 사람이 실제로 게임방을 차리는 것을 나쁜 일이라 할 수는 없다.

하지만 그걸 꿈이라고 말할 수는 없다. 그건 단지 그가 선택하고픈 직업인 것이다. 마찬가지로 단순히 변호사가 된다든가, 의사가 되고 싶다는 것도 꿈이라고 할 수 없다. 중요한 것은 어떤 변호사가 되느냐는 것이고, 변호사가 되어 무엇을 어떻게 하느냐 하는 것이다. 실제로 성공했다고 평가되는 많은 사람들 중에 높은 지위에는 올랐지만 남들로부터 그 지위에 걸맞는 존경이나 인정을 받지 못하는 경우를 우리는 자주 볼 수 있다. 그저 높은 지위에 오르고 돈을 많이 버는 것 자체가 목표가 되어 버린다면, 그 사람은 결코 참다운 성공을 이루었다고 할 수 없다.

세상은 참된 꿈과 애정을 가진 사람을 원한다. 여러분이 어느 자리에 있든지 참된 꿈을 가진 사람이 되길 바란다. 또한 꿈을 이루기 위한 과정으로, 지금 자기 앞에 주어진 과제를 게을리하지 않는 학생이 되길 바란다.

나는 여러분에게 자신의 꿈에 대해 차분히 생각해 보는 시간을 가질 것을 권한다. 앞으로 어떤 사람이 되고 싶은지, 어떻게 살아야 하는지, 그리고 내게 정말 소중한 것이 무엇인지 모색해 보는 시간이 필요하기 때문이다. 여러분이 공부에 앞서 이러한 고민들을 충분히 해둔다면, 앞으로 해야 할 공부의 의미와 의의를 보다 확실하게 새길 수 있을 것이다. 그리하여 더욱 보람 있고 힘차게 공부해 나갈 수 있을 것이다.

사람은 이미 이루어진 '있음의 존재(being)'가 아니라 목표를 이루어 가는 '됨의 존재(becoming)'이다. 우리는 완성된, 결정되어 버린 존재가 아니라 얼마든지 달라지고 변해갈 수 있는 존재이다. 그리하여 때로 현재의 약점이 내일의 장점이 되기도 하고, 지금의 노력 여하에 따라 얼마든지 다른 인생을 살게 된다는 것을 명심하자.

인생에서 공부는 전부가 아니라 기본이다

내가 열심히 공부할 수 있었던 가장 큰 이유는 단 한 번뿐인 삶이 너무나 소중했기 때문이다. 소중한 삶을 아무렇게나 보낼 수 없었고, 다시 돌아올 수 없는 귀중한 시간을 대충 편한 대로 지내는 것은 옳지 않다고 믿었기 때문이다. 또한, 지금 내가 할 수 있는 일 중에서 공부가 가장 중요한 일이라는 것이 분명했기에, 보다 의미 있는 삶을 위해 최선을 다해 공부했던 것이다.

나무를 심고 꽃을 가꾸는 것이 가치 있는 일인 것처럼, 노력해서 무언가를 배우고 세상을 알아가는 일, 다시 말해서 우리 자신을 계발하고 가꾸어 나가는 작업은 인생에서 꼭 필요한 과정이며 가치 있는 과업이라고 생각한다.

물론, 가치 있는 일 중에 공부만 있는 것은 아니다. 세상에 가치 있는 일은 아주 많다. 친구와 나누는 대화, 운동, 음악 감상, 산책 그리고 그밖에도 무수히 많은 삶의 경험과 생각 속에서 우리는 가치 있는 일들을 경험할 수 있다.

어떤 사람들은 자신에게는 공부보다 더 소중한 것이 있기에 공부에 얽매이지 않겠노라고, 자유롭게 살겠노라고 말한다. 물론 그러한 확신이 있어서 믿고 행동한다면, 난 그 사람을 지지해 줄 용의가 있다. 하지만 그 전에 한번 묻고 싶다. 진정 그것이 더 소중해서, 정말 그 일이 가장 가치 있고 의미 있는 일이라는 확신이 있어서 그렇게 행동하는 것인가? 아니면 사실은 그저 하기 싫고 어려운 것을 피해 가려는 핑계나 자기 회피는 아닌가?

더 이상 변명거리를 만들지 않길 바란다. 당장은 마음이 편할지 몰라도 스스로에게 떳떳하지 못한 일이다. 누군가 이런 이야기를 했다.

"공부가 인생의 전부는 아니다. 그러나 삶에서 공부조차 다스릴 수 없다면, 도대체 무슨 일을 할 수 있겠는가?"

나는 내게 주어진 삶이 너무나도 소중했기에 최선을 다해서, 내 모든 것을 투여해 공부했다. 공부가 인생의 전부는 아니다. 하지만 그것이 인생의 기본은 될 수 있다고 생각한다.

나에게 있어 고등학교 3년은 정말 잊을 수 없는 시간들이었다. 비단 공부에 대한 스트레스뿐 아니라, 삶에 대한 고민, 어려운 가정 형편, 친구 관계 등 많은 문제들로 고민할 수밖에 없었고 그러기에 매우 힘들었다. 그렇지만 돌이켜보면 그 고난의 시간들은 보약 같은 시간이었다. 그 투쟁의 시간들, 그때 품었던 열정과 고민들이 나 자신을 변화시키는 원동력이 되었고, 나로 하여금 조금 더 성숙할 수 있게 도와주었기 때문이다.

여러분에게도 고등학교 3년이 의미 있는 시간이 되길 바란다. 그리고 평생을 살아가는 데 버팀목으로 삼을 수 있는, 가치 있는 시간이 되길 바란다.

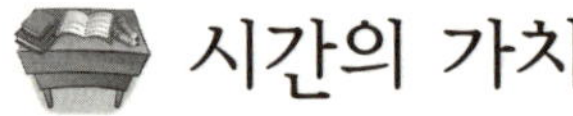 시간의 가치

매일 아침 당신에게 86,400원을 입금해 주는 은행이 있다고 상상해 보세요. 그러나 그 계좌는 당일이 지나면 잔액이 남지 않습니다. 매일 저녁, 당신이 그 계좌에서 쓰지 못하고 남은 잔액은 그냥 지워져 버리죠.

당신이라면 어떻게 하시겠어요? 당연히!! 그날 모두 인출해야겠지요.

시간이란 것은 마치 이런 은행과도 같습니다. 우리는 매일 아침 86,400초를 부여받고, 우리가 좋은 목적으로 사용하지 못하고 버린 시간은 그냥 사라질 뿐이죠.

잔액은 없습니다. 물론 더 많이 사용할 수도 없고요.

매일 아침, 은행은 당신에게 새로운 돈을 넣어 주지만, 매일 밤 그날의 잔액은 남김 없이 불살라집니다. 그날의 돈을 다 사용하지 못했다면, 손해는 오로지 당신이 보게 되는 거죠. 돌아갈 수도 없고, 내일로 연장시킬 수도 없습니다. 단지 오늘 현재의 잔고를 갖고 살아갈 뿐입니다.

건강과 행복과 성공을 위해 최대한 사용할 수 있을 만큼 돈을 뽑아 쓰십시오. 지나가는 시간 속에서, 우리는 주어진 하루에 최선을 다해야 합니다.

일 년의 가치를 알고 싶다면, 고시에 낙방한 학생에게 물어 보세요.

한 달의 가치를 알고 싶다면, 미숙아를 낳은 산모를 찾아가세요.

한 주의 가치는 신문 편집자들이 잘 알고 있을 것입니다.

한 시간의 가치를 알고 싶다면, 사랑하는 이를 기다리는 사람에게 물어 보세요.

일 분의 가치는 열차를 놓친 사람에게, 일 초의 가치는 아찔한 사고를 순간적으로 피할 수 있었던 사람에게, 천 분의 일 초의 소중함은 아깝게 은메달에 머문 육상 선수에게 물어 보세요.

당신이 가지는 모든 순간을 소중히 여기십시오. 또한, 당신에게 너무나 특별한, 그래서 아까운 시간을 투자할 만큼 그렇게 소중한 사람과 그 시간을 공유했다면 어쩌면 그 시간은 더욱더 소중할지도 모릅니다.

시간은 아무도 기다려 주지 않는다는 평범한 진리를 당신은 아셔야 합니다. 어제는 이미 지나간 역사이며, 미래는 알 수 없습니다.

지금 오늘이야말로 당신에게 주어진 진정한 선물입니다.

그래서 우리는 현재(present)를 선물(present)이라 부르는 것이랍니다.

항상 현재에 충실하세요.

웃을 수 있는 내일을 기약하기 위해서라도…….

—인터넷에서 퍼온 글

Part 2

고등학교 입학 전

Part 2

목표는 높게 잡아라

선행 학습의 최적기, 중3 겨울방학

공부 페이스를 유지하라

"나는 과연 얼마나
잘 해낼 수 있을까?

　고등학교는 중학교와 많이 다르다는데, 내 실력이 고등학교에서는 어느 정도 통할까? 나는 고등학교 수업에 잘 적응할 수 있을까? 많이 힘들지는 않을까?

　적잖이 걱정되고 흥분되는 게 사실이다. 고등학생이 되어서 보다 깊고 어려운 공부를 하게 되고, 또 드디어 대학 입시를 준비해야 할 때가 되었으니 말이다.

　힘들어도 나는 포기하지 않을 것이다. 아니, 더 정확히 말하자면 정말 잘 해보고 싶다. 매순간 최선을 다해서, 그렇게 한 걸음씩 나아가서 내가 꿈꾸는 일들을 이루고 싶다.

　그러기 위해서는 맨 처음 시작이 정말 중요하다고 생각한다. 모두가 똑같이 시작할 때 조금이라도 방심한다면 나중에 따라잡기가 무척 힘들 것이다.

　겸손한 마음으로, 그렇지만 자신감을 가지고 임해야겠다.

　한번 도전해 보자. 이제부터 시작이다!"

고등학교는 중학교와 비슷한 점도 많지만, 여러 가지 면에서 다르다. 가장 큰 차이는 공부에 대한 부담감일 것이다. 고등학교 때의 실력으로 갈 수 있는 대학이 결정되기 때문이다. 그래서 나는 고등학교 입학을 앞둔 여러분에게 마음을 굳게 먹으라는 얘기를 가장 먼저 하고 싶다.

고등학교에 올라가서 지내다 보면, 주위 친구들이 생각했던 것보다 열심히 공부하지 않는 모습을 보게 될지도 모른다. 그렇게 하루하루를 지내다 보면, 그냥 마음 편하게 시간 가는 대로 지내는 것도 괜찮은 일이라는 생각이 들 수도 있다.

하지만 기왕 해야 할 학교 생활이라면, 내가 가진 능력을 최대한 발휘할 필요가 있다고 생각한다. 제대로 준비해서 열심히 노력하면 충분히 더 잘할 수 있는데, 나의 게으름과 안이함 때문에 좋은 기회를 놓쳐 버린다면 너무 안타깝지 않을까? 나중에 자신의 행동에 대해서 큰 후회와 아쉬움이 남지 않을까? 다시는 돌이킬 수 없는 시간들을 되돌아보면서 신세 한탄을 하게 될지도 모를 일이다. 부모님이나 선생님께서 그토록 공부하라고 말씀하시는 것도 사실은 그분들이 이루지 못했던 아쉬움이 진하게 남아 있기 때문인지도 모른다.

그러나 어찌 고등학생이라고 해서 공부만 할 수 있겠는가. 나 역시 공부만 해야 한다는 생각에는 반대다. 사람이 오로지 공부만 하면서 살아갈 수도 없을 뿐만 아니라, 요즘처럼 빠르게 변화하는 시대에는 공부밖에 할 줄 모르는 사람은 원하지도 않는다.

그런데 분명한 것은 고등학생에게는 공부가 우선순위여야 한다는 사실이다. 그렇기 때문에 우리는 항상 공부를 염두에 두어야 하며, 어떤 일을 할 때나 계획을 짤 때, 그것이 공부에 미칠 영향을 생각하고 잘 조정해야 한다. 그것은 학생, 즉 공부하는 신분의 사람으로서 당연히 해야 할 일이다.

그리고 무엇보다 중요한 한 가지! 공부는 마땅히 내가 최선을 다해서 열심히 해야 할 과제라는 확신을 확고히 해야 한다는 점이다. 이러한 확신이 있다면 다른 것들에 대해서는 더 이야기하지 않아도 될 것이다.

목표는 높게 잡아라

어려서부터 어머니께서는 목표는 높게 잡아야 한다고 말씀하셨다. 그래야 목표를 다 이루지 못하게 되더라도 상대적으로 이루어놓은 게 많아진다는 것이었다.

사람은 자신이 꿈꾸는 것, 목표한 것에 맞추어서 노력하고 행동하게 되어 있다. 가령 수학 공부를 할 때 시험에서 70점 맞는 것을 목표로 한다면, 그 사람은 그 수준에 맞추어서 공부하게 될 것이고, 결국 잘 해야 70점 정도의 점수밖에는 얻을 수 없을 것이다.

하지만 지금은 조금 힘들더라도 90점이나 100점을 목표로 잡고 노력한다면, 스스로를 더욱 채찍질하게 되고, 그러다 보면 어느새 목표했던 점수를 얻게 될 것이다. 설사 목표했던 점수를 얻지 못하더라도 80점 정도의 수확은 거둘 수 있을 것이다.

고등학생으로 첫발을 내디디면서, 과연 얼마만큼의 꿈, 기대, 계획을 품고 있는지 스스로를 한번 되돌아보자. 혹시 그저 되는 대로 하면 되겠지, 아니면 내 수준은 원래 이것밖에 안 되는데 하면서 지레 포기하고 있지는 않은가? 만일 그렇다면, 여러분은 지금 큰 실수를 하고 있다. 원래 이것밖에 안 되는 건 세상에 없다. 태어날 때부터 공부 잘하는 아이와 못하는 아이가 정해져 있는 것은 아니다. 누가 얼마나 최선을 다해 노력하고, 다부지게 계획을 실천해 가느냐에 따라 결과는 얼마든지 달라질 수 있다.

머리가 좋고 나쁜 것이 성적에 영향을 줄 수는 있겠지만 그 정도는 아주 미미하다. 궁극적인 결과는 여러분이 어떤 꿈을 꾸면서, 어느 정도의 목표를 세워놓고 노력하느냐에 달려 있다.

고등학교 생활을 시작하는 여러분에게는 새로운 계획, 새로운 기준, 새로운 기대가 필요하다. 꿈을 높게 가지자. 그리고 자신에 대해서 큰 기대를 해보자. 우리에겐 무한한 가능성과 많은 기회가 있기에, 아무리 큰 기대를 한다 해도 결코 지나치지 않다.

 ## 목표 대학과 학과를 정하라

대학 진학을 목표로 공부하는 이상, 어떤 대학과 학과를 가야 할지 미리 정해놓고 전략적으로 노력하는 자세가 필요하다.

아무 목표 없이 그저 성적에 맞추어 대학을 생각해서는 안 된다. 자신이 원하지도 않은 대학이나 학과를 그저 점수 때문에 어쩔 수 없이 간다면, 나중에 반드시 후회하게 된다. 실제로 적잖은 친구들이 자신의 적성이나 의지와는 상관없는 대학이나 학과에 진학해서 적응하지 못하고 방황하는 것을 보았다.

목표를 이루기 위해서는 많은 땀을 흘리고 여러 가지 어려운 상황을 겪어낼 각오를 해야 한다. 노력이나 인내 없이 먹을 수 있는 열매는 이 세상에 없다. 하지만 우리가 열정을 쏟은 만큼, 인내한 만큼 반드시 보상을 받게 되는 것도 세상 이치다. 그러므로 아무런 노력도 하지 않고 편하게 공부하려고 하지 마라. 후일 그것에 대한 보상은커녕 아쉬움과 후회만 남기 십상이다.

아마도 지금은 여러분이 세운 목표와 꿈이 감히 다가가지 못할 이상으로 여겨질지도 모른다. 그러나 언젠가는 여러분의 꿈이 현실이 되는 순간이 올 것이다. 그 순간을 머릿속으로 그리면서 어려운 상황을 참고 이겨냈으면 좋겠다.

그럼 이제부터 희망 학과를 한번 생각해 보자. 학과를 정하는 데 중요한 선택 기준은 다음과 같다.

1. 흥미 · 적성
2. 원하는 직업
3. 성적

첫 번째로 생각해야 하는 게 자신의 흥미와 적성이다. 컴퓨터를 다루는 것을 좋아하고 기술과 관련된 일을 해보고 싶다면, 공대 쪽으로 진학하는 것이 좋다. 그리고 경제와 관련된 분야에 관심이 많고 돈을 다루는 일을 하고 싶다면, 경영학과나 경제학과 쪽으로 진학하는 것이 좋다. 성적에 맞추어서 마음에도 없는 학과를 선택하기보다는 내 적성에는 어떤 학과가 맞는지, 어떤 학과에 흥미가 있는지 꼭 살펴보기 바란다.

다음으로 학과를 선택할 때 중요한 기준은 대학을 졸업한 이후에 어떤 직업을 가질 수 있는가 하는 문제이다. 취업이 점점 더 어려워지고 있는 현실에서 대학 졸업 후의 취업을 고려해서 학과를 선택하는 것은 매우 중요한 요소라고 할 수 있다.

대학 이름만 보고 학과를 선택하는 시대는 이미 지났다. 대학을 불문하고 의대의 커트라인이 높은 이유는, 의대를 졸업하면 의사라는 직업이 보장되기 때문이다. 안경사가 되고 싶다면 안경공학과에 진학하면 되고, 미용사가 되고 싶다면 피부미용과에 진학하면 된다. 자기가 하고 싶은 일이 확실히 정해져 있고 그 마음이 확고하다면, 4년제 대학에 진학하는 것보다는 확실한 기술을 배울 수 있는 전문대에 가는 것이 더 낫다.

마지막으로 자신의 성적을 고려해야 한다. 예를 들어, 성적은 하위권인데 무조건 의대에 가겠다고 고집하는 것은 바람직하지 않다. 내가 하고 싶은 말은, 성적이 낮으면 의대처럼 경쟁률이 높은 학과는 꿈도 꾸지 말라는 이야기가 아니다. 지금은 성적이 좋지 않더라도 노력해서 얼마든지 좋은 결과를 얻을 수 있고, 따라서 의대에 진학할 가능성도 얼마든지 있다.

하지만 현실적으로 의대에 진학하는 것이 무리가 따른다면, 의대가 아닌 다른 길도 고려하는 열린 자세가 필요하다. 의대가 아니면 절대로 안 된다고 고집해 다른 길을 생각해 두지 않을 경우, 나중에 좌절하여 마음의 상처를 입고 더 좋은 기회를 놓칠 수도 있다. 그러므로 학과 선택에 있어서는 자신의 성적과 상황을 있는 그대로 바라볼 수 있는 객관적인 눈이 필요하다.

여기에 덧붙여, 인터넷 등을 통해 학과 선택에 필요한 정보들을 꾸준히 찾아보고, 부모님이나 선생님 그리고 친구들과도 상의해 보기 바란다. 또한 한번 목표를 정했다 하더라도 생각이나 상황이 바뀔 수도 있으므로 마음을 열고 진로에 대해서 고민했으면 좋겠다.

나도 1학년 때는 공대에 진학하려고 마음을 먹었다가 여러 가지 내 적성을 고려해서 2학년 때 의대로 목표를 바꾸었다. 그리고 3학년에 올라가서는 치과에 치료를 받으러 다니면서 치대에 가야겠다고 결심했다.

목표는 조금씩 달라질 수 있다. 하지만 잊지 말아야 할 것은, 어느 순간에든 목표는 있어야 하고, 그 목표를 향해 끊임없이 노력해야 한다는 점이다.

 겨울방학은 선행 학습의 최적기다

고등학교에서 좋은 성적을 얻기 위해서는 중학교 3학년 겨울방학을 잘 활용해야 한다. 어떤 사람들은 고등학교에 들어가서 열심히 하면 된다고 말하기도 한다. 중학교 3년 동안 열심히 공부했고, 지금 아니면 놀

기회도 없기 때문에, 중학교 마지막 겨울방학에는 충분히 놀아야 한다는 말도 잊지 않는다.

그러나 중학교 3학년 겨울방학은 고등학교 공부를 미리 예습하고 준비하는 시기이지, 결코 놀 수 있는 마지막 기회가 아니다. 마음껏 놀고 쉬는 것은 원하는 대학에 합격한 후에도 늦지 않다. 겨울방학 때 부족한 부분들을 보충하고 고등학교 공부를 예습해 두지 않는다면, 고등학교에 들어가서 맞닥뜨리게 될 어려운 학과 내용과 엄청난 공부 양에 당황하고 힘들어할 것이다.

그러면 방학 동안 무엇을, 어떻게 공부할지 본격적으로 이야기하기에 앞서 먼저 수학과 영어의 중요성에 대해 말하겠다.

수학과 영어의 중요성에 대해서는 귀가 따갑게 들어왔다. 하지만 중학교 과정이 복잡한 편은 아니었기에 그 중요성에 관해서 크게 깨닫게 될 계기는 없었을 것이다. 하지만 고등학교 과정은 다르다. 조금만 생각해 보면 그 이유를 쉽게 알 수 있다.

공부를 잘하는 대다수 친구들은 일단 수학과 영어의 기본이 되어 있다. 평소에 공부를 많이 해둔 덕분에 학교 시험 때 영어와 수학에 특별히 신경 쓰지 않아도 좋은 성적을 거둘 수 있다. 그 대신 시험 기간에 다른 과목을 공부하는 데 집중함으로써 다른 사람들보다 효율적으로 시간을 관리하며 공부할 수 있는 것이다.

또한 수리영역에서 점수 차가 많이 나기 때문에, 고득점을 얻기 위해서는 반드시 수학에서 좋은 점수를 받아야 한다. 게다가 수학과 영어는 워낙 공부할 양이 많고, 하루 이틀 공부한다고 해서 성적을 쉽게 올릴 수 있는 과목이 아니므로, 가능한 한 꾸준히 공부해 두어야 한다. 특히 스스로 공부할 수 있는 시간이 많고, 평소보다 여유가 있는 방학 때야말로 영어와 수학을 공부할 수 있는 가장 좋은 기회가 아닐 수 없다.

그러면 이런 기본적인 사실들을 염두에 두고, 구체적으로 무엇을 어떻게 공부해야 하는지 함께 살펴보자.

1. 수학

우선 중학교 수학 내용을 확실히 공부해 두는 것이 가장 중요하다. 수학은 단계적인 과목이기 때문에, 중학교 수학의 기본이 되어 있지 않으면 고등학교를 졸업할 때까지 수학에 자신감을 가질 수 없게 된다. 고등학교 수학을 예습하는 것도 중요하지만, 그보다 먼저 중학교 수학을 복습해야 하는 것은 바로 이 때문이다.

특히 방정식·함수·도형 등 중학교 2, 3학년 때 공부한 내용들 중에서 약한 부분들은 문제집이나 자습서를 통해서 다시 한번 짚고 넘어가도록 하자. 중학교 공부를 제대로 해두는 것이 고등학교 수학을 잘하기 위한 기초임을 잊지 말자.

다음이 고등학교 수학의 선행 학습이다. 선행 학습은 수학10-가, 조금 여유 있게 한다면 수학10-나까지 예습해 두면 충분하다. 선행 학습의 목표는 기본 개념과 핵심을 익히고 유형을 파악해 문제를 푸는 능력을 기르는 데 있으므로, 처음부터 무리하지 말고 자신의 능력에 맞추어 진도를 조절한다.

이렇게 겨울방학 때 선행 학습을 해두면, 학교에서 수업을 들을 때 그 내용을 확실히 이해할 수 있게 된다. 그리고 자율학습 시간에는 응용력이 필요한 어려운 수준의 문제들을 공부하면서 수학 실력을 키워 나갈 수 있다. 그러므로 수학 고득점을 위해서는 선행 학습은 선택이 아니라 필수이다.

그렇다면 어떤 방식으로 수학을 공부할 것인가? 솔직히 혼자서 수학을 공부한다는 것은 쉬운 일이 아니다. 아직 배우지도 않은 내용을 이해하는 것도 어렵고, 게다가 계획에 맞춰 꾸준히 진도를 나간다는 것이 여간 힘든 게 아니다.

그렇기 때문에 방학 때는 과외를 받거나 학원에 다니면서 선행 학습을 하라고 권하고 싶다. 요즘에는 인터넷 동영상 강의를 통해 유명 강사들의 강의를 편리하고 저렴한 비용으로 접할 수 있으므로 인터넷을 통한 학습도 고려해 보길 바란다. 강의를 신청하기 전에 맛보기 강의를 꼼꼼히 들어 보고, 자신에게 맞는 선생님의 강의를 선택하는 지혜가 필요하다.

2. 영어

영어의 경우에는 문법·어휘·듣기·독해의 네 영역을 공부해야 하는데, 방학 때는 특히 문법에 중점을 둘 필요가 있다. 문법은 고등학교에 올라가면 체계적으로 공부할 시간적 여유가 부족하므로, 미리 기본적인 사항을 이해하고 넘어가야 한다.

문법은 너무 깊이 공부할 필요는 없지만, 그렇다고 기본적인 사항조차 모르면 영어 실력을 늘리는 데 한계가 있다. 문법 지식 없이 대충 단어 끼워 맞추기식으로 독해를 해서는 일정 수준 이상으로 실력을 높일 수 없기 때문이다.

문법책은 《맨투맨 기초 영어》를 추천한다. 이 책 수준의 문법만 제대로 공부하면 충분하다고 생각한다. 굳이 너무 어려운 문법까지 공부할 필요는 없으므로 핵심 문법을 보다 깊이 공부하는 방식을 권한다.

또한, 어휘 공부를 위해서는 능률영어사에서 나온 《능률 VOCA 어원편》을 추천한다. 나 역시 중학교 3학년 겨울방학 때 이 책으로 공부했는데, 단어의 어원을 비롯해 다른 단어와의 비교 정리가 잘되어 있어서 어휘의 기본을 다질 수 있었다.

그리고 독해는 《리더스 뱅크》나 《리딩 튜터》의 여러 단계 중에서 자기 수준에 맞는 것을 골라 매일 세 지문 이상씩 꾸준히 공부하는 게 좋다.

3. 국어

국어 공부를 위해서는 무엇보다 독서를 많이 하는 것이 좋다. 독서를 많이 한다는 것은 새로운 생각과 정보를 접하고 배우는 것을 의미한다. 그렇지만 그러한 과정이 결코 쉽지만은 않다. 마음의 에너지를 사용해서 힘껏 노력해야 하기 때문이다.

따라서 독서도 꾸준한 연습이 필요하다. 하루에 적어도 한 장 이상 읽는 것을 생활화해야 한다. 책을 한 장 읽는 것이 무슨 큰 도움이 되겠느냐고 생각하는 사람이 있을 것이다. 그러나 그렇게 실천한 사람과 하지 않은 사람 사이에는 정말 큰 차이가 난다. 물론, 가능하다면 더 많이 읽는 게 좋겠지만, 한 장만 읽는 것도 배우려는 자세와 노력을 요구하는 일이므로 읽지 않는 것에 비해서는 많은 도움을 받을 수 있다.

일단은 문학 작품을 많이 읽어야 한다. 수능에서 문학이 차지하는 부분이 클 뿐만 아니라, 다른 글에 비해서 시나 소설 같은 문학 관련 글이 읽기가 쉽기 때문이다. 이외에도 여러 분야의 다양한 책들, 또 자신이 관심 있는 분야와 실용서들도 읽는다면, 수능 대비도 될 뿐 아니라, 자신의 생각을 키우고 앞으로 목표와 꿈을 정하는 데도 많은 도움을 얻을 수 있을 것이다.

그리고 고등학교에서 요구하는 독해 능력과 문제 수준을 익혀 둘 필요가 있으므로 《누드교과서 비문학편》을 풀어 볼 것을 권한다.

> 추천 도서 Best 10
> 1. 리처드 바크 《갈매기의 꿈》
> 2. 펄 벅 《대지》
> 3. J. M. 바스콘셀로스 《나의 라임 오렌지 나무》
> 4. 생텍쥐페리 《어린왕자》
> 5. 정비석 《삼국지》
> 6. 김용 《영웅문》
> 7. 에리히 프롬 《사랑의 기술》
> 8. 데일 카네기 《카네기 인간관계론》
> 9. 성 어거스틴 《참회록》
> 10. 고든 맥도날드 《내면세계의 질서와 영적 성장》

4. 사회 · 과학

고등학교에서 배우는 사회 · 과학의 내용은 중학교 때 배운 내용이 신화되어 나오는 부분이 많기 때문에 선행 학습보다는 중학교 때 배운 내용들을 다시 꼼꼼히 살펴보는 게 좋다.

중학교 내용의 기본이 잘 다져져 있다면, 고등학교에 올라가서는 수업을 열심히 듣고 공부하는 것만으로도 좋은 성적을 거둘 수가 있다. 이미 중학교 사회·과학의 기본이 잘 닦여 있는 친구들은 문제집을 한 권 골라 공부하면 좋을 것이다.

 벼락치기로는 꾸준함을 따라잡지 못한다

고등학교 공부와 중학교 공부는 그 수준과 양에서 엄청난 차이가 난다. 머리가 좋은 친구라면 중학교 때까지는 시험 기간에 벼락치기만으로도 괜찮은 성적을 거둘 수 있었을 것이다. 그래서 많은 친구들이 고등학교에 가서도 그런 식으로 공부하다가 크게 낭패를 당하는 걸 많이 보았다.

고등학교에 올라가서도 벼락치기 공부만 한다면 결코 좋은 성적을 얻을 수 없다. 고등학교 학과 수업은 수준이 높고 양이 많기 때문에, 매일 최소한 세 시간 이상씩 집중해서 꾸준히 공부해야만 그때그때 수업 진도를 따라갈 수 있다. 즉, 수업 시간이나 기타 학원에서 공부하는 시간을 제외하고 혼자 공부하는 시간이 최소한 그 정도는 되어야 한다는 얘기다. 그래야 적어도 그날 학교나 학원에서 배운 진도를 내 것으로 소화하고 넘어갈 정도의 공부 시간이 확보된다.

만일 하루라도 공부를 하지 않고 넘어가면, 결국은 그만큼의 공부할 양이 밀린 셈이 된다. 고등학교 때는 단순히 하루 이틀만 열심히 공부한다고 해서 좋은 성적이 나오지 않는다. 한 달, 한 학기, 한 해 혹은 그 이상의 시간 동안 꾸준히 노력하고 배워야 하는 것이 고등학교 공부다.

때때로 이번만큼은 어느 누구 못지않게 열심히 공부했다고 자부하는데도, 원하는 만큼 결과를 얻지 못할 때가 있을 것이다. 이것은 고등학교 공부가 잠깐 열심히 한다고 해서 금방 좋은 결과를 얻을 수 있는 호락호락한 대상이 아니라는 걸 뜻한다.

그러므로 평소에 공부하는 습관을 들이는 것이 무엇보다 중요하다. 평범하게 지나가는 하루하루 동안 어떻게 공부하고, 어떻게 지내느냐에 따라 전체적인 공부 양이 결정되며, 그에 따라 어떤 결과를 얻을 수 있을지가 정해지기 때문이다.

일정한 공부 페이스를 유지하기 위해서는 다음의 두 가지를 유념하기 바란다.

먼저, 공부하는 흐름을 놓치지 말자. 가령 많은 친구들이 시험이 끝나면, 마치 앞으로는 더 이상 공부하지 않을 것처럼 한 주 혹은 두 주 동안 공부에 대해서 완전히 잊고 산다. 하지만 그런 식으로 공백기가 생기면 자신이 공부했던 내용들도 잊어 버리게 될 뿐만 아니라, 다시 공부를 시작할 때 공부에 대한 감각을 회복하기 위해서 적지 않은 시간이 필요하다.

물론 시험이 끝났는데 시험 기간처럼 공부할 수는 없다. 그리고 휴식을 취하는 것도 필요한 일이다. 다만 완전히 책을 덮어 버려서는 안 된다. 일정한 시간을 정해서 매일 조금씩이라도 공부하고, 중요한 내용들을 계속 정리해 나가는 자세가 필요하다. 이렇게 꾸준히 흐름을 이어갈 때, 한번 공부한 내용을 내 것으로 확실히 소화시키는 동시에 다음 공부를 효과적으로 준비해 나갈 수 있다.

두 번째로는 자신의 컨디션을 조절할 필요가 있다. 공부를 꾸준히 하지 않는 친구들은 시험 기간에 잠을 거의 자지 않고 무리하게 공부하는 경향이 있다. 물론 체력이 따라준다면 시험 때 그렇게 공부하는 것은 결코 나쁜 일이 아니며, 오히려 권장할 만하다. 하지만 몸이 따라주지 않는데 억지로 공부하다 보면 몸에 무리가 가게 되어 역효과를 낼 수 있다.

가령 평소에는 공부를 거의 하지 않다가, 어쩌다 공부할 기분이 난다고 새벽 4시까지 공부한다고 해보자. 자신은 새벽 4시까지 공부했다고 뿌듯해할지도 모른다. 하지만 그것보다는 평소에 꾸준히, 일정한 양을 공부해 나가는 것이 컨디션 조절뿐 아니라 공부 효과에서도 적절한 수준을 지켜갈 수 있는 방법이다. 또한 날마다 공부하는 것은 기억을 되살리고 공부한 내용을 확인하는 데도 매우 효과적이다.

마라톤의 이봉주 선수가 여러 중요한 대회에서 우승할 수 있었던 것은 그 순간을 위해서 날마다 수십 킬로미터를 달려왔던 노력의 결과라고 생각한다.

우리에겐 하루하루 계속되어야 할 자신만의 마라톤이 있다. 함께 달려가자. 인내심을 가지고, 최선을 다해서 말이다. 마라톤이 끝나는 날, 우리의 머리 위에 씌워질 월계관을 꿈꾸면서.

Part 3

고등학교 1학년

Part 3

1학년 1학기

1학년 여름방학

1학년 2학기

1학년 겨울방학

"나는 1학년이 결코 2, 3학년보다
덜 중요하다거나 혹은 조금만 공부해도
된다고 생각지 않는다.

오히려 1학년 때 더욱 모질게 마음먹고 열심히 공부해야 내가 원하는 꿈을 이룰 수 있다고 생각한다.

중학교 때 잘하지 못한 부분들도 많고, 또 고등학교 1학년 내용은 어렵고 힘들겠지만 포기하지 않을 것이다.

지금부터 수험생이라는 각오로 열심히 해볼 것이다.

그렇지만 공부뿐만 아니라 많은 소중한 것들 역시 잃지 않았으면 좋겠다. 내 곁에 있는 소중한 친구들, 가족, 또 내가 좋아하는 음악과 운동…….

내게 도전할 수 있는 기회가 주어져서 감사하다. 감사하는 마음으로 1학년을 시작해야겠다."

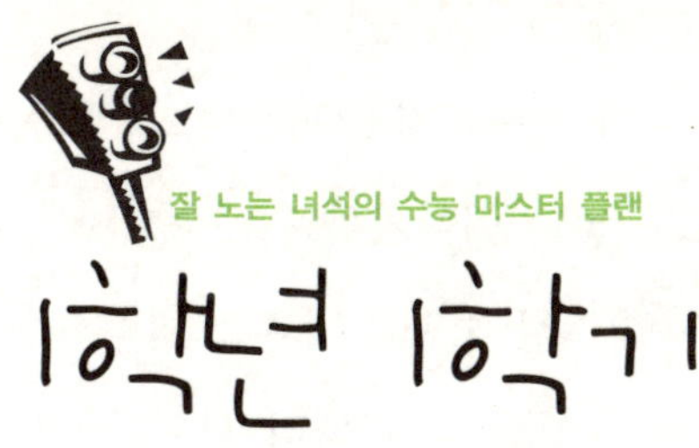

공부를 열심히 하기 위해서는 단순히 열심히 해야겠다는 결심 이상의 그 '무엇'이 필요하다. 누구나 열심히 공부해야겠다는 생각을 하지만 대부분은 그저 생각에 그치고 마는데, 공부를 하기 위해서 필요한 여러 가지 것들을 제대로 고려하지 않았기 때문이다.

따라서 우리는 먼저 제대로 공부하기 위해서 무엇이 필요한지를 살펴보아야 한다. 그러고 나서 구체적으로 수능 시험과 내신 시험에 대비하는 공부법에 관해 이야기해 보도록 하자.

확실한 주관이 필요하다

고등학교에 들어가서 가장 먼저 신경써야 할 부분은, 여러 가지로 달라진 환경에 적응하는 일이다. 새로운 학교, 새로운 친구들 그리고 달라진 분위기와 공부 방식에 익숙해져야 한다.

이때 다른 친구들에게 휩쓸리지 않는 것이 중요하다. 부모님, 선생님 그리고 친구들이 모두 좋은 이야기들을 해주겠지만, 스스로가 어떤 식으로 1학년을 보낼지 확실한 주관을 가지고 결정하는 것이 가장 중요하다. 그냥 '곁에서 하라는 대로 대충 따라가면 되겠지.'라고 생각해서는 곤란하다. 어떻게 공부할지, 어떻게 하루를 보낼지 스스로 고민하고 결정하자.

여러분이 결정을 했다면, 이제 어떤 자세와 마음으로 공부해야 할지 함께 살펴보도록 하자.

생활에 질서를 부여하라

'질서'라는 단어에는 '사물이나 사회가 혼란스럽지 않고 올바른 상태를 유지하기 위해 지켜야 하는 규칙이나 행동 양식'이라는 뜻이 담겨 있다. 즉, 보다 바른 상태, 좋은 상태를 유지해 나가기 위해서 지켜야 할 규칙이나 행동들을 질서라고 말할 수 있다. 그러므로 어떤 사람이 성공적인 삶을 살고 있느냐, 그렇지 않느냐는 그 사람이 얼마나 질서 있는 삶을 살고 있는지를 보면 어느 정도 짐작할 수 있다.

예를 들어, 공부하는 데 질서가 잡혀 있지 않은 사람은 자기 문제집과 책이 어디에 꽂혀 있는지도 제대로 알지 못한다. 또 공부를 하려고 해도 무슨 공부를 먼저 해야 할지, 얼마나 해야 할지 전혀 감을 잡지 못한다.

또한 시험을 볼 때도, 자기 페이스에 맞추어 문제를 풀어 나가지 못하고 그저 시간 되는 대로, 손이 가는 대로 문제를 풀기 때문에 자기가 가진 실력조차 제대로 발휘하지 못한다. 이는 모두 평소 공부하는 데 질서를 부여하지 못해서, 비효율적으로 시간을 사용한 결과이다.

이제부터 우리는 혼란스럽게만 느껴지는 것들을 하나씩 질서 있게 정리해 나갈 필요가 있다.

먼저 다음에 질서를 부여하자.

1. 공부해야 할 것들

혼자서 공부할 시간이 생겼을 때, 공부를 잘하는 친구들이나 준비된 친구들은 무슨 공부를 어디서부터 어떻게 해야 할지 정확히 알고서 공부를 시작한다. 반면에 질서가 없는 친구들은 그저 되는 대로 공부에 임하게 되는데, 시간에 비해 효율이 떨어진다.

우선 평소에 공부해야 할 내용이 생각나면 반드시 메모하는 습관을 들이자. 그리고 공부하기 전에 무엇을 해야 할지 꼼꼼히 체크하고 정리한 후에 공부를 시작해야 한다. 이렇게 질서를 부여하는 시간은 그리 오래 걸리지 않는다. 반면에 이로 인해 얻어지는 효과는 그 몇 배의 시간을 충분히 보상해 줄 것이다.

2. 공부하는 태도

공부하는 태도 또한 제대로 공부하는 데 무척 중요하다. 어른들이 늘 바른 자세로 공부하라고 말씀하시는데, 건성으로 넘겨서는 안 된다. 바른 자세에서 바른 정신이 나오기 때문이다.

껌을 질겅질겅 씹으면서 큰소리로 음악을 틀어놓고 다리를 떨면서 공부를 한다고 해보자. 물론 이 상황에서도 공부가 안 되는 것은 아니다. 하지만 조용한 상태에서 허리를 꼿꼿이 세우고, 내용 하나하나에 정신을 집중해서 공부한다면, 효과는 훨씬 클 것이다. 그러므로 공부하는 태도에도 질서를 부여해서 효율을 높이도록 노력하자.

이 밖에도 우리의 생활 가운데에는 질서를 부여하면 좋은 것들이 매우 많다. 시간표를 짜는 것에서부터 사람을 만나는 것, 독서 등도 체계적으로 질서 있게 하는 것이 훨씬 효과적이다.

3. 공부하는 환경

내가 늘 공부하는 장소, 즉 내 방의 책상이나 독서실의 내 자리가 쓸데없는 프린트가 넘쳐나고, 먼지가 가득하고, 필요없는 책들이 막 굴러다닌다면, 공부할 맛도 나지 않을 뿐더러 산만해서 집중도 되지 않을 것이다.

내가 공부하는 곳의 주변 환경을 깨끗하고 질서 있게 만들 필요가 있다. 교과서, 문제집, 노트, 필기도구 같은 물건들을 쓰기 편하게 정리해두자. 깨끗한 환경에서는 산뜻한 마음으로 공부할 수 있을 뿐 아니라 효율성도 향상시킬 수 있다.

마음이 차분해야 공부가 잘된다

많이 떠들고, 잘 까불고, 늘 들뜬 상태로 지내면서도 뜻밖에 공부를 잘하는 친구들이 있다. 그렇지만 조용하고 차분하게 자신의 시간을 보내는 친구들이 공부를 더 잘하고 꾸준히 성적을 유지하는 게 사실이다.

나는 고등학교 시절 후자에 속했다. 그렇다고 지금 여러분에게 공부를 잘하려면 조용히만 지내라고 말하려는 건 결코 아니다. 다만 자신의 공부하는 자세를 진지하게 한번 되돌아보라고 말하고 싶은 것이다.

사람의 능력에는 한계가 있다. 한 가지 일에 신경을 쓰고 집중하다 보면, 자연히 다른 일에는 신경을 덜 쓰게 된다. 굳이 의도해서가 아니라 하나에 신경을 집중한 탓에 자연스레 다른 쪽에 대한 관심이 줄어들게 되고, 그러면 일을 제대로 해낼 수 있는 가능성도 줄어든다.

한 가지 예로, 내가 정말 좋아하는 게임이 있다고 하자. 그리고 세 시간 동안 시간이 어떻게 가는 줄도 모르고 게임에 몰두했다고 해보자. 그렇다면 나는 세 시간 동안 내 마음을 온통 그 게임에 내어준 셈이 된다. 그러고는 잠시 쉰 다음 공부를 시작한다고 했을 때, 공부에 제대로 집중할 수 있을까?

답은 불행히도 '아니올시다' 이다. 그렇지 않아도 마음을 모으고 공부에 집중하는 일이 쉽지 않은데, 다른 일에 정신을 쏟아 붓고, 마음에 괸 에너지를 고갈시켜 버린 상태에서 공부에 집중한다는 건 거의 불가능에 가깝다. 공부를 하려고 해도 마음 잡기가 쉽지 않을 뿐 아니라, 머릿속은 게임이 남긴 잔상들로 어지러울 것이 분명하다. 이러니 공부가 제대로 될 리 없다.

비단 게임뿐만이 아니다. 친구와 나누는 대화나 연예인, 운동, 텔레비전 등 어떤 일에든 지나치게 마음을 쏟게 되면 자연히 다른 일에서는 마음이 멀어지고, 결국 공부에도 좋지 않은 영향을 미치게 된다.

따라서 공부를 잘하고 싶다면 마음을 차분히 가라앉힐 줄 알아야 한다. 마음을 가라앉힌다는 것은 쓸데없는 생각과 느낌들로 마음을 채우지 않고, 침착하게 그리고 조금은 절제된 상태로 공부에 집중할 수 있는 마음가짐을 회복하는 것을 뜻한다.

때로 이것은 희생을 요구한다. 내가 하고 싶은 일을 마음껏 할 수 없고, 그 일을 즐길 수도 없다는 걸 의미하기 때문이다. 이성 교제 혹은 게임에 마음을 온통 빼앗겼는데 공부에 방해가 되지 않을 거라고 말하는 것은 어불성설이다.

여러분의 마음 상태는 어떤가? 혹시 어떤 요인으로 인해 자극을 받아 공부를 가까이 할 수 없는 들뜬 상태는 아닌가? 그렇다면 천천히 심호흡을 하면서 들뜬 기분을 차분하게 가라앉히길 바란다. 마음 안에 공부를 담을 수 있도록 말이다.

집중한 1분이 산만한 1시간보다 낫다

공부에 집중하기 위해서는 워밍업을 충분히 해야 한다. 운동을 할 때처럼 공부를 할 때도 준비 작업이 필요하다. 물론 집중하는 훈련이 잘되어 있는 상태라면 책상에 앉자마자 공부에 집중할 수 있겠지만, 아무런 훈련 없이 처음부터 그렇게 되길 바라는 것은 무리다.

처음에는 책상에 앉아서 자신을 되돌아보고, 어떤 공부를 어떻게 해야 할지 마음속으로 계획을 세우는 과정이 필요하다. 이것은 결코 시간 낭비가 아니고, 이 과정 때문에 공부하는 시간이 줄어들지도 않는다. 오히려 그 반대다. 집중하지 못한 채 다른 생각에 빠져서 세 시간을 보내느니, 차라리 한 시간 동안 마음을 다스리고 나서 남은 두 시간 동안 공부에 전념하는 것이 훨씬 효율적이기 때문이다.

고등학교 시절 나는 저녁을 먹고 나서 한 시간 동안은 꼭 성경을 읽고 일기를 쓰면서 스스로를 반성하고 되돌아보는 시간을 가졌다. 공부와 나 자신에 대해, 그 밖의 많은 일들에 대해 생각하고 계획하면서 마음을 새롭게 다잡고는 했다. 만일 내게 그런 시간이 없었다면 공부를 제대로 할 수 없었을 것이고, 또한 가치 있는 많은 생각들을 할 수 없었을 것이다.

시간에는 객관적인 시간과 주관적인 시간이 있다. 우리가 대개 1분, 2분이라고 말하는 것은 객관적인 시간이다. 그러나 똑같은 1분도 개인에 따라 혹은 상황에 따라 느껴지는 시간의 길이는 다르다. 벌을 받고 있을 때 1분은 아주 길게 느껴지지만, 좋아하는 일을 하고 있을 때는 한 시간도 금방 흘러간다.

그런 의미에서 어떤 일에 얼마만큼 집중했는지는 그 시간을 얼마나 길게 혹은 짧게 느꼈는가를 보면 알 수 있다. 공부하기 싫을 때, 수업이 듣기 싫을 때, 시간이 얼마나 느리게 가는지 느껴 보았을 것이다. 한참 지난 것 같아 시계를 보았는데 겨우 3분밖에 지나지 않은 것을 알게 되면, 나오는 건 한숨밖에 없다. 그러나 반대로 공부가 잘될 때는 공부를 시작한 지 얼마 되지도 않은 것 같은데 벌써 한두 시간이 훌쩍 지나가 있을 때가 있다.

나도 여러분과 똑같은 경험을 가지고 있다. 시간이 가지 않을 때는 딴 생각을 하면서 대충 시간을 보내고 싶은 마음도 적지 않았다. 하지만 그럴 때일수록 시간을 잊고 공부에 집중하려고 애썼다. 그래서 일부러 시계를 보지 않고 책만 보기도 했다. 만일 내가 그런 노력도 하지 않았다면 시간은 더 천천히 흘렀을 것이고, 나는 더 '지겹게' 공부할 수밖에 없었을 것이다.

의식적으로라도 시간이 아닌 공부 자체에 집중했을 때, 더디게 흐르던 시간이 조금씩 빨리 가는 걸 느낄 수 있을 것이다. 이와 같은 훈련을 계속하다 보면 한정된 시간 동안 훨씬 더 효과적으로 공부할 수 있을 것이다. 정말 공부가 잘될 때는 한 시간이 다 지나고 쉬는 시간이 되어도 마음이 흐트러지지 않아 계속 공부에 전념할 수 있다.

하지만 누구나 처음부터 오랜 시간 집중해서 공부하고, 쉬는 시간에도 공부할 수 있는 건 아니다. 의식적으로 공부에 집중하려고 노력하고, 한 시간이라도 제대로 공부하려는 자세가 내 몸 안에 자리잡을 때, 비로소 그저 시간만 때우는 공부가 아니라 한 시간을 열 시간처럼 쓸 수 있는, 가치 있는 공부를 할 수 있다.

수업 시간에 집중하라

　수업 시간을 어떻게 보내야 할지 한 번쯤 고민하지 않은 사람은 없을 것이다. 수업 시간에 집중해야지 하고 다짐하면서도, 정작 수업이 시작되면 집중하지 못하고 시간만 어서 가기를 바랐던 경험은 누구나 있으리라. 나 또한 많은 수업을 들었고, 그 시간 동안 여러분과 똑같은 고민, 똑같은 생각을 했었다.

　여러분의 고민을 해결하기에 앞서 수업의 중요성에 대해 짚고 넘어가야겠다. 믿을 수 없겠지만 승부는 수업 시간에 달려 있다고 해도 과언이 아니다. 공부를 해나가는 데 있어서 수업이 차지하는 비중이 가장 크고, 더 나아가 기본이 되는 시간이기 때문이다.

　수업 시간에는 과목별로 진도를 나간다. 그런데 만일 수업 시간에 딴짓을 했다면, 결과적으로 한 시간 분량의 진도를 나중에 혼자서 공부해야 하는 부담을 떠안게 되는 것이다. 실제로, 한 시간 수업 내용을 혼자 보충하기 위해서는 두 배, 세 배의 시간이 걸리게 마련이고, 그나마도 하기 싫어서 그냥 넘어가는 경우가 많다.

　물론 학교 수업을 듣지 않아도 학원이나 과외를 통해 배울 수 있으니 상관없다고 생각하는 친구들도 있을지 모르겠다. 그렇지만 학교 수업은 듣지 않은 채 과외에만 의존한다면, 학원을 다니는 보람이 없다. 학원에 다니는 이유는, 같은 내용을 여러 번 반복해서 배움으로써 공부한 내용을 확실히 자기 것으로 만드는 데 있다고 생각한다. 그런데 학교 수업은 안 듣고 학원에서만 열심히 하겠다는 생각은 어리석은 시간 낭비, 돈 낭비가 아닐 수 없다.

45분 혹은 50분 동안 정신을 집중하는 것이 얼마나 힘든 일인지 잘 알고 있다. 40분이 아니라 10분, 아니 5분만 앉아 있어도 힘든데, 하루 종일 책상에 앉아서 수업을 들어야 하니 그 고역이 이만저만 아닌 건 당연하다.

하지만 이걸 기억해야 한다. 수업에 집중하는 것은 일종의 훈련이다. 나 역시 수업에 집중하는 것은 고역이었다. 하지만 훈련의 한 과정이라 생각했고, 참고 이겨내야겠다는 마음으로 이를 악물었다. 그러다 보니 점점 수업에 집중하는 시간이 늘어났다.

분명한 것은, 수업에 집중하면 할수록 시간도 빨리 가고 수업도 더 재미있어진다는 사실이다. 딴 생각을 하면 마음도 편하고 시간도 빨리 갈 거라고 생각하겠지만, 사실은 그 반대다. 집중은 마음의 여유와 시간의 빠르기를 강화시켜 주는 영양제라 할 수 있다. 이런 간단한 진리를 마음속에 새겨 두면, 수업에 집중하는 데 도움이 될 것이다.

눈과 귀와 손을 최대한 이용하는 것도 수업에 대한 집중력을 높이는 데 도움이 된다. 손 놓고 팔짱을 낀 채 멀거니 칠판만 바라보기보다는, 선생님을 응시하고, 선생님의 목소리에 귀기울이면서 수업 내용을 필기해 보라. 그럼 집중력이 훨씬 높아질 것이다.

물론 그렇게 하지 않아도 집중이 잘될 수도 있고, 겉보기에 별 차이가 없을 수도 있다. 하지만 고등학교 3학년을 놓고 보면, 작은 노력이라 할지라도 결과에는 큰 영향을 미친다. 수업에 진지하게 임하려고 노력하는 자세 그리고 눈과 귀와 손을 이용해서 노력하는 태도는 수업에 집중하고, 또 그 내용을 이해하고 기억하는 데 많은 도움을 줄 것이다.

이렇게 눈으로는 집중해서 보고, 귀로는 열심히 듣고, 손으로는 공부하는 내용을 적는 것을 '수업 받는 데 필요한 삼박자' 라고 정의한 분이 계셨다. 그분의 말씀이 옳다는 걸 나는 체험을 통해 직접 확인했다.

여러분도 공부에 집중하기 위해 할 수 있는 모든 수단을 다 써보길 바란다. 머리로만 하는 공부가 공부의 전부는 아닌 까닭이다. 때로 입, 눈, 귀, 손, 그 밖에 내 몸에 달린 모든 부속 기관들이 공부하는 데 좋은 도우미가 되어 줄 것이다.

노트 필기의 3원칙

노트 필기를 하는 방법에는 개인마다 차이가 있다. 하지만 그 차이들 속에 특별한 필기 비법이 숨어 있는 것은 아니다. 물론 보다 효율적인 방법이 있을 수는 있겠지만, 역시 각자 자신에게 가장 알맞은 방법을 찾아 정리하는 자세가 제일 중요하다.

비법은 없어도 분명 차이가 있는 노트 필기. 이와 관련해 반드시 짚고 넘어가야 할 사항들이 있는데, 그것들에 관해 잠깐 얘기해 보고자 한다.

1. 나중을 생각하면서 필기하라

노트 필기를 하는 이유는 두 가지다.

첫 번째는, 수업을 들을 때 아무것도 하지 않고 그냥 듣는 것보다는 손으로 필기를 하면서 듣는 게 훨씬 집중이 잘되기 때문이다. 두 번째는 필기해 둔 내용을 다음에 살펴보면서 공부할 수 있기 때문이다. 후자에 좀더 큰 의미가 있다.

그런데 열심히 필기를 해놓고서 정작 필요한 때에 필기한 내용을 제대로 살펴보지 않는 경우가 많다. 그럴 바에야 왜 필기를 해야 하는지 모르겠다는 생각이 들 수도 있다.

노트 필기를 할 때는 다시 볼 내용들이라는 생각을 하면서 필기하는 자세가 필요하다. 중요하지도 않은 내용을 무조건 많이 쓴다고 좋은 것은 아니라는 말이다. 다음에 다시 살펴볼 필요가 있다고 생각되는 내용들을 필기하고, 필기한 내용은 꼭 시간을 정해 두고 읽어 보는 노력을 기울이자. 예를 들어, 쉬는 시간에 간단히 훑어보며 복습을 하고, 그 과목의 다음 시간 전에 또 한번 훑어보면 반복 학습의 효과를 얻을 수 있다.

2. 머릿속으로 읽어가면서 필기하라

노트 필기를 하는 과정에서 많은 친구들이 범하는 또 하나의 잘못은 바로 아무 생각 없이 글자만 받아쓴다는 점이다. 수업 시간에 내용을 되새기면서 정리하는 것은 집중력을 필요로 하는 일이다. 그래서 단순히 들리는 대로 아무 생각 없이, 혹은 다른 생각을 하면서 받아쓰는 친구들이 많다.

분명히 말하건대, 무의식적으로 하는 필기는 아무런 소용이 없다. 노트 필기를 할 때는 반드시 자기가 쓰고 있는 내용을 머릿속으로 되새기면서 써야 한다. 그래야 그 내용이 머릿속에 잘 기억되고, 다음에 살펴볼 때도 두 번 공부하는 효과를 살릴 수 있다. 아무 생각 없이 필기만 한다면, 다음에 노트를 볼 때 마치 처음 보는 내용을 공부하는 기분이 들 것이다. 필기는 반드시 손과 머리를 함께 써야 한다는 사실을 잊지 말기 바란다.

3. 핵심 내용을 필기하라

요즘은 좋은 참고서들이 많이 나와 있고, 정리가 잘되어 있는 책들도 많기 때문에, 필기를 제대로 못했다 하더라도 부족한 부분들을 채울 수 있다.

그렇다면 굳이 노트 필기를 해야 할 필요가 있을까? 대답은 물론 '그렇다' 이다.

노트 필기는 자기 자신을 위해 마련하는 일종의 '맞춤 자습서' 이다.

따라서 시시콜콜한 부분까지 다 필기하는 것보다는, 자신에게 중요한 내용이나 수업을 들으면서 새롭게 이해하고 깨달은 내용을 쉽게 알아볼 수 있도록 간결하고 명확하게 정리하면 된다. 그렇게 정리한 노트 필기는 다른 사람에게는 별다른 의미가 없을지 몰라도, 자기 자신에게는 무엇보다 중요하고 효과적인 참고서가 될 것이다.

좋은 친구와 사귀어라

나의 고등학교 시절은 단조로운 일상의 연속이었다. 아침 일찍 학교에 가서 수업 듣고, 공부하고, 졸리면 자고……. 단조로운 일상을 버텨 낼 수 있었던 데는 친구와 나누던 대화가 큰 힘이 되었다.

모든 것이 답답하기만 하던 그 시절, 늦게까지 함께 공부하다가 밤하늘을 올려다보면서 훗날 우리가 어떻게 변해 있을지, 무엇을 하며 살고 있을지, 무엇이 가장 소중한지 등등 이런저런 얘기들을 나누곤 했다. 그때의 시간들은 지금 돌아봐도 참으로 그립고 가슴이 따뜻해진다. 주어진 상황 속에서 묵묵히 최선을 다해야만 했던 그때, 마음이 맞는 친구와 나눈 속 깊은 이야기들이 얼마나 큰 힘이 되었는지 모른다.

우리는 세상 그 무엇보다 귀한, 살아 있는 사람이지 절대로 공부하는 기계가 아니다. 우리에겐 감정이 있고, 삶에 대한 느낌이 있으며, 그 무엇과도 바꿀 수 없는 꿈이 있다. 여러분은 그 모든 것들을 결코 포기해서는 안 된다. 아니, 오히려 그것들을 잘 지켜 나갈 때 공부하는 데도 긍정적인 도움을 받게 될 것이다.

친구도 마찬가지다. 좋은 친구가 곁에 있어 서로 격려해 줄 때, 어려움과 기쁨을 함께 나눌 때, 우리 마음속엔 더 큰 힘이 생기고, 새로운 목표를 향해 도전할 수 있는 용기와 능력을 얻게 된다.

하지만 친구라고 해서 모두가 삶에 유익한 것은 아니다. 친구 중에는 좋은 친구도 있고, 그렇지 못한 친구도 있다. 시간을 무의미하게 소진하고, 에너지와 마음을 가치 없는 것에 쓰게 만드는 친구가 있다면, 혹은 그런 방향으로 우리를 이끌어가려는 친구가 있다면 그를 좋은 친구라고 할 수 없다.

그건 여러분이 스스로 생각하고 결정해야 할 부분이다. 과연, 이 친구와 함께하는 것이 내게 어떤 의미가 있고, 어떤 가치가 있는지 그리고 수많은 친구들 가운데 어떤 친구와 참된 우정을 나눌 수 있을지는 여러분 스스로 결정해야 한다.

1학년 1학기 중간고사 기간에 학교 벤치에 앉아 친구와 이야기를 나누던 때가 생각난다. 아직도 이따금 미래에 대한 희망으로 순수했던 그때가 그립다.

자율학습 어떻게 할까?

내가 다니던 고등학교에서는 1학년 때부터 밤 11시까지 학교에 남아서 야간 자율학습을 해야 했다. 야간 자율학습 시간은 내게 참으로 소중했다. 매일 규칙적으로 서너 시간씩 집중해서 공부할 수 있었기 때문이다. 내가 1학년 때부터 실력을 계속 유지하고 발전시킬 수 있었던 데에는 자율학습 시간의 도움이 컸다.

지금은 많은 학교에서 정말 말 그대로 '자율적'으로 야간 자율학습을 하는 것으로 알고 있다. 꼭 학교에서 하는 자율학습이 아니더라도 집이나 독서실에서 하는 자율학습도 같은 개념으로 생각하고 잘 활용했으면 좋겠다.

01

서울대학교 윤리교육과 02학번 권효빈

시간을 다스려라

대학에 들어온 후 처음 맞는 여름방학에 모교를 찾아갔다. 후배들에게 내가 어떻게 공부했는지, 그리고 입시 준비는 어떻게 해야 하는지를 들려주기 위해서였다. 그때 나를 가르치셨던 3학년 주임 선생님은 나를 후배들에게 소개하면서 이렇게 말씀하셨다.

"지난 1년 동안 죽 보아 왔지만, 효빈이는 정말 훌륭한 학생이었어요. 자율학습실에서 공부할 때도 효빈이는 흐트러진 모습을 보인 적이 거의 없었어요. 선생님들이 감독하러 자율학습실을 돌 때, 효빈이는 언제나 바른 자세로 앉아 집중해서 공부하고 있었어요."

이 말은 나 자신을 자랑하기 위해 꺼낸 것이 아니다. 자율학습 시간의 중요성을 여러분에게 알려주고 싶어서이다. 자율학습 시간은 모두에게 똑같이 주어졌지만, 그 시간을 얼마만큼 효율적으로 다스리느냐에 따라 효과는 다르게 나타날 수밖에 없다.

자율학습 시간에 공부하다 가끔씩 고개를 들고 다른 친구들을 살펴보면 친구들의 모습은 다양했다. 고개를 숙이고 열심히 공부하는 친구, 졸거나 책상 위에 엎드려 잠을 청하고 있는 친구, 선생님이 발견하기 힘든 구석진 곳에서 잡담을 즐기거나 공부 외의 다른 일을 하고 있는 친구, 끝나는 종이 치기를 기다리며 미리부터 가방을 챙기고 있는 친구 등등…….

물론 나 역시 자율학습 시간 내내 집중해서 공부만 한 것은 아니었다. 공부하다 너무 지칠 때는 옆에 있는 친구에게 깨워 달라고 부탁한 뒤 5분 내지 10분 정도 잠을 청하곤 했다. 그렇게 자고 나면 피로가 가셔서 그 전보다 집중해서 공부할 수 있었다.

많은 친구들이 자율학습 시간을 소홀히 여겨 제대로 공부하지 않는 모습을 자주 볼 수 있는데, 이 글을 읽는 여러분들은 모든 학생들에게 주어진 공통된 시간을 효율적으로 활용했으면 좋겠다.

자율학습을 시작하기 전에 미리 그날 해야 할 일들을 계획해 놓고, 그것을 최대한 지키려고 노력하는 것도 좋은 방법이다. 예를 들면, 그날 배운 내용을 복습한다든지, 영어 시간에 배운 단어를 외울 수도 있다. 혹은 취약한 과목을 공부하는 것도 좋다.

내 경우에는 자율학습을 시작하기 10분 전에는 자리에 앉아 있었다. 마음을 가다듬을 시간이 필요했던 것이다. 그러고 나서 내 자리를 정돈하고, 그날의 공부 계획을 세우면서 공부할 과목을 시간별로 분배했다. 그렇게 하면 자율학습이 시작되자마자 공부에 집중할 수 있었다.

나는 필요하다면 쉬는 시간에도 공부를 계속했는데, 그것은 공부의 맥이 끊어지지 않도록 하기 위해서였다. 물론 쉬는 시간까지 앉아서 계속 공부하는 것은 좋지 않다. 하지만 쉬는 시간마다 친구들과 모여 노는 것도 별로 권하고 싶지는 않다.

엄밀히 말해서, 자율학습은 친구들과의 경쟁이자 내 의지와의 고독한 싸움이 벌어지는 시간이다. 공부하는 게 재미있는 사람은 아마 없을 것이다. 하지만 어차피 해야 할 공부라면, 즐거운 마음으로 하는 것이 좋지 않을까?

공부를 하는 것은 미래에 대한 투자이다. 나의 미래를 위해 지금 내가 할 수 있는 일이 공부라면, 열심히 하는 게 좋지 않을까? '미래에 있어 과거가 될 현재에 충실하라.'는 말을 어디선가 들은 적이 있다. 나중에 어떤 일을 하든, 준비된 사람만이 원하는 일을 할 수 있는 것이다.

여러분이 자신의 미래를 환하게 밝히고 싶다면, 그리고 여러분의 미래를 위해 현재 할 수 있는 일이 공부라면, 먼저 주어진 시간에 충실하자. 특히 수업 시간과 자율학습 시간처럼 모두에게 공통적으로 주어진 시간만큼은 확실히 공부하고, 그 시간을 효율적으로 활용하자. 3년이란 시간이 생각만큼 길지 않다. 나중에 시간의 노예가 되어 허둥지둥할 것이 아니라, 지금부터 시간을 다스리는 사람이 되자.

학원·과외 어떻게 할까?

요즘 친구들은 아침 일찍 학교에 가서 오후에 학교를 마치면, 학원에서 강의를 듣고 밤이 늦어서야 집으로 돌아오는 경우가 많다. 혼자서 공부하는 시간은 하루에 두세 시간도 채 되지 않고, 하루 종일 수업만 듣는 셈이다. 수업을 듣는 것은 물론 좋은 일이다. 하지만 아무리 좋은 수업이라 해도 배운 내용을 자기 것으로 충분히 소화할 수 없다면 아무런 의미가 없다.

학원에 다니든 과외를 하든 중요한 것은, 분명한 자기 계획과 목적을 가지고 선택해야 한다는 점이다. 이리저리 공부해 봐도 혼자 수학을 공부하기가 벅차 학원을 다니기로 결정했다면, 그건 아주 잘한 일이다.

그러나 별다른 고민이나 생각 없이, 학원에 다니지 않으면 불안하기 때문에, 혹은 막연히 혼자서는 공부할 자신이 없어서 학원에 다니는 것은 문제가 있다. 당장은 그것이 현명한 선택이었다고 느낄지 모르지만, 장기적인 관점에서 보면 의존적인 태도를 기르게 되어 좋은 성과를 얻기는 힘들다. 내가 공부의 주체가 되어야만 내게 가장 필요한, 다시 말해 나의 장점을 살리고 약점을 보완할 수 있는 공부를 할 수 있기 때문이다.

따라서 나는 종합 학원보다는 단과 학원이나 과외 또는 인터넷 강의를 추천하고 싶다. 종합 학원에 다닐 경우에는 학교와 학원을 오고 가는 일로 하루가 끝나 버린다. 그리고 자투리 시간을 모아 자율학습 시간을 확보한다는 건 사실상 힘들다. 때문에 먼저 학교나 도서관, 독서실 등 혼자서 공부할 수 있는 장소와 시간을 확보한 다음, 필요하다고 생각되는 과목에 대해서만 학원이나 과외, 인터넷 강의를 통해 도움을 얻길 바란다.

자기 자신이 주도적으로 하는 공부가 처음부터 성공적인 것은 아니다. 그러나 지금부터 혼자서 공부하는 습관을 들여야 기나긴 수험 생활에서 승리할 수 있다. 아무리 명강의를 들었다 하더라도 배운 내용을 내 것으로 확실히 소화하지 못한다면, 그 시간은 허공에 날린 것이나 다름없다. 배운 것을 확실히 소화하고, 내 것으로 만들어 자신감을 키울 수 있는 공부를 해나가길 바란다.

📚 학습지 어떻게 할까?

무슨 일이든 마찬가지겠지만, 공부하는 데에서 가장 중요한 것은 열심히 하고자 하는 마음이다. 이러한 마음이 전제되지 않는다면, 아무리 훌륭한 선생님과 탁월한 교재가 있다 해도 큰 효과를 기대할 수 없다. 반대로 열심히 하려는 마음만 확실하다면, 선생님이 그리 뛰어나지 못하고 교재가 특별히 좋지 않다고 해도 좋은 결과를 기대할 수 있다.

학습지를 하는 건 필수도 아니고, 학습지를 한다고 해서 꼭 도움이 되는 것도 아니다. 방금 말했듯이, 일단 열심히 하려는 마음이 있다는 전제하에 좋은 학습지를 받아본다면 도움을 얻을 수도 있다.

나는 중학교에 들어가면서 학습지를 구독한 적이 있었다. 그리 많은 양이 아니었는데도 학교 다니고, 숙제하고, 이런저런 일들을 하다 보면 학습지를 풀 시간이 없었다. 결국 1년 정도 버티다가 반도 제대로 풀지 못하고 끊어 버리고 말았다. 여러분 중에도 그때의 나처럼 풀지도 못한 학습지를 책상 위에 차곡차곡 쌓아 두는 친구들이 있을 것이다.

물론 학습지를 보는 이유가 학습지에 있는 모든 문제를 푸는 데 있지는 않다. 모든 문제를 다 풀 수 있다면, 그건 정말 좋은 일이다. 하지만 전체 문제 가운데 40퍼센트만 풀어도 한 단원의 내용과 흐름을 파악하는 데 적지 않은 도움을 얻을 수 있다. 고등학교 3학년 때 학습지를 그런 식으로 풀면서 공부했는데, 문제를 푸는 감각이나 단원 전체를 보는 눈을 기르는 데 많은 도움이 되었다.

혹시 지금 학습지를 받아 보고 있는 친구나 앞으로 받아 볼 의사가 있는 친구들은, 학습지에 담긴 문제를 다 푸는 데만 연연하지 말고, 좀더 효과적이고 효율적으로 학습지를 활용할 수 있는 방법을 생각해 보길 바란다.

거듭 강조하건대, 어떻게 하면 조금이라도 실력을 향상시킬 수 있을까 하고 고민하는 마음이 가장 중요하다. 학습지나 학원, 과외, 그 밖에 여러 가지 것들은 공부하는 데 보조적인 도움을 줄 뿐이다. 하지만 기왕에 공부하는 데 조금이라도 도움을 얻기 위해서 선택했다면, 최선을 다해 효과적으로 활용했으면 좋겠다.

문제집 어떤 것이 좋을까?

　문제집을 고를 때 가장 중요한 것은 즐거운 마음으로 공부할 수 있는 것을 고르는 일이다. 문제집의 내용이 아무리 충실하다고 하더라도, 정리가 잘되어 있지 않고, 공부할 때 짜증만 난다면 곤란하다.

　따라서 문제집을 고를 때는 각자 자신의 취향에 맞는 걸 선택해야 한다. 어차피 문제집의 내용은 각 회사마다 나름대로의 장단점이 있으므로, 웬만큼 잘 알려진 회사의 문제집이라면 자신의 마음에 드는 것을 선택하면 된다. 그리고 선택한 문제집을 풀어 보면서 그 회사의 장단점을 알아 두면, 다음에 문제집을 고를 때 참고할 수 있다.

　참고서와 문제집은 한 과목당 최소 한 권씩은 가지고 있어야 하는데, 내용이 잘 정리된 참고서와 실전 문제집이 필요하다. 참고서는 모르는 내용이 나왔을 때 찾아보거나, 나중에 복습할 때 훑어보는 기본서로 활용한다. 그리고 실전 문제집을 통해 문제를 풀어 보면서 공부한 내용이 실제로 어떻게 활용되는지 익힌다.

　국어·영어·수학·사회·과학 등 주요 과목은 반드시 두 권 이상의 문제집을 준비한다. 그래서 언제든지 활용할 수 있도록 해야 한다. 수능 시험에 나오는 주요 과목 외에 다른 과목들도 한 권씩의 문제집은 가지고 있어야 내신 시험을 제대로 준비할 수 있다.

　마지막으로, 문제집을 고를 때는 차례를 살펴보는 게 무엇보다 중요한데, 지금부터 차례에 관해서 이야기해 보겠다.

　문제집의 맨 앞을 보면 서문이 있고, 책에 대한 소개 그리고 차례가 나온다. 우리는 책을 볼 때 이 앞부분을 건너뛸 때가 많다. 뭐, 그냥 그렇고 그런 내용이려니 생각하고 바로 본문부터 읽기 시작한다.

그러나 책을 볼 때 그런 습관은 별로 좋지 않다. 책의 서문이나 차례에 는 그 책의 전반적인 내용과 흐름 그리고 어떤 방향으로 책을 읽고 공부 해 나가야 하는지에 대한 힌트가 나와 있다. 그렇기 때문에 책을 많이 읽고, 또 잘 읽는 사람들은 차례와 서문의 중요성을 알아서 반드시 그 부분을 먼저 짚고 넘어간다.

고등학교 시절, 나는 문제집을 살 때 가장 먼저 차례부터 보았다. 이 문제집에는 어떤 내용들이 담겨 있는지, 어떤 식으로 구성되어 있는지 를 살펴보기 위해서였다. 그리고 차례에 관심 있는 내용이 있으면 해당 본문을 펼쳐 보고, 조금씩 그 내용을 읽어 감을 잡았다.

평소 공부할 때에도 전반적인 흐름을 파악하고 감을 잡는 것이 중요 하므로, 중간중간 차례를 살펴봄으로써 적지 않은 도움을 얻을 수 있을 것이다. 또한 어떤 책을 다 읽을 수 없다면, 그 책의 차례와 서문 그리고 본문의 앞쪽과 뒤쪽을 읽어 보는 것만으로도 짧은 시간 안에 많은 내용 을 파악할 수 있다.

특히 국사나 세계사 같은 역사 과목을 공부할 때는 차례를 잘 활용하는 것이 매우 중요하다. 역사는 시대순으로 공부하는 과목이므로, 자기가 현 재 공부하는 부분이 전체 역사에서 어느 시대에 해당되고, 또한 얼마나 중요한지를 살펴봄으로써 공부한 내용에 대한 이해를 넓힐 수 있다.

우리는 간혹 단편적인 지식은 많은데 그러한 지식들을 전체적인 틀 에서 바라볼 수 있는 눈이 없어 어려움을 겪는 친구들을 본다. 그런 친구들 역시 차례를 잘 활용하면, 어느 정도 자신의 약점을 보완할 수 있으리라고 본다.

이처럼 작은 부분들을 공부해 나가되, 그 부분들을 전체 속에서 확인하는 일은 무척 중요한 작업이다. 그러므로 공부하는 중간중간 그 내용들을 차례를 통해 확인하고 정리해 두는 것은 매우 바람직한 공부 방법이다.

하루의 계획은 어떻게 세울까?

하루의 계획을 세울 때는 머릿속에 확실히 입력되도록 간단하게 세우는 것이 좋다. 1학년 때 나의 생활 계획표를 소개하면 다음과 같다.

- **a.m. 06:40** 일어나서 학교 갈 준비를 한다.

- **a.m. 07:30** 등교

- **a.m. 08:00~p.m. 05:30** 학교에서 수업을 듣는다. 수업은 최대한 집중해서 듣도록 노력하고, 피곤할 때는 쉬는 시간과 점심시간에 잠을 청한다. 만일 졸리지 않으면, 영어 단어를 외우거나 친구들과 시간을 보낸다.

- **p.m. 05:30~06:30** 자율학습 첫 번째 시간에는 일기를 쓰고, 영어 성경을 읽는다. 그러면서 마음을 가다듬고 자신을 돌아보면서 하루를 반성한다. 그런 다음, 무엇을 어떻게 공부해야 할지 계획을 세운다.

- **p.m. 06:30~07:30** 저녁 시간

■ **p.m. 07:30~08:40** 자율학습 두 번째 시간으로 국어를 공부한다. 먼저 시를 두 편 정도 읽고, 시의 해설을 읽는다. 그러고 나서 독해와 관련된 언어영역 문제집을 하루에 한 단원씩 푼다.

■ **p.m. 08:50~10:00** 자율학습 세 번째 시간으로 수학을 공부한다. 30분 정도는 정석을 풀어 보면서 다음에 나갈 진도를 예습하고, 나머지 시간에는 그날 배운 부분을 복습하면서 실전 문제들을 푼다.

■ **p.m. 10:10~11:00** 자율학습 네 번째 시간으로 영어를 공부한다. 주로 독해 위주로 하되 그때그때 모르는 단어는 단어장에 적어놓은 다음 시간이 날 때마다 외운다. 가끔씩 문법이 막힐 때는 다시 한번 문법책을 찾아보면서 공부한다.

■ **p.m. 11:10~11:50** 자율학습이 끝난 뒤 학교에 남아서 사회와 과학을 공부한다. 사회와 과학은 양이 많기 때문에 중요한 내용을 정리해놓은 문제집을 통해서 먼저 흐름을 잡는 데 집중한다.

■ **a.m. 12:30** 취침

이상이 내가 세웠던 하루 계획표였다. 상황에 따라 계획이 달라지는 날도 있었지만, 기본적으로는 이 틀을 유지하려고 노력했다. 대단한 계획표를 기대했던 친구들에겐 그다지 특별한 것이 없어 보일지도 모르겠다. 하지만 앞에서도 말했듯이, 계획표는 외울 수 있을 만큼 간단한 것이 좋다. 다만 세워놓은 계획대로 움직이고, 공부하기로 한 시간에는 집중해서 공부하는 것이 중요하다.

여기서 한 가지 당부하고 싶은 것이 있다. 하루에 30분에서 한 시간 정도는 일기를 쓰면서 자신을 돌아보는 시간을 꼭 가지라는 것이다. 나에게 그 시간은 마음에 쌓여 있던 것들을 풀어낼 수 있는 시간이었다. 또 지나간 시간들을 돌아보고, 내가 가야 할 길을 생각하며 새로운 힘을 얻을 수 있는 재충전의 시간이기도 했다. 알다시피 일기를 쓰는 것은 나중에 논술이나 면접 시험을 준비할 때도 큰 도움이 되므로 짧게라도 매일 쓰는 게 좋다.

📚 동아리 활동 어떻게 할까?

요즘에는 고등학교에서도 동아리 활동이 점점 활발해지는 듯하다. 자신을 계발하고, 여러 친구들과 사귈 수 있다는 점에서 동아리 활동은 권할 만하다.

나 역시 고등학교 다닐 때 '터울림'이라는 중창단에서 피아노 반주자로 활동했다. 매일 점심시간마다 친구들과 함께 노래 연습을 하고 나면, 스트레스도 풀리고 공부 외에 무언가 가치 있는 일을 했다는 생각에 뿌듯했다. 매년 크리스마스 때는 원주여자고등학교 '하노라기' 중창단과 함께 불우이웃을 돕기 위한 거리 공연도 했다. 그때 함께 모여서 열심히 연습했던 시간들과 공연할 때 시린 손을 녹여가며 열심히 키보드 반주를 했던 기억은 좋은 추억으로 남아 있다.

자신의 학교에 어떤 동아리들이 있는지 유심히 살펴보자. 그리고 어떤 활동을 하는지, 참여하면 어떤 점이 좋은지 잘 생각해 본 뒤에 관심이 있는 곳이 있다면 적극적으로 참여하길 바란다. 그래서 여러분도 자신만의 좋은 추억을 만들기를 바란다.

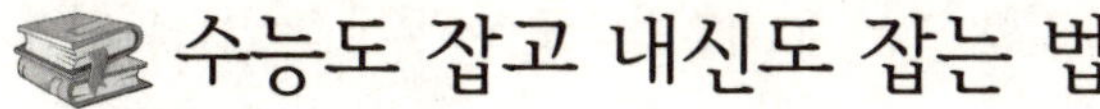# 수능도 잡고 내신도 잡는 법

수능 시험 초창기에는 대학 입시에서 수능의 비중이 거의 절대적이었다. 내신 성적이 안 좋아도 수능 시험만 잘 보면 모든 것이 '용서되던' 시절이었다. 하지만 지금은 상황이 많이 달라졌다. 내신의 중요성이 많이 커졌기 때문에, 내신 성적이 받쳐주지 않으면 수능을 아무리 잘 봐도 원하는 대학에 들어가기가 쉽지 않다.

더구나 1학년은 내신의 비중이 크므로, 신경을 많이 써야 한다. 공부하는 시간이나 에너지 측면에서, 다음과 같은 비율로 수능과 내신에 대비해 나갈 것을 권한다.

	수능	내신
1학년	55%	45%
2학년	65%	35%
3학년	75%	25%

평소 자습할 때는 수능 시험에 비중을 두어 공부하고, 학교 시험 기간 2~3주 전부터는 내신 시험에 집중해서 공부한다.

수능 점수를 올리려면 장기적인 관점에서 계획을 세우고 공부해야 한다. 모의고사를 보면 알겠지만, 모의고사 점수라는 게 하루 이틀 열심히 공부한다고 해서 확 오르는 것도 아니고, 그렇다고 소홀히 했다고 해서 쉽게 떨어지지도 않는다. 그래서 공부하는 태도가 느슨해질 수 있는데, 중요한 것은 현재의 모의고사 점수가 전부가 아니라는 사실이다.

다시 말해, 모의고사 점수가 잘 나온다고 자만하지도 말고, 잘 나오지 않는다고 실망하거나 포기할 것도 없다. 스스로 어떻게 노력하느냐에 따라 3년이란 시간 동안 100점, 아니 그 이상의 점수 상승도 충분히 가능하기 때문이다. 실제로 주변에서 점수를 많이 올린 친구도 보았고, 노력하지 않아서 그만큼 점수가 떨어진 친구들도 많이 보았다.

내가 고등학교 다닐 때는 한 달에 한 번씩 학교에서 모의고사를 실시했는데, 시험날에 맞추어 컨디션도 조절하며 공부했기 때문에 긴장감을 가지고 공부할 수 있었다. 혹시 학교에서 모의고사를 볼 기회가 있다면, 실제로 수능 시험을 치르는 것처럼 진지한 자세로 임하기를 바란다.

만일 학교에서 모의고사를 자주 보지 않는다면, 혼자서라도 한 달에 한 번 정도 날짜를 정해서 수능 유형의 문제를 풀어 보라. 그래서 자신의 실력을 점검하는 시간을 가져야 한다. 실전처럼 연습을 많이 해보아야, 나중에 실전에서 연습할 때와 같은 편안한 마음으로 자기 실력을 제대로 발휘할 수 있다.

내신은 평소에는 각종 수행 평가에 최선을 다하고, 수업 내용을 간단히 복습하는 정도로 준비해 두는 게 좋다. 그리고 시험 보기 3주 전부터는 어떤 과목을 몇 시간 그리고 몇 단원 공부할지, 시간별·단원별로 계획을 세워서 집중적인 준비를 해나가야 할 것이다.

그럼 이제 수능 각 영역별 공부 방법과 내신 시험 대비 방법에 대해서 구체적으로 살펴보도록 하자.

언어영역 공부법

　수능에 초점을 맞추어 공부해 나간다는 점에서 보면 1학년과 3학년은 큰 차이가 없다. 다만 수능이 얼마 남았느냐는 시기상의 차이가 있을 뿐이다. 그래서 언어영역은 1학년 때부터 꾸준히 공부해 나가야 한다. 언어영역은 심화 선택과의 연계성이 상대적으로 낮으므로, 1학년 때는 독서를 많이 하고 문제 풀이에 적응하는 훈련을 해야 한다.

　언어영역은 국어 능력을 평가하는 영역이어서, 포괄적인 능력을 요구하고 광범위한 내용을 다룬다는 특징이 있다. 그러므로 언어영역을 잘하기 위해서는 기본적인 국어 실력이 뒷받침되어야 한다. 글의 내용을 제대로 파악할 줄 알고, 문맥의 의미를 잘 이해할 수 있는 사람이 언어영역에서 좋은 점수를 받을 수 있다.

　반대로 말하면, 어려서부터 책을 별로 읽지 않았거나 혹은 글을 읽고 이해하는 능력이 부족한 사람은 나름대로 열심히 공부한다고 하더라도 성적이 오르지 않고 계속 그 자리에서 맴돌 수 있다.

　그렇기 때문에 언어영역을 어떻게 공부해야 할지 감을 잡지 못하는 친구들이 많은 게 현실이다. 심지어 언어영역은 공부를 하나 안 하나 똑같으니까 공부할 필요가 없다고 이야기하는 친구들도 있다. 하지만 제대로 공부하는데 실력이 오르지 않을 리 없고, 실력이 늘었는데 점수가 잘 나오지 않을 리 없다.

　중요한 것은 '어떻게' 공부하는가이다. 여기서 분명히 말하고 싶은 것은, 무작정 문제를 많이 푼다고 해서 실력이 느는 게 아니라는 사실이

다. 한 문제를 풀더라도 그 문제에 관해서 제대로 공부해야 성적이 오를
수 있다.

언어영역 문제집을 많이 풀어 본 친구라면, 이렇게 많은 문제를 풀었
는데도 왜 점수에 변화가 없을까 하고 의아하게 생각한 적이 있을 것이
다. 언어영역의 문제는 얼마든지 다양하게 변주되어 나올 수 있고, 그때
마다 어떤 것이 더 답에 가까운지 새롭게 해석하고 대처해야 하기 때문
에 충분히 그럴 수 있다. 그러므로 언어영역은 문제를 풀고 나서 그 문
제를 통해 무엇을 생각했고, 무엇을 얻었느냐 하는 것이 더 중요하다.

그런 의미에서 언어영역의 핵심은 '분석 능력' 이라 할 수 있다. 언어
영역을 공부한다는 것은 지문을 분석하는 능력과 출제자의 의도를 분석
하는 능력 그리고 문제에 주어진 보기의 의미가 무엇인지 분석하는 능
력을 기르는 것이다.

따라서 문제를 읽고 풀면서 그 내용들을 얼마나 날카롭게 분석해내
고, 얼마나 확실한 논리에 입각해서 문제를 풀어가느냐에 따라 언어영
역의 승패가 결정된다. 요컨대 언어영역을 공부할 때는, 어떻게 하면 글
을 잘 분석할 수 있을지 그리고 얼마나 논리적으로 문제를 대할 수 있을
지를 고민하고 연구해야 한다.

분석 능력을 기르기 위해서는 'Remind법' 을 활용하면 도움이 될 것
이다. remind는 '상기시키다, 일깨우다' 라는 뜻을 가지고 있다. 글자
그대로 공부할 때 깨달았던 것을 따로 정리해 두고, 그 내용을 반복해서
상기함으로써 분석 능력을 키우는 방법이다.

먼저 수업을 들을 때나 문제집을 풀 때 새로 알게 된 것들을 그때그때

정리한다. 노트를 따로 만들어도 좋고, 교과서나 교재 옆에 그 내용을 적어 두어도 좋다. 이전과는 전혀 다른 새로운 사고의 틀을 가지게 되면 그것을 적어놓고 시간이 날 때마다 살펴본다. 공부할 때 깨달았던 내용과 느낌을 다시 한번 되살리게 되면, 확실히 내 것으로 만들 수 있다.

그리고 문제를 틀릴 때는 반드시 이유가 있다. 우리가 공부를 한다는 건 틀린 이유를 찾아내서, 그 부분을 고쳐 나가는 것을 의미한다. 문제를 풀고 나서 분석하고 고쳐 나가는 과정이 없다면, 실력 향상도 있을 수 없다. 그러므로 문제를 다 푼 뒤에도 답이 왜 그래야 하는지를 논리적으로 따져 보자. 문제의 의미와 답을 다른 사람에게 논리적으로 설명할 수 있다면, 비로소 제대로 공부했다고 할 수 있다.

반면에 답은 맞추었을지 몰라도 논리적으로 설명할 수 없다면, 아직 그 문제에 대한 공부가 부족하다고 볼 수 있다. 언어영역은 절대 흐리멍덩한 과목이 아니다. 정확한 분석과 논리적 사고를 통해서만 높은 점수를 얻을 수 있다.

또 한 가지 짚고 넘어가야 할 부분은, 기본적으로 언어영역을 공부할 때는 문법·고전 문학 등 지식적인 이해와 암기가 필요한 내용들을 확실히 공부해 두어야 한다는 점이다. 즉, 독해에서는 이론적인 지식이 별로 중요하지 않을 때도 있지만, 시나 소설과 같은 문학과 문법에 관련된 문제를 풀 때는 기본적인 내용을 확실히 알아 두어야 한다. 따라서 평소 수업을 들을 때나 혼자서 시험 공부를 할 때, 기본적인 내용을 착실히 공부해 두어야 할 것이다.

수리탐구 I 공부법

수학은 어렵고, 양도 많아서 많은 친구들이 골머리를 앓는 과목 중 하나이다. 게다가 수학은 단계적인 학문이므로, 이전의 내용을 제대로 공부하지 않으면 다음 내용을 공부할 수가 없다. 중학교 때 기초가 부족하면 고등학교 1학년 수학을 잘할 수 없고, 수학 10의 기초가 부족하면 수 I , 수II를 잘할 수 없다. 그렇기 때문에 아무리 시간이 부족하고 마음이 급하더라도, 기초가 부족한 사람은 기초부터 차근차근 공부해 나가야 좋은 성과를 거둘 수 있다.

수학을 공부하는 순서는 크게 세 단계로 나누어 생각해 볼 수 있다. 기본 내용을 공부하는 단계, 유형을 익히는 단계, 실전 문제 풀이 단계가 바로 그것이다. 이제 각 단계에서 무엇을 목표로, 어떻게 공부해야 하는지 살펴보도록 하자.

1. 기본 내용을 공부하는 단계

기본 내용을 익힌다는 것은 각 단원의 핵심 내용 및 중요 공식을 이해하고 암기하는 과정을 말한다. 응용력은 탄탄한 기초 실력에서 나온다. 기본 내용은 《정석》, 《개념원리》, 《수학의 바이블》 등 일반적인 수학 기본서로 공부하는 것이 좋다. 물론 꼭 기본서로 공부해야 한다는 법은 없다. 교과서나 다른 문제집을 이용해도 좋지만, 대개 기본서들이 체계적으로 잘 정리되어 있고, 다양한 내용 중에서도 가장 기본이 되는 원리들을 잘 뽑아놓았기 때문에 권하는 것이다.

또한 수업을 듣기 전이나 혼자서 본격적으로 공부하기 전에 '10분 예습법' 을 통해서 간단히 예습을 해놓으면, 좀더 효과적으로 공부할 수 있다. 엄밀한 의미에서 예습은 진도 전에 미리 공부하는 것만을 의미하는 것이 아니라, 본격적인 학습에 들어가기 전에 제대로 공부할 수 있도록 미리 준비하는 과정을 의미하기도 한다.

'10분 예습법' 은 다음의 3단계로 이루어진다.

- 1단계 훑어보기 :

  어떤 내용을 배우게 되는지 단원명과 중요 공식들을 간단히 살펴본다.

- 2단계 개념 정리 :

  배우게 될 개념들을 체크한다. 중요하다고 생각되는 부분, 어렵게 보이는 부분을 체크하면서 그 부분만 간단히 읽어 둔다.

- 3단계 유형 파악 :

  문제들을 보면서 어떤 개념을 이용해서 풀어야 할지 예상해 보고, 정리한다.

이렇듯, 수업 전에 공부하게 될 내용과 중요 내용을 간단하게라도 짚고 넘어가면, 핵심 내용을 한결 쉽게 이해하고 파악할 수 있다. 사람의 머리는 한 번이라도 더 반복해서 볼 때 더 오래, 그리고 잘 기억할 수 있으므로, 기본 개념을 공부할 때 이러한 원리를 활용하면 수업을 보다 즐겁고 재미있게 들을 수 있을 것이다.

2. 유형을 익히는 단계

수능 공부를 하다 보면 각 내용별로 자주 출제되는 빈출 유형이 존재한다는 사실을 알게 될 것이다. 응용력을 기르기 위해서는 이미 나와 있는 빈출 유형을 확실하게 내 것으로 만드는 노력이 필요하다.

유형 익히기는 단순히 문제를 푸는 수준에서 그치는 것이 아니라, 빈출 유형의 기본적인 풀이 방식과 원리를 기억해야 한다. 그래서 나중에 같은 유형의 문제가 나왔을 때 당황하지 않고 신속하게 문제를 풀어낼 수 있는 능력을 기르는 것이 중요하다.

수학을 잘한다는 건 수학에 자신이 있다는 것이다. 수학에 자신이 있으려면 각 단원에 대한 자신감이 있어야 한다. 집합·수 체계·인수분해·방정식 등 다양한 단원에 대한 자신감이 쌓여 수학 전체에 대한 자신감이 되기 때문이다.

각 단원에 대한 자신감을 쌓으려면 기본 개념을 이해하는 것은 물론이고, 필수 유형들을 익혀 두는 것이 무엇보다 중요하다. 따라서 문제를 풀 때, 문제 옆 혹은 따로 만든 체크 리스트에 어떤 유형의 문제이며, 어떻게 풀면 되는지 간략히 정리하고 넘어가는 작업이 필요하다. 나중에 복습할 때 체크 리스트를 살펴보면서 그 유형만큼은 확실히 내 것이 되도록 다시 한번 짚고 넘어가면 더할 나위 없이 좋다.

3. 실전 문제 풀이 단계

실제 수능 형태의 문제들, 응용력이 요구되는 문제들을 잘 풀기 위해서는 앞서 이야기한 기본 개념 다지기와 빈출 유형 익히기를 충분히 해

두어야 한다. 기본 개념이 확실히 잡혀 있고, 다양한 유형들을 많이 익혔다면 응용력은 쉽게 향상될 수 있다.

응용 문제를 푸는 과정은 다음과 같은 순서로 이루어진다.

① 문제의 내용 및 조건 분석
② 문제를 푸는 데 필요한 공식 및 원리 파악
③ 문제 내용을 간단한 식으로 표현
④ 계산

즉, 응용 문제를 잘 풀기 위해서는 먼저 말이나 도형, 그림으로 표현된 문제를 자기가 공부한 형태로 변형시켜야 한다.

응용력을 기르기 위해서는 문제 자체를 해석하는 훈련도 필요하다. 그리고 많은 응용 문제들을 풀어 보면서 직접 식을 세워 보고, 해설에 나와 있는 방법을 이해하면서 경험과 노하우를 쌓아야 한다.

응용력은 시간이 흐른다고 저절로 쌓아지는 것이 아니다. 그러므로 노력과 훈련도 제대로 하지 않고, 나는 원래 응용력이 없다고 지레 단정 짓지 않기를 바란다. 다양한 유형의 문제를 접하고, 끊임없이 도전하는 자세만이 응용력을 기를 수 있음을 기억하자.

응용력 훈련의 핵심은, 전보다 더 잘할 수 있기를 기대하며 최선을 다해 문제를 푸는 자세에 있다. 못 풀 때 못 풀더라도, 자기가 할 수 있는 모든 방법을 동원하여 물고 늘어져라. 그럴 때 전투력이 향상되고 실력이 느는 것이다.

수리탐구 II 공부법

　수리탐구 II의 특징은 과목이 다양하고 공부할 양이 많다는 것이다. 수능 시험에는 공통적으로 배우는 사회·과학보다 심화된 내용이 출제되기 때문에, 1학년 때는 사회·과학의 기본적인 내용을 익히는 데 중점을 두어야 한다. 그리고 2, 3학년 때 본격적으로 선택 과목을 정하고, 그 과목을 심도 있게 공부하면 된다.

　국·영·수에만 집중하고 수리탐구 II를 소홀히 하거나 뒤로 미루다 보면 낭패를 볼 위험이 있다. 수리탐구 II의 반영 비율이 생각보다 높을 뿐 아니라 공부해야 할 양도 많기 때문이다.

　우선 공통으로 배우는 사회와 과학 그리고 기본이 되는 내용을 제대로 공부해 두는 것이 중요하다. 수능에 심화된 내용만 나온다고 해서 그것만 열심히 하면 된다고 생각하면 곤란하다. 기본이 제대로 되어 있지 않은데, 심화된 내용만 잘할 수는 없는 노릇이다.

　수리탐구 II를 공부할 때 꼭 기억해야 할 사항이 있다. 바로 비중이 높은 부분을 깊이 있게 공부해야 한다는 것이다. 과학으로 따지자면 관성, 일기도, 금속의 반응성, 혈액형 등 각 단원별로 자주 출제되는 중요 문제들을 깊이 있게 공부해서 그 내용만큼은 도사가 되어야 한다. 또한 각 단원별·유형별로 문제가 출제되므로, 거기에 맞추어 내용을 정리하고 문제를 풀어 보면서 자신감을 가지는 것이 필요하다.

　그러기 위해서는 '주제(Theme) 노트'를 활용할 것을 적극 권한다. 우선 한 개념, 한 단원에 해당하는 중요 내용과 문제들을 주제 노트에 적는다. 그리고 하나의 주제에 대한 내용들을 보충해 나가면서, 새롭게 깨닫게 된 내용들을 그때그때 적어 나간다. 모든 내용을 다 적을 필요는 없다. 새롭게 깨달은 것 위주로, 나만 알아볼 수 있도록 간단하게 적으면 된다.

주제 노트를 활용하면 한 주제, 즉 기본 개념에 대한 자신감을 가지는 데 도움이 될 뿐만 아니라, 쉬는 시간이나 점심시간 등 자투리 시간을 잘 활용할 수 있다.

외국어영역 공부법

외국어영역은 언어영역과 마찬가지로 포괄적인 능력을 묻는 영역이다. 외국어영역은 크게 독해 · 듣기 · 문법 · 단어, 네 가지 부분으로 나눌 수 있다. 그 중에서도 핵심은 독해이다. 문법이 필요한 이유도 독해를 정확하고 신속하게 풀기 위한 것이고, 단어를 외우는 것도 독해 문제를 위한 것이다. 따라서 기초적인 문법 수준을 갖춘 뒤에는 조금씩이라도 매일 독해 공부를 해나가길 바란다.

영어 단어를 익히는 데 가장 중요한 핵심은 자주 보는 것이다. 다만 영어 단어장을 이용하는 것과 독해 지문을 많이 읽는 것, 원서를 읽으면서 중요한 단어들을 반복해서 보는 것과 같은 방법의 차이가 있을 뿐이다. 방법은 다르지만 그 목적은 모두 되도록 '자주', '많이' 접하고 써봄으로써 단어를 익히는 것이다. 언어의 가장 주된 목적이자 특징을 의사소

통이라 할 수 있으므로 영어를 자주 사용해서 익숙해지는 것이 가장 좋은 방법이다.

들기의 경우, 자기 수준에 맞는 테이프를 골라 반복해서 듣는 것이 좋다. 기본적으로 한 내용을 세 번 정도 들으면 좋은데, 처음 한두 번은 지문을 보지 않은 상태에서 최대한 집중해서 내용을 듣는다. 그러고 나서 해설을 보면서 안 들렸던 내용이 무엇이었는지 확인하면서 다시 한 번 듣고, 마지막에는 해설을 보지 않고 전체를 다시 듣는다.

이렇게 듣고 나면 적어도 그 지문만큼은 해설을 보지 않고도 확실히 들을 수 있게 되기 때문에 자신감도 생기고, 감이나 노하우도 생긴다. 이처럼 반복 듣기 훈련으로 자신감을 키워 나가는 것이 중요하다.

첫 시험이 중요하다

무슨 일이든 처음을 어떻게 시작하느냐가 매우 중요하다. 출발을 잘 해야 그 다음 일도 수월하게 풀어 나갈 수 있다. 특히 고등학교에 올라와서 처음 보는 중간고사는 고등학교 3년을 어떻게 보낼지 결정할 만큼 매우 중요하다.

예전에 어떤 선생님께서 고등학교에 올라와서 처음 보는 중간고사의 결과가 수능 때까지 이어진다는 말씀을 하신 적이 있다. 물론 그 말씀이 꼭 맞는 것은 아니다. 성적은 언제나 변하게 마련이고, 또 고등학교 3년 동안 얼마나 열심히 공부하느냐에 따라서 얼마든지 올라가기도 하고 떨어지기도 하는 것이 성적이기 때문이다.

그럼에도 첫 시험의 중요성을 강조하는 이유는, 첫 시험의 결과가 알게 모르게 자기 실력과 능력에 대한 잣대나 기준이 될 가능성이 높기 때문이다. 예를 들어 첫 시험을 잘 봐서 반에서 5등을 한 사람은 자신의 실력이 반에서 5등 정도는 된다고 생각한다. 그래서 다음 시험 때도 최소한 5등 안에는 들어야겠다는 마음가짐으로 준비한다.

반대로 첫 시험을 잘 보지 못한 사람은 자기도 모르는 사이에 그 정도가 자신의 실력이라고 생각하게 된다. 그래서 다음 시험 때도 그저 그 정도 수준으로 공부하면 된다고 생각하는 경우가 많다. 그렇기 때문에 여러분은 첫 중간고사는 최선을 다해서 봐야 한다.

하지만 중간고사를 잘 보지 못했더라도 크게 실망할 필요는 없다. 누누이 말했지만 가장 중요한 것은 자신감이다. 다음 시험에서 더 나은 결과를 얻어낼 수 있다는 자신감을 잃지 않고 그 목표를 향해 계속 도전해 나간다면, 오히려 첫 시험의 아픈 경험이 더 큰 성공의 밑거름이 될 수 있을 것이다. 그리하여 첫 시험의 결과를 갈아엎고 진짜 나의 실력을 확인받을 수 있을 것이다.

시험 준비는 수업과 함께 시작하라

앞에서도 이야기한 것처럼 1학년 때의 내신 성적은 비중이 크고 아주 중요하다. 모의고사는 한 번 못 봤다고 하더라도 말 그대로 '모의' 고사이기 때문에 다음에 잘 보면 그만이지만, 내신 성적은 한 번 점수가 나오면 다시는 돌이킬 수 없다. 그러므로 1학년 때는 학교 내신 시험에 신경을 더 많이 써야 한다.

그런데 여기서 반드시 기억해야 할 점은, 시험 보기 며칠 전에 부랴부랴 시험 공부를 시작해서는 곤란하다는 사실이다. 벼락치기 공부는 한계가 있다. 시험 준비는 처음 수업을 들을 때부터 시작하는 것이 가장 좋은데, 그래야 자기가 원하는 페이스대로 공부를 해나갈 수 있다.

대부분의 친구들은 수업과 시험 준비, 숙제를 따로따로 떼어 놓고 생각한다. 하지만 결코 그렇지가 않다. 수업을 듣는 그 순간부터 우리는 시험 공부를 시작한 것이다. 그러므로 지금 배우는 내용 중에 과연 어떤 내용이 중요한지 확인하고, 또 어떤 내용이 시험에 나올지 예상하면서, 선생님께서 강조하는 내용을 주의 깊게 들어야 한다. 뿐만 아니라 앞으로 이 내용을 어떻게 복습하고, 어떻게 공부해 나갈지 계획을 세우는 것 또한 필요하다. 그런 의미에서 보면 시험 준비는 처음 그 내용을 배우기 시작하는 그 순간부터 시작된 것이나 다름없다.

한 가지 주의해야 할 점은, 수학이나 영어처럼 공부할 내용이 많은 과목은 평소에 공부를 많이 해두고 오히려 시험 기간에는 공부 양을 줄여야 한다는 것이다. 시험 기간에는 단기간에 공부해서 많은 효과를 볼 수 있는 과목에 시간 투자를 많이 하고 집중해야 한다. 따라서 수학이나 영어 등 주요 과목은 시험 기간 이외의 시간에 충실히 공부해 두어야 할 것이다.

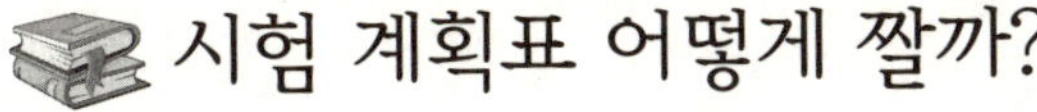

시험 계획표 어떻게 짤까?

　내신 시험 준비는 시험 3주 전부터 시작하는 것이 무난하다. 그리고 지나치게 자세한 계획표를 짤 필요는 없다. 그날그날 어떤 과목을 몇 시간 정도 공부할지 시간과 양을 배분해 놓는 정도면 충분하다. 그러기 위해서는 먼저 공부해야 할 과목, 공부해야 할 양, 각 과목을 공부하는 데 걸리는 예상 시간을 체크하는 것이 필요하다.

　계획표를 짜는 순서는 다음과 같다.

1 시험 보는 과목, 시험 보는 단원(시험 범위가 확정되지 않은 상태라면, 우선 시험 볼 것이 확실한 부분부터 체크해 놓고 공부를 시작한다) 그리고 각 단원별로 공부하는 데 필요한 예상 시간을 계산한다.

2 시험 보는 전날까지 그날그날 공부할 수 있는 시간이 몇 시간인지 표시하고, 하루에 두세 과목씩 공부할 과목을 적는다. 만일 시험을 4일 동안 치른다면, 시험날이 다가왔을 때는 시험 기간 첫째 날과 둘째 날에 보는 과목을 주로 공부하고, 시험 공부를 시작하는 초반에는 셋째 날과 넷째 날에 보는 과목을 공부하도록 계획을 짠다. 만일 하루에 세 시간을 공부할 수 있다면, 1시간 30분씩 두 과목 가량 공부하는 정도로 계획을 짠다.

3 각 과목별로 목표로 하는 점수를 적는다. 첫 시험에서는 감이 잡히지 않아 정확한 목표 설정이 어려울 수 있지만, 우선은 자기가 생각하는 목표 점수를 적는다. 공부가 잘 안 될 때는 목표를 다시 한번 살펴보면서 각오를 다진다.

월   p.m. 07:00~08:30   국어 문제집 1단원 풀기
  p.m. 08:45~10:00   영어 자습서 1단원 공부, 단어 외우기

화   p.m. 06:30~08:00   수학 교과서 1단원 예제·연습문제 풀기,
  수업 시간에 배운 내용 체크

  p.m. 08:20~10:00   영어 학교 교재 문제집 1단원 풀기,
  모르는 단어 체크 및 문법 정리

계획은 이와 같이 간단하면서도 세부 항목은 구체적으로 세운다. 그래서 2~3주 동안 해야 할 일이 한눈에 들어올 수 있도록 정리한다. 이렇게 정리해 두면, 하루 아니 한 시간이라도 목표한 시간에 정해진 분량을 공부하지 않으면 그만큼 계획에 구멍이 생기기 때문에 허술하게 공부하는 것을 막을 수 있다.

또한 처음에 세운 목표를 보면서 계획을 차근차근 실천해 나갈 수 있다. 다만 계획을 실천해 나가다 보니 처음에 세운 계획이 너무 현실성이 떨어지는 계획이었다면, 중간에라도 수정할 필요는 있다.

여기서 하나, 내신 시험을 준비할 때도 재미있는 과목, 자신 있는 과목부터 공부하라고 꼭 이야기하고 싶다. 누구나 자기가 좋아하는 과목을 공부할 때, 흥미를 가지게 되고 자신감을 가질 수 있기 때문이다. 처음부터 못하는 과목을 하면 잘해야 한다는 부담감 때문에 오히려 역효과가 날 수도 있다.

내신 성적을 위해서도 일단 자신 있는 과목에서 좋은 성적을 내야 원하는 점수를 얻을 수 있다. 따라서 자신 있는 과목은 더 좋은 성적을 거

둘 수 있도록 철저히 준비하고, 그것을 바탕으로 부족한 과목, 자신 없
는 과목들도 최선의 결과를 얻을 수 있도록 노력해야 할 것이다.

시험 문제부터 제대로 읽어라

내신 시험을 볼 때 가장 주의해야 할 점은 문제를 제대로 읽는 것이다.
시험 때는 아무래도 긴장을 많이 하게 된다. 그래서 평소에는 하지 않던
실수도 하고, 실력을 제대로 발휘하지 못하기도 한다. 또 문제를 잘못
이해해서 충분히 맞힐 수 있는 문제를 틀리기도 한다.

시험 볼 때 문제를 잘 읽어야 한다는 말은 귀에 못이 박히도록 들었을
것이다. 그런데도 많은 친구들이 이것을 제대로 실천하지 못한다. 많은
문제를 풀다 보면 문제에 대한 선입관을 가지게 되는데, 이 때문에 실수
가 생긴다. 문제를 대충 훑어보고는, 자신이 전에 풀어 보았던 유형이라
고 생각해 성급하게 답을 결정하는 경우가 많다. 그러다가 뒤늦게 실수
를 깨닫고는 안타까워한다.

시험에 임해서는 문제를 차분히 읽고, 그 의도를 정확하게 파악하는
것이 무엇보다 중요하다. 실제로 문제만 제대로 읽어도 많은 힌트를 얻
을 수 있다. 나는 시험 볼 때, 문제를 정확히 읽기 위해서 밑줄을 그어가
면서 정독했다. 아무리 급하더라도 문제만은 정확하게 읽어야 한다. 이
것이 좋은 점수를 얻기 위한 첫 걸음이다.

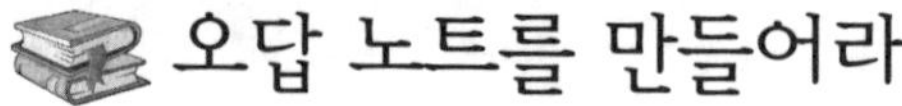 오답 노트를 만들어라

드디어 중간고사가 끝났다. 시간이 조금만 더 있었다면 잘할 수 있었는데 하는 아쉬움이 많이 남는다. 많은 친구들이 기말고사는 제대로 준비해서 더 좋은 성적을 받아야겠다고 굳은 결심을 할 것이다. 그럼 기말고사도 중간고사처럼 준비하면 될까? 결코 그렇지 않다.

기말고사 준비는 지금 보는 중간고사가 끝난 바로 지금 이 순간부터 시작된다. 이 무슨 막막한 소리냐고? 물론 시험이 끝난 뒤에는 어느 정도 휴식을 취하고, 재충전의 시간을 가질 필요가 있다. 하지만 그 시간들을 아무 생각 없이 보내면 어느새 시간은 흘러가 버리고, 또다시 준비가 부족한 상태에서 기말고사를 맞게 되기 십상이다. 그러므로 중간고사가 끝나는 바로 그 순간부터 기말고사를 생각해야 한다.

시험을 잘 보았든 못 보았든, 한번 본 시험은 결코 되돌릴 수 없다. 그렇기 때문에 지나간 시험에 연연해할 필요는 없다. 여러분에게는 아직 많은 기회가 남아 있고, 앞으로 어떻게 공부하느냐에 따라 결과는 크게 달라질 수 있기 때문이다. 장기적인 안목을 가지고 다음 시험을 준비해 나갈 때, 똑같은 실패를 되풀이하지 않을 수 있다.

우선 범위가 다르기 때문에 기말고사에서는 중간고사에 나왔던 문제가 출제되지 않을 것이다. 하지만 중간고사에서 틀린 문제를 살펴보면, 내가 어떤 부분에 약한지를 알 수 있다. 내신 시험이나 수능 모의고사를 치르고 난 뒤에 오답 노트를 만들라고 하는 이유가 바로 여기에 있다.

이미 지나간 시험이므로 다시는 쳐다보지도 않겠다는 심정으로 시험지를 내팽개쳐 버리는 건 결코 좋은 태도가 아니다. 진정으로 발전하고자 하는 사람이라면, 자신의 실수나 잘못을 있는 그대로 인정하고 고쳐 나가는 용기와 마음가짐이 필요하다.

'오답 노트'란 말 그대로, 자기가 틀린 문제를 적거나 체크해 두고 거기서 깨닫게 된 항목들을 정리하는 노트를 말한다. 오답 노트의 가장 큰 장점은 틀린 문제를 통해 드러난 자신의 부족한 점을 깨닫게 하고, 그것을 고쳐 나가는 데 많은 도움을 준다는 것이다.

그렇다면 오답 노트는 어떻게 만드는 것이 좋을까?

어떤 친구들은 마치 우표를 수집하듯이 예쁘고 꼼꼼하게 오답 노트를 만든다. 밑줄도 긋고, 예쁘게 오려서 노트에 붙이며 깨끗하게 정리한다. 보기 좋은 떡이 먹기 좋다고는 하지만, 이건 아주 비효율적인 방법이다. 물론 이런 행동 자체가 나쁘다는 건 아니다. 이왕이면 예쁘게 정리하는 게 좋겠지만, 오답 노트를 만드는 목적은 예쁘게 정리하는 데 있는 게 아니라는 사실을 잊지 말자.

다른 정리도 마찬가지겠지만, 오답 노트를 만드는 목적은 그 내용을 한 번이라도 더 보고 머릿속에 새기기 위한 것이다. 따라서 오답 노트를 만드는 데 지나치게 많은 시간을 소비하는 것은 그리 지혜로운 행동이 아니다. 좀 투박하더라도 자기만 알아볼 수 있도록 중요 내용만 간단히 정리해 두고, 시간이 날 때마다 확인하고 넘어가는 것이 더 효과적이다. 화려한 겉모습보다 중요한 것은 실속 있는 내면이다.

오답 노트는 중요한 내용 중에서 다음에 꼭 살펴보아야 할 것만 간단히 정리하는 것이 좋다. 이런 의미에서 나는 오답 노트를 '깨달음의 노트’라 정의하고 싶다. 실패했던 공부법이나 실수 등을 통해 ‘아, 이거구나!’ 하고 깨닫게 된 내용이 담긴 노트가 바로 오답 노트이기 때문이다. 여러분도 지금부터 오답 노트를 만들어 두고, 공부가 잘 안 될 때나 자투리 시간에 활용하길 바란다.

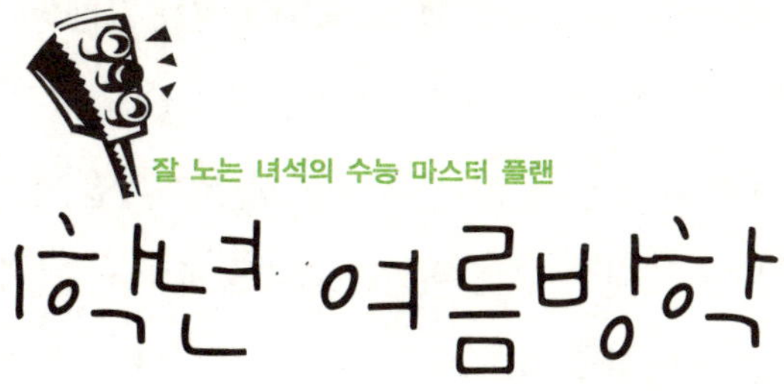

1학년 여름방학

휴식과 도약을 위한 시간

고등학교에 올라와서 처음으로 맞이하는 방학이다. 한 학기 동안 힘들고 어려운 일도 많았고, 또 기말고사를 보느라 기력이 많이 떨어졌을 테니 일단은 좀 쉬면서 몸을 추스르는 시간이 필요할 것이다. 그렇게 몸과 마음을 재정비한 다음에는, 2학기를 위해 효과적인 방학 계획을 세우고 실천해 나가야 한다.

분명한 계획과 결단 없이는 결코 알찬 여름방학을 보낼 수 없다. 여름방학 초기에는 공부해야지 생각하다가도 늦잠 자고 텔레비전을 보며 빈둥거리다 보면, 어영부영 시간만 보내기 마련이다. 그러므로 쉴 땐 쉬더라도, 분명한 계획을 세워놓고 거기에 맞추어서 공부하면서 쉴 수 있는 결단력이 필요하다. 하루 종일 공부만 할 수는 없지만, 최소한 매일 4시간 이상의 자율학습 시간은 확보해야 한다.

방학 계획을 세울 때 주의할 점 1 : 과대망상은 그만~!

많은 친구들이 여름방학이 한 일 년쯤은 되는 줄로 생각하고, 말 그대로 '엄청난' 계획을 세운다. 그러나 그 엄청난 계획을 실천하기에 여름방학은 너무 짧다. 게다가 그런 계획을 학기중도 아닌 방학에 제대로 지킬 수 있는 사람은 거의 없다고 봐도 과언이 아니다.

그러므로 실천하기 힘든, 아니 실천 불가능한 계획을 세우기보다는, 조금 초라해 보일지라도 지극히 현실적인 계획을 세워 철저히 실천하는 것이 훨씬 더 중요하다. 자신의 능력과 평소 습관을 고려해서 실천 가능한 계획을 세우자.

방학 계획을 세울 때 주의할 점 2 : 방학은 스쳐 지나가는 순간과 같다

이제 방학이다 싶으면, 어느새 일주일이 훌쩍 지나가 있는 게 우리의 현실이다. 친구들과 놀러라도 갔다 오면, 또다시 일주일이 지나간다. 삼복 더위나 장마가 견디기 어려워 잠시 마음을 놓고 있다 보면, 또다시 일주일이 훌쩍 지나간다. 방학인데 천천히 하자 마음먹으면, 한 일도 없이 또 일주일이 금방 흘러간다. 그리고 어느덧 개학은 내일……. --;;

시간은 빨리 흘러간다. 게다가 방학이라고 해서 마음을 놓다 보면 아무것도 하지 못한 채 그냥 보내기 일쑤다. 이처럼 방학이 짧다는 사실, 금방 지나간다는 사실을 늘 기억하고, 방학일수록 시간을 더 아끼고 마음을 다잡아서 공부해야 한다. 오늘이 방학의 마지막 날인 것처럼, 오늘 제대로 공부하지 못하면 방학 내내 공부를 못하는 것처럼 매일 계획대로 실천해 나가야 한다.

‘하루쯤 안 해도 괜찮아, 방학인데 뭘!’

이런 생각이야말로 방학 동안 의미 있는 일, 계획했던 일들을 못하게 하는 최고의 방해꾼이다. 이제 ‘내일은 어떻게 될지 모르지만, 적어도 오늘만은 최선을 다하자.’ 라는 마음가짐으로 노력하길 바란다.

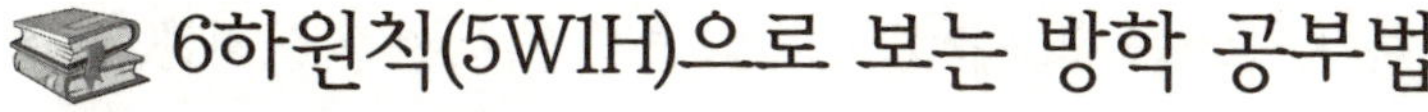 6하원칙(5W1H)으로 보는 방학 공부법

1. 누가(Who)

공부는 누가 하는 것인가? 당연히 ‘내’ 가 하는 것이다. 그런데 종종 너무나 당연한 이 사실을 잊고 지내는 친구들이 있다. 부모님이, 선생님이, 유명한 학원 강사가 공부를 대신해 줄 수 있을 거라고 착각한다. 하지만 어느 누구도 내 공부를 대신해 줄 수는 없다. 공부는 내 머리로, 내 노력으로, 내 손으로 직접 해야 한다. 너무나 기본적인 이 사실을 절대 잊지 말자. 내 공부는 나밖에 할 수 없다.

2. 언제(When)

방학이 학기중과 가장 다른 점은 혼자 공부할 수 있는 시간이 많다는 것이다. 그래서 방학을 잘 보내는 것은 자율학습 시간을 얼마나 효율적으로 활용하느냐에 달려 있다. 학원을 다니는 것도 좋고, 과외를 받는 것도 좋지만, 혼자 공부하는 자율학습 시간이 하루에 최소 서너 시간은 확보되어야 한다. 만일 그 시간이 확보되지 않는다면, 학원에 다니는 것에 대해서 진지하게 고민해 볼 필요가 있다. 학원에서 배운 내용을 복습하고, 내 것으로 충분히 소화할 수 있도록, 무슨 수를 써서라도 혼자 공부할 수 있는 시간을 마련하자.

3. 어디서(Where)

자율학습을 할 수 있는 시간을 확보했다면, 이제 어디서 공부할지를 결정해야 한다. 장소는 집중만 할 수 있다면 학교, 독서실, 도서관, 집 어디라도 좋다.

그런데 만약 집에 놀 수 있는 각종 기구들이 갖추어져 있고, 게다가 부모님까지 계시지 않는 상황이라면 집에서 공부하는 건 실패할 확률이 매우 높다. 집에 케이블 텔레비전, 인터넷, Playstation 게임기 등 모든 오락 기구들이 갖추어져 있는데, 그 유혹을 뿌리치고 공부에만 집중하기란 거의 불가능에 가깝다. 마치 맛있는 음식이 눈앞에 있는데, 절대로 먹지 않고 다이어트를 하겠다는 것과 같다.

그럴 때는 도서관이나 독서실이 좋다. 도서관에 가면 정말 죽기 살기로 공부하는 사람들을 많이 볼 수 있어 자극을 받는다. 그래서 집중도 잘되고, 경쟁의식을 느끼면서 새로운 마음으로 공부할 수 있다. 어디든 좋다. 자기가 공부에 집중할 수 있는 장소, 몰입할 수 있는 장소를 찾아보자.

4. 무엇을(What)

방학 때는 수학, 영어, 국어, 사회, 과학 등의 주요 과목을 골고루 공부해야 한다. 수학이 약하다고 해서 방학 때 수학만 공부하겠다는 생각은 절대로 하지 말자. 모든 과목은 항상 병행해서 공부해 나가야 한다.

날마다 조금씩이라도 공부할 수 있도록 계획을 짜라. 그러고 나서 전략적으로 투자를 많이 해야겠다고 생각되는 과목을 정한 다음, 시간 비중을 늘리는 게 좋다. 특히 1학기 때 약했던 단원들, 잘 못했던 부분들을 찾아서 약점을 보완·보충하는 과정도 잊지 말자.

5. 어떻게(How)

공부 방법은 앞에서 말한 것처럼 각 영역별로 공부해 나가면 된다. 학기중과 마찬가지로 방학 기간에도 매일 자율학습 시간을 정해놓아야 한다. 그래서 시간마다 목표량을 정해놓고 거기에 맞춰서 공부한다면, 눈에 보이는 성과를 얻을 수 있을 것이다.

6. 왜(Why)

방학 때는 특히 공부가 되지 않는다. 마음이 흐트러질 때는 자신이 공부하는 이유를 다시 한번 되새겨보는 것도 좋다. 꿈을 위해서, 내가 이루고 싶은 무언가를 위해서, 부모님을 위해서……. 어떤 것이어도 좋다.

사람은 누구나 즐거움을 주는 일, 재미있는 일을 하려고 한다. 누가 시키지 않아도 우리는 텔레비전이나 게임을 즐긴다. 텔레비전이나 게임이 즐거움을 주기 때문이다. 공부 역시 이와 다를 바가 없다. 텔레비전이나 게임보다 더 큰 즐거움과 보람을 느낄 수 있기 때문이다. 공부를 하면 전에는 몰랐던 것들을 알 수 있다. 또 어려운 수학 문제를 풀어냈을 때의 쾌감은 경험해 본 사람만이 안다. 그러므로 열심히 공부하고 나서 얻게 될 보람과 즐거움을 생각하면서 공부에 매진하기를 바란다.

방학중의 국·영·수 공략법

국어나 영어의 경우, 방학 동안 특별히 진도를 정해놓고 공부할 필요는 없다. 기본적인 공부 방법과 내용은 학기중과 동일하게 진행하면 된다.

국어의 경우에는 문학 부분에 비중을 둘 필요가 있다. 우선은 관심 있는 분야의 책을 읽으면서 독서에 익숙해지도록 하고, 꾸준히 문제집을 풀어 독해 능력을 길러야 할 것이다.

영어의 경우, 문법이 약한 사람은 문법 공부에 비중을 두는 것이 좋다. 그 외에는 평소처럼 독해와 듣기 연습을 해나가길 바란다.

과학이나 사회의 경우에는 1학기 때 배웠던 내용을 복습하고, 2학기 때 배울 내용을 간단히 예습하는 수준으로 공부하면 충분하다.

수학은 어디까지 진도를 나가야 하는지 생각해야 하기 때문에, 어느 정도 그리고 어떻게 공부해야 할지에 대해서만 자세히 이야기해 보도록 하자.

우선 수학은 수학10에만 집중하면 된다. 간혹 수 I 까지 공부해야 하는 것 아니냐고 물어오는 친구들이 있는데, 절대로 그럴 필요는 없다. 실제로 나도 1학년 여름방학 때는 공통수학 부분만 공부했지, 수 I 은 공부하지 않았다. 수학은 배우는 내용 하나하나를 깊이 있게 알아야 잘하게 되는 것이지, 수학10도 제대로 모르면서 수 I 만 빨리 배운다고 수학을 잘하게 되지는 않는다. 수학은 하나씩 단계를 확실하게 밟아 나가는 것이 중요하다.

여름방학에 수학10-나를 선행 학습하는데, 수학10-가의 정리가 잘되어 있는 사람과 그렇지 못한 사람은 투자하는 비중에 차이가 있다.

수학10-가 정리가 잘되어 있는 사람 → 수학10-가 : 수학10-나 = 20 : 80
수학10-가 정리가 안 되어 있는 사람 → 수학10-가 : 수학10-나 = 50 : 50

즉, 수학10-가 부분이 잘 정리되어 있는 사람은 수학10-나에 집중하고, 수학10-가는 간단히 살펴보는 정도로 공부한다. 반면에 수학10-가 부분이 잘 안 되어 있는 사람은 수학10-가를 복습하는 것과 수학10-나를 예습하는 데 같은 비중을 두어야 한다.

수학10-가를 못하더라도 수학10-나에 에너지를 들여야 하는 이유는, 만일 여름방학 동안 수학10-가만 공부한다면 수학10-나의 선행 학습이 이루어지지 않았기 때문에 2학기 때 수학10-나를 공부하는 데 있어 어려움을 겪는 악순환이 반복될 수밖에 없기 때문이다. 따라서 수학10-나의 선행 학습은 모두에게 중요하다.

	수학10-가 부분이 정리된 학생	수학10-가 부분이 정리가 안 된 학생
목표	수학10-나 전체 선행 학습	수학10-가 정리 및 수학10-나 도형까지 선행 학습
방법	수학10-나 전체를 훑어보는 것을 목표로, 개념 정리와 기출 유형들을 익히는 데까지 공부한다.	수학10-가의 쉬운 문제집을 정해 풀어 나가면서 개념 정리를 한다. 수학10-나의 진도를 다 나갈 필요는 없으므로 도형까지 끝낸다.

한 방울의 물이 바위를 뚫는다

한 방울의 물이 단단한 바위에 구멍을 낸다. 어떻게 그런 일이 가능할까? 그것은 작은 물방울일지라도 끊임없이, 오직 한 곳만을 타격하기 때문이다. 이 글을 읽는 순간, 나는 꾸준히 노력하는 것이 얼마나 중요한가를 깨달았다. 만일 나도 물방울처럼 한 곳을 향해 매진한다면, 불가능해 보이는 일도 해낼 수 있으리라는 생각이 들었다.

우리가 아무렇지도 않게 생각하는 한 시간의 수업, 그리고 쉽게 흘러보내는 하루의 시간들은 우리에게 주어진 한 방울의 물이다. 그 물방울을 어떻게 사용하고, 어느 곳에 떨어뜨릴지는 우리 자신에게 달려 있다. 그리고 그 물방울을 사용하는 우리의 선택에 따라서 앞으로 우리 삶의 모습도 달라질 것이다.

고등학교 때 나는 저녁마다 팔굽혀펴기를 연습했다. 원래 운동을 잘하는 편이 아니었기에 처음 하던 날은 10개만 해도 숨이 찼다. 하지만 하루도 쉬지 않고 계속 팔굽혀펴기를 하면서 숫자를 늘려간 결과, 반년이 지난 뒤에는 한 번에 80개씩 할 수 있었다. 이는 비단 팔굽혀펴기에만 적용되는 것은 아니라고 생각한다.

매일 꾸준히 영어 단어를 외우고, 일기를 쓰고, 또 하루에 한 편이라도 시를 읽고, 독서를 하는 것……. 처음에는 아무런 표시도 나지 않을 것이다. 몇 방울의 물이 바위 위로 떨어졌다고 해서 바위가 꿈쩍이나 하겠는가. 하지만 하루가 지나고, 이틀이 지나고, 몇 달이 흘렀을 때 그리고 계절이 지나 해가 바뀌었을 때, 그러한 노력의 결과는 확연히 드러날 것이다.

무릇 물방울이 바위를 뚫는다는 건 정말 쉽지 않은 일이다. 그러기 위해서는 끊임없는 노력이 필요하며, 힘을 오직 한 곳에 집중시켜야 한다.

가고 싶은 대학에 직접 가보라

가고 싶은 대학이라고 하면, 대부분의 친구들은 학교 이름만 듣고 그저 막연한 기대나 환상을 가지는 것 같다. 실제로 그 대학이 어떤지, 어떤 장단점을 가지고 있는지 객관적으로 파악하기보다는 그저 자신의 느낌이나 생각만으로 가고 싶은 대학을 정하곤 한다.

그렇지만 '백문이 불여일견' 이라고, 1학년 여름방학 때 하루 날을 잡아서 희망하는 대학을 직접 찾아가 보는 것도 좋다. 내가 가고 싶어하는 대학이 어떻게 생겼는지, 어떤 분위기인지, 어떤 사람들이 그 학교를 다니는지 직접 눈으로 보고 느껴보길 바란다. 그런 과정을 통해 자신이 목표하고 결심했던 것들을 더욱 확실히 할 수 있고, 공부하는 의미를 새롭게 다질 수 있을 것이다.

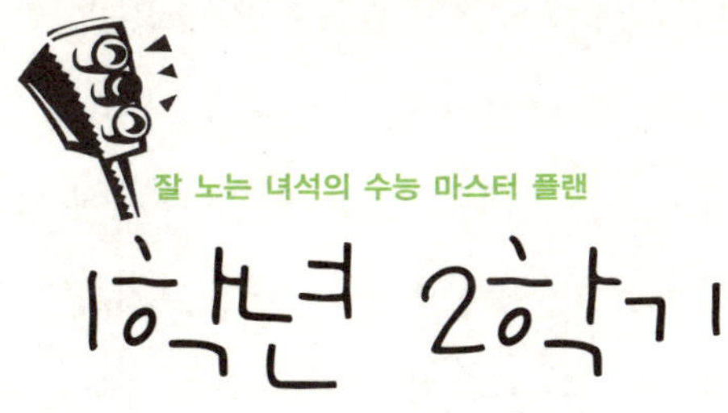

1학기를 분석하라

한 학기를 보냈기 때문에 이제 고등학교 생활에 어느 정도 익숙해졌을 것이다. 선생님, 친구들, 학교 분위기 등 낯설고 두렵게만 느껴지던 것들이 이젠 생활의 일부가 되었다. 그리고 어느덧 익숙해진 생활 속에서 1학년 2학기를 시작하게 되었다. 그런데 모든 것이 편해져서 자칫 나태해질 수 있는 2학기야말로 더욱 신경을 써야 하는 시기이다. 바짝 정신 차리지 않으면 2학기는 1학기보다 훨씬 더 빨리 지나간다.

매일매일 목표를 분명히 정하고, 공부하는 이유와 목적을 되새기면서 실천해 나가야 한다. 기본적인 공부 방식이나 패턴은 1학기 때와 대동소이하다. 다만 내신 시험이나 수능에 대비한 공부를 하기 위해서는 1학기 때 잘했던 점과 못했던 점들을 꼼꼼히 분석해 똑같은 실수를 반복하지 말아야 할 것이다.

　1학기 때 내신 시험에서 부족했던 과목이 있다면, 무엇이 부족했는지, 2학기 때는 어떻게 대처해 나가야 할지 전략을 짜야 한다. 그리고 수능 모의고사 점수가 잘 나오지 않은 영역은 이번 학기에 어떻게 보충해야 할지 고민하고 분석해 보자. 또한 여기서 머무르지 말고, 점수가 잘 나오는 영역은 어떻게 그 점수를 유지하고 더 발전시켜 나갈 수 있을지에 대한 방법도 마련해야 한다. 스스로를 자신의 성적관리사라고 생각하고, 시간 관리, 에너지 관리를 철저히 하며 마음가짐도 새롭게 정비해 나가자.

　실력은 정직하다

　만일 공부한 뒤에 자신의 실력이 얼마나 늘었는지를 수치로 정확하게 파악할 수 있다면 공부하는 것이 한결 즐거워질 것이다. 하지만 그렇지 못한 것이 현실임을 우리는 알고 있다. 몇 시간을 열심히 공부했지만 과연 제대로 공부한 건지 알 수 없고, 또 실력이 얼마나 늘었는지도 모르겠고……. 게다가 시험 성적까지 떨어지면 공부하고 싶은 마음이 당장 사라져 버린다.

　공부 양에 비례하는 성적 향상 그래프는 우리가 생각하는 것처럼 직선형으로 나타나지 않는다. 물론 한 시간을 공부하든 10분을 공부하든 공부한 만큼 실력이 늘겠지만, 그러한 것이 눈앞에 바로 드러나지는 않는다는 뜻이다.

실력이 향상되거나 하락하는 것은 다음의 그림처럼 계단형으로 나타
난다. 그래서 어느 정도 공부할 때까지는 실력이 그대로인 것처럼 느껴
지는 것이다. 그러다가 일정 수준에 이르게 되면 자기 실력이 한 단계
상승했음을 느낄 수 있을 것이다.

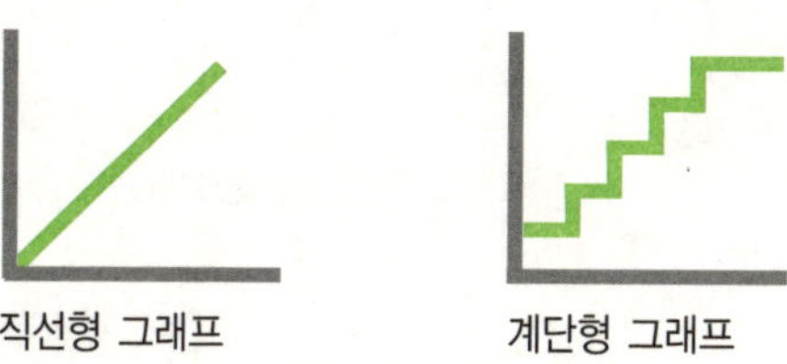

이것은 실력이 하락할 때도 마찬가지인데, 처음에는 공부를 하지 않
아도 실력이 떨어지는 것을 잘 알 수 없다. 하지만 실력이 오를 때처럼
어느 순간 자신의 실력이 떨어지고 있음을 크게 느끼게 된다.

이처럼 성적 그래프는 계단형이라는 사실을 기억하고, 공부를 할 때
너무 조급하게 마음먹지 않길 바란다. 공부를 하고 나서 별로 달라지는
게 없는 것 같아도 실제로는 여러분의 실력이 조금씩 늘고 있다. 실력이
한 단계 한 단계 오를 순간을 기대하면서 최선을 다하길 바란다.

02

서강대학교 경영학과 01학번 박인준

후회하기 전에

나는 공부를 즐기면서 하지는 않았지만, 어떻게 하면 효율적으로 공부할 수 있을지 늘 고민했다. 그 결과 나름대로 몇 가지 방법을 터득하게 되었는데, 그 중 집중력과 공부법에 관해 소개해 보겠다.

집중력

내 경우에는 일단 몸 상태에 따라 집중력에 많은 차이가 나서 항상 좋은 컨디션을 유지하기 위해 노력했다. 피곤하거나 잠이 오면 능률이 오르지 않아서 최대한 짬을 내어 잠을 잤다. 선생님들께는 죄송했지만 별로 도움이 되지 않는다고 생각한 시간에는 과감하게 잠을 청했고, 쉬는 시간도 컨디션을 회복하는 시간으로 알뜰히 사용했다.

나는 저녁 시간 이후에 집중이 잘되는 편이어서, 저녁식사 때까지 피로를 최대한 줄였다. 그런 다음 저녁 8시부터 새벽 1시까지는 정말 무섭게 공부했다.

중학교 때부터 밤이 되어야 쌩쌩해지는 나의 특성을 생각해서 그 시간을 공부하는 시간으로 잡았던 것이다. 물론 오전과 오후에도 공부를 하기는 했지만, 이때만큼 집중해서 효율적으로 하지는 못했다. 누구에게나 집중이 잘되는 황금 시간대가 있을 것이다. 나는 저녁 8시부터 컨디션을 조절하며 집중한 결과 큰 효과를 거두었다.

그러나 컨디션이 좋다고 해서 항상 집중이 잘되는 것은 아니었다. 딴 생각이 들거나 친구들과 놀고 싶을 때, 또 의욕이 없을 때가 더 많았다. 그럴 때는 힘이 나는 음악을 듣곤 했다. 구체적으로 말하면 'As One'의 〈소망〉이라는 곡이었는데, 왠지 모르게 그 음악을 들으면 의욕이 생기고 힘이 솟았다. 일종의 자기 최면이라고 할 수 있는데, 특정 음악이나 행동 등에 의미를 부여한 결과일 것이다.

집중하는 것과 그렇지 못한 것에는 엄청난 차이가 있다고 생각한다. 각자에게 맞는 방법은 모두 조금씩 다르지만, 최대한 집중력을 발휘해 효과적으로 공부하는 것은 누구에게나 중요하다. 그러므로 빠른 시일 내에 자신만의 방법을 찾아 효율적으로 공부하길 바란다.

나의 공부법

공부할 때, 빨리 여러 번 보는 것과 적지만 자세히 보는 것 사이에서 고민한 적이 있다. 내가 택한 방법은 빨리 여러 번 보는 것이었다. 내신 관리를 할 때에는 교과서를 7~8번씩 빨리 읽으면서 공부했고, 문제집을 풀 때도 여러 문제집을 많이 풀어 보았다.

오답 노트를 만들어서 정리했지만, 한 번 풀고 맞은 문제는 다시 보지 않았다. 틀린 문제도 내가 이해했다고 생각하면 다시 보지 않았다. 오답 노트는 가볍게 넘어갔지만, 다른 문제집을 풀면서 조금씩 변형된 문제들을 많이 접하려고 했다. 그 때문에 여러 번 반복하는 효과를 낼 수 있었다. 그렇게 함으로써 문제에 대한 응용력도 기를 수 있었고, 다양한 유형의 문제를 접해서 내용에 대한 이해도도 높일 수 있었다. 다만 이러한 방법으로 공부하기에 앞서 교과서나 내용 정리가 잘되어 있는 문제집을 자세히 공부하고 시작한다면, 효과가 더욱 클 것이다.

"후회는 아무리 빨라도 이미 늦은 것이다."

나는 놀기 좋아하는 아이였다. 어렸을 때부터 공부하는 것보다는 노는 게 더 좋았다. 초등학교 때부터 집에서 책을 보는 대신 친구들과 골목에서 노는 시간이 더 많았다. 책을 읽는다 해도 만화책이나 판타지 소설 등이 전부였다. 중학교에 가서도 크게 바뀌지 않았고, 고등학교 1학년까지 내 생활은 그대로 이어졌다.

내 후회는 그때부터 시작되었다. 놀 때 놀더라도 수학과 영어만은 열심히 하라는 어머니의 말씀에 따라 중학교 때부터 그 두 과목은 기초를 튼튼히 해놓은 덕에, 고등학교 2학년에 올라가서야 본격적으로 공부를 시작했음에도 불구하고 별 어려움은 없었다. 하지만 엉망이었던 1학년 때의 내신은 대학에 들어갈 때 결국 걸림돌이 되었다.

2학년 때부터 내신 성적은 괜찮아졌고 모의고사 성적도 많이 올랐다. 그러나

1학년 때의 성적은 '나보다 못한 아이들은 전부 운동부'라는 소리를 들을 정도로 형편없었다. 결국 그 일 년 간의 내신이 내가 갈 대학을 바꿔놓았다. 사실 지금 다니는 대학에 만족하면서도, 내가 가진 능력을 전부 발휘하지 못했다는 아쉬움이 남는다.

그때는 내가 원하는 걸 원 없이 하며 지냈는데, 지금에 와서 후회하는 걸 보니 참 어리석었다는 생각이 든다. 후회는 아무리 빨라도 이미 늦다. 후회하지 않도록 최선을 다하기를. ^^*

의문을 가져야 공부가 산다

"왜, 왜, 도대체 왜???"

공부를 하는 데 '왜' 라는 한마디처럼 중요한 게 없다. 무언가에 대해서 의문을 갖고, 고민하고, 어떤 원리를 발견함으로써 새로운 지식과 지혜를 얻는 과정이 바로 공부이기 때문이다. 그리고 '왜' 라는 한마디 말과 함께 찾아오는 깨달음에 대한 갈망은, 공부의 중심에 있는 원동력이라고 할 수 있다. 이 갈망이 강하면 강할수록 공부에 더 많은 재미를 느낄 수 있고, 효과적으로 공부해 나갈 수 있다. 그래서 나는 공부할 때, 아니 살아가는 순간순간 '왜' 그렇게 되는지, '왜' 꼭 그래야만 하는지를 스스로에게 물었다.

중학교 때 일이다. 그날 학교에서 배웠던 과학의 원리에 대해 의문이 들기 시작했다. 수업이 끝나고 집에 오는 내내 그 생각뿐이었다. 도대체 왜 그렇게 될까? 그 원리가 뜻하는 바는 무엇일까? 내 머릿속은 온통 의문과 답에 대한 갈망으로 복작거렸다. 그래서 집에 도착하자마자 그 답을 찾기 위해 책을 뒤지면서 공부한 것은 두말할 필요도 없다.

그처럼 궁금해하다가 알게 된 사실은 쉽게 잊혀지지 않는다. 쉽게 잊혀지는 게 오히려 이상할 노릇이다. 그렇기 때문에 항상 '왜' 라는 단어를 가슴에 품고 공부해야 한다.

단순 암기식 공부가 좋지 않다는 것은 모두가 알고 있을 것이다. 그것은 공부 자체를 무의미하게 만들 뿐만 아니라, 공부의 효과도 떨어뜨린다. 시험이기 때문에 할 수 없이 뭔지도 모르고, 알고 싶지도 않은 내용을 억지로 머릿속에 집어넣다 보면 체할 수밖에 없다.

배가 고플 때는 밥알이 입 안에서 살살 녹듯이, 알고 싶은 것일수록 머릿속에 쏙쏙 들어오는 법이다. 먹고 싶지 않은 음식을 억지로 몇 그릇씩 먹어야 한다면, 얼마나 고통스럽겠는가. 그런데 알고 싶지도 않은 내용들을 억지로 머릿속에 집어넣는 것은 그보다도 몇 배는 더 고통스러운 일이라고 할 수 있다.

공부하기 전에, 공부하는 중간 중간 그리고 공부가 끝난 뒤에도 스스로에게 물어 보자. 그게 왜 그렇게 된 거지? 그것이 바로 공부다. 알고 싶은 것을 즐거운 마음으로 알아가는 과정이 바로 살아 있는 공부다.

공부는 보여주기 위한 쇼가 아니다

내가 감명 깊게 읽었던 책 가운데《아무도 보는 이 없을 때 나는 누구인가》라는 책이 있다. 아무도 보는 사람이 없을 때 하는 행동이 바로 진짜 나의 모습이다, 그리고 그런 순간에 제대로 행동하고 생각하면서 살아가는 것이야말로 무엇보다 중요한 삶의 자세라는 교훈을 담고 있는 책이다.

살수록 그 책에서 배운 교훈이 옳다는 생각이 절로 든다. 사실 우리는 옆에 보는 사람들이 있을 때만 그럴듯하게 처신하지 않는가. 그러다가 정작 보는 사람이 없을 때는 멋대로 편하게 행동하는 것은 물론, 남이 볼까 두려울 정도로 절제되지 못한 일들을 벌이기도 한다.

이것은 공부에서도 마찬가지다. 학교에서 수업을 들을 때, 학원 다닐 때 혹은 과외를 받을 때, 선생님이 보고 있거나 친구들이 나를 주목하고 있으면 공부를 하는 척이라도 한다. 그러나 내 방에 혼자 있을 때 혹은 독서실에서 아무런 간섭도 받지 않을 때, 공부와는 전혀 상관없는 공상을 하면서 시간을 보내거나 그저 되는 대로 시간만 죽일 때가 있다. 다른 사람이 보기에는 정말 열심히 공부하는 것처럼 보일지 모르겠지만, 이래서는 성적을 올릴 수 없는 게 자명한 일이다.

이와는 반대로 겉으로 보기엔 공부를 열심히 하는 것 같지 않더라도 늘 성적이 좋은 친구들이 있다. 아무도 보지 않는 혼자만의 시간을 충실히 보낸다면, 성적이 오르지 않을 이유가 없다. 그런 의미에서 공부는 자기 자신과의 싸움이다. 그리고 스스로에게 하는 다짐이고 약속이다.

자신의 공부하는 태도에 대해 한번 반성해 보라. 다른 사람 앞에서는 열심히 공부해서 좋은 성적을 얻을 거라고 말하면서도 실제로 혼자 있는 시간에는 공부가 아닌 다른 것에 빠져 있지는 않았는지, 언제나 말로는 공부해야지, 공부해야지 하면서도 다른 사람이 보지 않는 자리에서는 딴 짓을 하지 않았는지…….

다른 사람들은 속일 수 있을지도 모른다. 열심히 했는데도 결과가 좋지 않았다고. 그러나 자기 자신은 알고 있을 것이다. 아무도 보지 않았을 때 내가 어떻게 행동했는지 말이다. 자기 자신에게 진실한 사람이 되자. 그리고 아무도 보지 않을 때 더욱 노력하는 사람이 되자.

공부할 타이밍을 붙들어라

아무리 뛰어난 운동선수라 하더라도 1년 365일 언제나 똑같은 실력을 발휘할 수는 없다. 자기 실력을 십분 발휘하는 날이 있는가 하면, 컨디션이 좋지 않거나 그밖의 다른 사정으로 인해 자기 실력을 제대로 발휘하지 못할 때도 있다.

이는 공부에서도 마찬가지다. 우리가 사람인 이상 날마다 공부가 잘 되고, 컨디션이 최상일 수는 없다. 공부한 내용이 머리에 쏙쏙 잘 들어오고 문제가 잘 풀리는 날이 있는가 하면, 무언가가 꽉 막힌 것처럼 머릿속이 답답하고 공부한 내용이 이해되지 않는 날도 있다.

나 역시 마찬가지였다. 다른 친구들에 비해서 집중도 잘하고, 기복 없이 공부하는 편이었던 내게도 특별히 공부가 더 잘되는 날이 있었고, 그렇지 못한 날도 있었다. 그럴 때는 공부가 되지 않던 날 두 시간 공부한 것보다, 공부가 잘될 때 30분 공부한 것이 더 많은 효과가 있었다.

우리는 바로 공부가 잘될 때의 그 타이밍을 잡아야 한다. 무언가를 깨달은 것 같은 그 순간, 평소보다 공부에 대한 감이 잘 잡히고 이해가 잘되는 그 순간을 잡아야 한다. 즉, 공부가 잘될 때는 더욱 매진해서 큰 효과를 거둘 수 있어야 한다.

많은 친구들이 그런 좋은 타이밍이 왔을 때 공부가 잘된다고 기뻐하면서도 그 기회를 제대로 활용하지 못한다. 그저 오늘은 공부가 좀 된다고 생각하다가도 놀고 싶은 마음에 그만 타이밍을 놓쳐 버린다. 그래서는 곤란하다. 이런 타이밍을 잡기가 쉽지 않다는 것은 공부하는 여러분이 더 잘 알 것이다. 공부가 잘될 때는 그 흐름을 이용해서 한 글자라도 더 공부하려고 노력해야 한다.

이러한 타이밍은 시험이 코앞에 다가와서 벼락치기를 해야 하는 상황일 때 자주 생겨난다. 평소에는 잘 외워지지 않고 이해도 안 되던 것들이 발등에 불이 떨어지니까 이해가 훨씬 더 잘되는 경우가 있다.

평소보다 공부가 더 잘된다면, 그 좋은 기회를 절대 놓치지 마라. 왠지 다른 때보다 공부가 재미있게 느껴지고, 한번 해보겠다는 자신감이 생길 때 승부를 걸어서 실력을 향상시켜야 한다.

그렇다고 해서 공부가 잘될 때만 공부하라는 뜻은 아니다. 내가 당부하고 싶은 것은, 공부가 잘될 때는 하늘이 내려주신 기회라 생각하고 최선을 다해서 열심히 공부하라는 것이다. 그렇게 공부에 대한 감을 잡아가다 보면, 컨디션이 별로 좋지 않다고 여겨질 때도 전보다는 훨씬 할 만하다는 느낌을 갖게 될 것이다.

📚 아는 건 같은데 점수는 왜 다를까?

똑같은 교과서로, 똑같은 선생님에게 배우고, 똑같은 교실에 앉아 함께 공부했어도 성적은 제각각이다. 왜 그렇게 차이가 날까? 그 이유를 한두 가지로 단정지을 수는 없겠지만, 그 중에서 중요한 한 가지에 대해 이야기해 보자.

예를 들어, 수학 시험을 보다가 어려운 문제가 나왔다고 하자. 처음에는 수학을 좀 잘하는 친구나 그렇지 못한 친구나 접근 방식이 거의 비슷하다. 그와 비슷한 문제를 풀 때 접근하던 방식대로, 혹은 자신이 잘 아는 방식대로 생각해 보게 된다. 그렇게 몇 번 시도를 해봐도 결과가 신통치 않으면, 여러 가지 생각들이 머릿속을 스치고 지나간다. 이 문제 도대체 어떻게 푸는 거지? 바로 이 순간 실력 차가 드러난다.

자기 스스로 수학 실력이 없다 생각하고, 실제로도 기초가 좀 부족한 친구들은 일단 자격지심에 빠진다.

'나는 이런 종류의 문제를 본 적이 없어. 게다가 나는 수학을 잘하지도 못하잖아. 더이상 생각한다고 해도 별다른 방법을 찾을 수 없을 거야. 할 수 없군. 이 문제는 포기하자. 난 도대체 왜 이렇게 수학을 못하는 걸까?'

반면 수학에 자신이 있고, 기초가 튼튼한 친구는 어떤 식으로 생각할까?

'어, 이 문제 많이 어려운걸. 지금까지 내가 풀어 온 수학 유형과는 좀 다르군. 하지만 이 공식, 이 접근 방법이 아니라면 다른 쪽에서 접근해 보는 거야. 이런 식의 문제는 처음에는 어려워도 접근 방법만 잘 찾으면 의외로 쉽게 풀릴 수도 있어. 자신감을 갖자. 이 단원 내용과 공식은 확실히 정리해 두었으니까, 하나씩 다시 생각해 보는 거야.'

어려운 수학 문제 앞에서 당황하는 건 수학을 잘하는 사람이나 못하는 사람이나 똑같다. 중요한 차이점은, 일단 벽에 부딪혔을 때 어떤 생각과 어떤 방식으로 대처하느냐에 있다.

물론 시험을 볼 때, 아는 건 맞히고 모르는 것은 틀릴 수밖에 없다. 하지만 똑같이 안다고 해서 시험 성적까지 똑같은 건 아니다. 어떤 자세로 시험에 임하고, 또 시험 중간에 막히는 부분을 만났을 때 어떤 생각과 태도로 임하는지가 중요하다. 그리고 자기가 아는 내용을 활용해서 얼마나 다방면으로 생각하고 접근할 수 있느냐에 따라 결과는 천지 차이가 난다.

그러므로 지식을 늘려가는 공부뿐만이 아니라 다양하게 생각하고, 자신감 있게 도전하는 자세로 공부할 수 있기를 바란다.

시험은 공격보다 수비가 중요하다

대부분의 사람들은 어려운 문제를 푸는 사람이 공부를 잘한다고 생각한다. 남들은 풀지 못하는 문제를 쉽게 풀어내는 사람과 공부를 잘하는 사람을 동일시한다. 물론 공부를 잘하는 것, 즉 시험을 잘 보는 것과 어려운 문제를 풀어내는 것 사이에 많은 상관 관계가 있는 건 사실이다. 하지만 좋은 성적을 얻기 위해 가장 필요한 것은, 다른 친구들이 맞히는 문제를 틀리지 않는 것이다.

축구 경기를 한번 생각해 보자. 강한 수비수들을 제치고 어렵고 힘들게 그리고 멋지게 한 골을 성공시켰다. 하지만 아무리 뛰어난 공격을 펼쳤다 하더라도 수비가 실책을 범해서 그만 2골을 잃었다면 경기에서 지게 된다.

시험도 마찬가지다. 다른 친구들은 풀지 못한 어려운 문제 하나를 풀었다고 해도, 다른 친구들이 쉽게 푸는 문제를 실수로 두 개 틀렸다면, 그 사람은 결코 좋은 성적이 나올 수 없다. 차라리 어려운 문제 한두 개를 풀지 못하고, 친구들이 맞히는 문제를 실수하지 않고 푸는 것이 훨씬 더 중요하다.

축구 경기에서도 승리에 필요한 것은 멋진 공격보다는 탄탄한 수비다. 만일 골을 넣지 못했다 하더라도 수비가 뛰어나서 상대편의 골만 먹지 않는다면 적어도 비기는 경기가 되고, 잘해서 한 골을 넣는다면 승리할 수 있다.

"적어도 비기는 경기를 하자!"

이것은 내가 시험을 보거나 공부할 때 가장 중요하게 생각했던 부분 중 하나이다. 나와 비슷한 점수를 받는 친구들과 비교했을 때, 나는 어려운 문제를 잘 풀지 못했다. 수학 같은 과목만 하더라도 나보다 어려운 문제를 잘 푸는 친구들이 많았다. 그러나 그 친구들보다 내 성적이 좋았던 것은, 내가 풀 수 있는 문제는 무슨 일이 있더라도 틀리지 않겠다는 각오가 있었고, 또 보통 수준의 문제는 놓치지 않을 만큼 철저하게 준비되어 있었기 때문이다.

쉬운 문제를 '수비', 풀기 어려운 문제를 '공격'으로 비유해 보자. 시험을 잘 보기 위해서, 공부를 잘하기 위해서는 최선의 수비를 해야 한다. 공격은 그 다음 문제다. 일단 수비를 완벽하게 갖춘 다음에는 비기는 경기를 넘어서 이기는 경기를 해야 한다. 즉 더욱 좋은 성적을 거두기 위해서 공격력을 키우고, 점점 더 강한 상대에 맞서 싸워야 한다.

그런데 어려운 문제는 척척 풀면서도 쉬운 문제에서 쩔쩔매는 경우가 있다. 그것은 쉬운 문제들을 풀 수 있는 기본이 갖추어져 있지 않기 때문이다. 이때는 여유를 가지고, 기본적인 내용부터 다시 확실하게 짚고 넘어간다.

언제나 공격에 집중하기 전에 수비가 튼튼한지 확인하고, 그 다음에 멋진 공격을 펼칠 수 있도록 노력하길 바란다.

 계열 선택 어떻게 할까?

보통 2학년에 올라가기 전에 계열 선택을 하게 된다. 예전처럼 문과반·이과반으로 구분하는 것은 아니지만, 인문계열(문과)·자연계열(이과)·예체능계열로 각 전형에 맞는 선택 과목을 결정해야 한다. 한번 선택하면 나중에 바꾸기가 어렵고, 여러 가지로 불편하기 때문에 신중해야 한다. 무엇보다 자신에게 어떤 계열이 맞는지 따져 보고 선택하는 것이 가장 중요하다. 더구나 점점 교차 지원이 가능한 대학과 학과가 줄어들고 있는 상황이므로, 자기가 가고 싶은 학과가 속해 있는 계열로 선택하는 것이 좋다.

계열은 자신의 소질, 재능, 진로, 앞으로의 계획, 주변 사람들의 조언 등을 참고로 해서 본인이 결정하는 것이다. 부모님이나 선생님의 의견도 잘 듣고 참고해야겠지만, 그것이 절대적인 것은 아니다.

계열 선택은 단순히 학과뿐만 아니라, 나중에 직업을 갖게 되는 문제와도 깊은 연관이 있으므로 스스로 지혜로운 결정을 내려야 한다. 특별한 이유 없이, 깊은 고민 없이 그저 수학을 잘 못한다는 이유로 무조건 문과계열로 가겠다는 식의 안이한 결정은 곤란하다. 물론 좋아하는 과목, 잘하는 과목이 어떤 것이냐 하는 것도 중요한 고려 요인 중의 하나지만, 다른 문제들은 생각지 않고 오직 좋아하는 과목으로만 계열을 결정해서는 안 된다는 뜻이다.

계열 선택에 있어 가장 중요한 것은, 어떤 학과를 지망하느냐 하는 것이다. 공대를 가고 싶다면 수학을 좀 못하더라도 이과계열을 선택하는 게 옳다. 지금 수학 실력이 좀 부족하더라도 노력 여부에 따라 충분히 만회할 수 있으므로, 실력 차이가 심하게 나지 않는다면 장래 희망에 따라서 계열을 선택해야 한다.

아직 지망 학과를 결정하지 않은 친구들은 이번 기회에 어느 과를 지원할 것인지 어느 정도 방향을 잡는 것이 필요하다.

먼저 자신의 선호도, 현실적인 조건, 부모님의 조언 등을 바탕으로 3~4개 정도 지망 학과를 정한다. 그리고 가장 가고 싶은 학과부터 순서대로 적어 본다. 이때 지망 학과들이 대부분 자연계열이라든지 혹은 인문계열이라면, 그 계열을 선택하면 될 것이다. 그런데 만일 지망 학과에 인문계열과 자연계열이 섞여 있다면, 우선순위에 따라서 그리고 현실적인 요인들을 고려해서 결정하는 것이 좋다.

예를 들어, 나머지 지망 학과는 다 인문계열인데 의대가 포함되어 있다고 생각해 보자. 이때 우선 따져 봐야 하는 것은, 앞으로 열심히 공부했을 때 의대에 진학할 가능성이 얼마나 되느냐 하는 문제이다. 의사가 되고 싶어서 다른 인문계열 지망 학과들을 모두 뿌리치고 자연계열에 진학했는데, 의대에 가지 못하게 된다면 그야말로 이러지도 저러지도 못하는 상황에 처할 수 있다. 객관적으로 판단했을 때 의대에 진학할 가능성이 희박하다면, 다른 지망 학과들이 모두 인문계열이므로 인문계열을 선택하는 것이 현명하다.

이처럼 지망 학과가 무엇이냐에 따라 다양한 선택을 할 수 있다. 이때 신중하게 생각해서 결정하되, 선택이 어려울 경우 선생님이나 부모님과의 상담을 통해 결정하길 바란다. 하지만 가장 중요한 것은 자기 자신의 흥미와 적성이다. 아직 여유가 있을 때 내가 잘할 수 있는 일이 무엇인지, 어떤 일에 흥미가 있는지 곰곰이 생각해 보길 바란다.

수능 시험에서 언어영역, 외국어영역, 제2외국어영역의 경우 인문·자연계열의 시험 범위 및 문제가 동일하고, 수리영역, 사회·과학탐구영역만 범위와 문제가 다르다. 수리영역, 사회·과학탐구영역의 시험 범위는 다음과 같다.

수리	선택	'가' 형	수학Ⅰ + 수학Ⅱ + (미분과 적분, 확률과 통계, 이산수학 등 3개 교과목 중 택 1)
		'나' 형	수학Ⅰ
사회 과학 직업 탐구	선택	사회탐구	한국지리, 세계지리, 경제지리, 한국 근현대사, 국사, 세계사, 법과 사회, 정치, 경제, 사회문화, 윤리(윤리와 사상 + 전통 윤리) 등 11개 교과목 중 택 4
		과학탐구	물리Ⅰ, 물리Ⅱ, 화학Ⅰ, 화학Ⅱ, 생물Ⅰ, 생물Ⅱ, 지구과학Ⅰ, 지구과학Ⅱ 등 8개 교과목 중 택 4
		직업탐구	17개 교과목 중 택 3

아래 자료는 교육청에서 제공한 계열별로 지원 가능한 학과와 진로를 나타낸 표이다. 계열에 따라 어떤 학과, 어떤 직업이 있는지 하나씩 살펴보면서 계열을 선택할 때 고려하길 바란다.

1. 인문계열 지원 가능 학과

계열	소계열	학과	진로
어문	어문학	국어국문, 한문, 중어중문, 일어일문, 영어영문, 불어불문, 독어독문, 서어서문, 노어노문, 문예창작	언론인, 출판계, 교사, 학자, 문학가, 평론가
	어학	영어, 독어, 불어, 중어, 일어, 서반아어, 이태리어, 포르투갈어, 노어, 스웨덴어, 아랍어, 인도어, 태국어, 헝가리어, 루마니어 등	외교관, 무역회사, 출판계, 통역관, 교사, 교수, 은행계, 해외방송
	외국학	아세아, 중국, 일본, 미국, 프랑스, 러시아, 독일	
인문	사학	역사, 국사, 한국사, 동양사, 서양사, 민속, 문화재, 고고미술사	
	철학	철학, 한국철학, 동양철학, 인도철학, 종교철학	연구소, 언론인, 행정계, 경제계, 상담소, 교수, 교사
	심리	심리, 산업심리, 교육심리	
	인류	인류, 고고학, 고고인류, 문화인류	
	윤리	국민윤리	
	종교	신학, 기독교, 원불교, 불교, 종교, 해외선교, 승가유학	성직자
법정	법학	법학, 공법, 사법, 해사법	법조계, 공무원, 금융계, 기업계, 학계
	행정	행정, 경찰행정, 도시행정, 자치행정, 지역개발	
	정치외교	정치외교, 정치, 외교	공무원, 금융계, 정치계, 외교관, 언론계, 학자, 교수
경상	경제	경제, 소비자경제, 산업경제, 자원경제, 지역경제, 농경제	학계, 관계, 금융계, 언론계, 회사원, 천문, 경영자, 공무원, 항만, 외교관
	무역	무역, 국제경제, 해양무역, 국제관계	
	경영회계	경영, 회계, 경영정보, 정보관리, 보험경영, 공업경영, 세무, 항공경영, 금융보험, 수산경영, 해운경영	
사회	관광	관광경영, 호텔경영, 관광개발, 관광, 관광행정	연구소, 회사원, 공무원, 언론계, 학자, 여행사, 통역 안내, 감정원, 교수, 광고계, 사서요원, 소비자센터
	토지	지적, 토지행정, 부동산	
	신문방송	신문, 신문방송, 광고홍보	
	사회	사회, 사회복지, 사회산업, 산업복지, 불교사회복지	
	정보관리	도서관, 문헌정보, 정보처리, 산업정보	
	기타	비서, 지리, 교정	

2. 인문계열 사범대학 지원 가능 학과

계열	소계열	학과	진로
교육	교육	교육, 교육공학, 교육심리	교사, 교수, 연구기관, 종교계, 기술자, 기업체, 언론계
	특수	특수교육, 초등 특수교육, 치료 특수교육	
	아동	유아교육, 초등교육	
	어학	국어교육, 외국어교육, 불어교육, 독어교육, 일어교육, 한문교육	
	사회	일반사회교육, 국사교육, 역사교육, 지리교육, 국민윤리교육	
	종교	기독교교육, 종교교육	
	기타	도서관교육	

3. 자연계열 지원 가능 학과

계열	소계열	학과	진로
이학	수학	수학, 응용수학	교육계, 기업체, 공무원, 연구소, 전자계산소, 과학원, 교수, 교사, 제약회사, 식품회사
	통계	통계, 전산통계, 응용통계, 계산통계	
	전산	전산과학, 전산계산, 정보과학	
	물리	물리, 응용물리, 물리과학	
	화학	화학, 생화학	
	생물	생물, 미생물, 응용미생물, 분자생물, 생물공학, 생명과학, 자원식물, 유전공학	
	지질	지질, 응용지질, 지질과학, 지구물리, 지구해양	
	천문	천문, 천문기상, 우주과학, 대기과학, 천문우주과학, 천문대기	
의학	의학	의예, 치의예, 한의예, 간호	의사, 약사, 간호사, 교수, 연구, 보건소, 종합병원 근무, 의료기기
	약학	약학, 제약, 위생제약, 한약재료, 한약자원	
	보건	보건, 환경보건, 보건행정, 임상병리, 재활학, 물리치료, 심리치료, 직업생활, 언어치료, 보건경제, 공중보건, 의용전자공학, 의학공학, 환경과학, 환경학, 환경보호, 건강관리	
공학	건축	건축공, 건축, 건축설비, 실내건축	과학자, 건축설계사, 기술자, 기업체, 연구소, 학계, 교수, 교사, 공무원
	토목	토목공, 도시공, 도시계획공, 환경공, 교통공	
	기계	기계공, 정밀기계공, 기계설계, 생산기계공, 냉동공	
	조선선박	조선공, 선박공, 선박기계공, 선박해양공	

계열	소계열	학 과	진 로
공학	화학공	화학공, 공업화학, 정밀화학, 고분자공, 섬유공, 염색공	교육계, 기업체, 공무원, 연구소, 전자계산소, 과학원, 교수, 교사, 제약회사, 식품회사
	재 료	재료공, 금속공, 금속재료공, 무기재료공, 요업공, 전자재료공	
	전 기	전산과학, 전산계산, 정보과학	
	전 자	전자공, 반도체공, 전자전기공, 전자제어공, 자동화공, 응용전자공, 제어계측공, 회로 및 시스템공	
	컴퓨터	전자계산기공, 전자계산공, 전산공, 전자전산공, 컴퓨터공, 정보공, 전산기공, 전산정보	
	항 공	항공전자공, 항공운항, 항공기계공, 항공통신정보, 항공우주공, 항공관리, 항공재료공학, 우주항공	
	원 자	원자력공, 원자핵공, 에너지공	
	통 신	통신공, 전자통신공, 정보통신공	
	자 원	자원공, 국제자원개발	
	종합공학	산업공, 생산공, 산업안전공	
농학	농축산	농학, 열대농, 임학, 삼림경영, 축산, 축산경영, 낙농, 사료영양, 농생물, 식량자원, 작물육종, 사료, 견섬유, 천연섬유, 산림자원	농림업, 관계, 연구소, 교수, 공무원, 식품회사, 축산업, 기업체
	농 공	농공, 농업기계공, 임산공, 제지공	
	조경원예	조경, 화훼, 원예, 원예육종, 환경조경, 관광조경, 환경녹지	
	농화학	농화학, 식품군, 식품가공, 임산가공, 축산가공, 발효공, 식량공	
	기 타	농업교육과(농촌지도전공), 농가정, 연초	
	수의학	수의학	
수산 해양	어로양식	어업, 증식, 양식, 수자원개발, 수족병리, 해양생물	수산업계, 해운업계, 연구소
	항해기관	항해, 항만운항공, 기관, 기관공	
	해 양	해양공, 해양과학, 해양개발, 해양, 해양토목공, 해양환경공, 행양정보공, 지구해양	
가정	가 정	가정, 가정관리, 소비자아동, 주생활	교수, 교사, 사회복지원, 영양사, 소비자보호센터, 디자이너, 유아교사
	식품영양	영양, 식품영양, 식품과학, 식생활	
	의 류	의류, 의상, 의류직물, 의생활	
	아 동	아동, 아동복지, 불교아동	

4. 자연계열 사범대학 지원 가능 학과

계열	소계열	학 과	진 로
교육	수 학	수학교육	교사, 교수, 연구기관, 기술자, 기업체, 언론계
	과 학	물리교육, 화학교육, 과학교육, 생물교육, 지구과학교육	
	실 업	기술교육, 수산교육, 가정교육, 농업교육, 상업교육	
	공 학	건축공학교육, 공업화학교육, 금속공학교육, 기계공학교육, 전기공학교육, 전자공학교육, 토목공학교육	

5. 예·체능계 학과(인문과정, 자연과정 모두 지원 가능)

계열	소계열	학 과	진 로
예체능	체 육	체육, 무용, 보건체육, 경기지도, 태권도, 유도, 사회체육, 특수체육, 체육교육	체육계, 교사, 경기심판, 코치
	음 악	음악, 국악, 작곡, 기악, 관현악, 피아노, 성악, 종교음악, 교회음악, 음악교육	음악가, 연주가, 교사
	미 술	미술, 회화, 서양화, 동양화, 응용미술, 도예, 조소, 디자인, 요업공예, 판화, 금속공예, 장식미술, 서예, 목공예, 한국화, 미술교육	미술가, 광고기획, 디자이너, 교사, 기업체
	기 타	사진, 연극영화, 사진예술, 예술	신문사, 사진부, 연예부

6. 교육대학

인문과정, 자연과정 모두 지원 가능.

7. 전문대학

인문과정, 자연과정 모두 지원 가능.

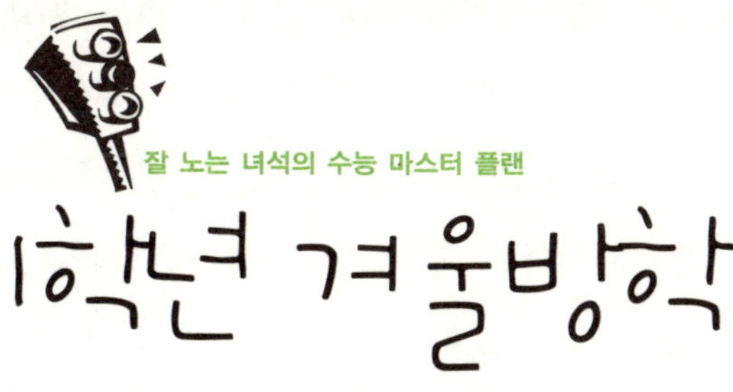

1학년 겨울방학

도약을 준비하는 시간

1학년 겨울방학은 1학년을 마무리하고 2학년을 준비하는 의미 있고 중요한 시간이다. 중학교 3학년 겨울방학이 고등학교 과정의 기본을 쌓고 준비하는 기간이었다면, 1학년 겨울방학은 고등학생으로서 일 년을 보낸 경험을 바탕으로 도약을 준비하는 시기라고 볼 수 있다.

겨울방학 계획을 세우기 전에 지난 일 년을 되돌아보고 반성하는 시간을 갖자. 작년 이맘때는 어떤 마음과 꿈이 있었는지, 그리고 일 년 동안 고등학교 생활을 하면서 어떤 일이 있었고, 어떤 생각의 변화가 있었는지 한번 되짚어 보자.

어쩌면 지난 일 년이 후회되고 아쉽게 느껴지는 친구들도 있을 것이다. 좀더 잘했어야 했는데, 좀더 열심히 했어야 했는데 그렇지 못해 후회하는 마음일 것이다. 더구나 1학년 때의 내신 비중이 크다 보니, 내신 성적이 좋지 않은 친구들은 벌써부터 걱정하는 경우도 많을 것이다.

하지만 1학년 겨울방학은 아쉬워하기에는 너무 이른 시간이다. 고등학생으로 살아온 시간보다 앞으로 살아갈 시간이 두 배나 더 남았다. 여러분의 목표를 이루기 위해서 생각해야 할 것은 크게 수능 시험, 내신 관리, 수시 대비, 면접·논술 대비 정도이다.

이 중에서 1학년 겨울방학 때는 수능 시험에 대해서만 생각하면 된다. 특별히 중점을 두어야 할 부분은 수학과 과학 및 사회이다. 물론 이과계열 지망생은 과학, 문과계열 지망생은 사회만 공부하면 된다. 국어와 영어도 중요하지만, 수능 시험의 범위가 포괄적이기 때문에 겨울방학 때는 적당량의 문제를 꾸준히 풀면서 감을 잃지 않는 정도로 공부하면 된다. 그러므로 이번 겨울방학에는 확실히 공부해야 할 범위가 있는 수학과 과학 및 사회에 집중하는 것이 현명하다.

복습과 선행 학습으로 수능을 대비하라

수학의 경우에는 수학10의 복습 및 선행 학습이 함께 이루어져야 한다. 문과계열의 경우 수능 시험을 위해서 수학10, 수 I 까지만 공부하면 되므로, 이번 겨울방학 때는 수학10을 확실히 마무리할 필요가 있다. 따라서 수학10의 복습과 수 I 의 예습에 각각 절반씩 힘을 나누어 투입하고, 수 I 은 수열 정도까지 선행 학습한다.

이과계열의 경우에는 수학의 범위가 수학10, 수 I , 수 II, 선택 과목(확률과 통계, 미분과 적분, 이산수학)으로 광범위하므로, 수학10의 복습에 많은 에너지를 쏟을 수 없다. 따라서 수학10의 복습에는 30퍼센트 정도의 시간을 투자하고, 수Ⅰ 및 수Ⅱ의 예습에 힘쓰도록 한다.

어떤 학교는 2학년 때 수Ⅰ만 먼저 진도를 나간 다음 수Ⅱ를 나가기도 하고, 또 어떤 학교는 수Ⅰ과 수Ⅱ를 동시에 나가기도 한다. 만일 수Ⅰ만 먼저 나간다면 겨울방학 동안 수Ⅰ 부분을 선행 학습하는 것을 목표로 공부하고, 수Ⅱ 진도를 병행한다면 선행 학습도 수Ⅰ과 수Ⅱ를 병행해야 할 것이다.

이렇듯 선행 학습해야 하는 양이 너무 많아 공부를 게을리하거나 진도 나가는 데에만 급급해서 수박 겉핥기식으로 공부하기 쉬운데, 그러지 않도록 주의하자. 그냥 한번 봤다는 데 의의를 두는 선행 학습이라면 효과가 없다. 한 단원을 공부하더라도 핵심을 파악하고, 그 단원에 대해 자신감을 가질 수 있도록 선행 학습을 해야 나중에 공부할 때 제대로 효과를 볼 수 있다. 앞에서 제시한 선행 학습의 범위도 권장량일 뿐, 결코 절대적인 것은 아니다. 자신의 상황에 맞게, 할 수 있는 데까지 '제대로' 하는 게 중요하다는 사실을 잊지 말자.

실제 수능에서 과학과 사회가 차지하는 비중은 학생들이 생각하고 있는 것보다 크다. 특히 이과계열은 과학만, 문과계열은 사회만 수능을 치르는 대신 좀더 높은 수준의 문제들이 출제되기 때문에, 1학년 겨울방학 때부터 수능에 대한 대비를 시작해야 한다.

어떤 사람들은 과학과 사회는 3학년 때 시작하면 충분하다고 말하는데, 그 말을 곧이곧대로 믿었다가는 큰 낭패를 볼 수 있다. 사회와 과학을 손놓고 있다가 3학년 때 부랴부랴 공부를 시작하면, 그 방대한 양과 어려운 내용에 지레 포기해 버리거나 아니면 아주 중요한 내용만 간신히 공부해서 잘해야 중간 정도의 성적밖에 거둘 수 없게 된다. 수능 시험에서 자신의 목표를 이루기 원한다면, 1학년 겨울방학 때부터 사회와 과학 공부를 시작해야 할 것이다.

겨울방학 때는 1학년 때 배운 국민공통 기본교과인 과학과 사회 내용을 확실히 이해하고 완전하게 내 것으로 만드는 게 가장 중요하다. 2, 3학년 때 배우는 심화 과정 내용과 공통교과 내용이 서로 연계되어 있어서, 이번 겨울방학이 공통교과 사회와 과학을 복습하고 확실하게 다질 수 있는 가장 좋은 기회라 할 수 있다.

따라서 최소한 문제집 한 권을 정해 방학 동안 풀어 보면서 내용을 정리하고, 중요 유형의 문제를 익혀 두길 바란다. 그리고 2학년 때 어떤 선택 과목을 고를지 미리 고민해 보고, 그 중에서 확실히 해야 할 과목 1~2개 정도는 조금이라도 선행 학습을 해둘 것을 권한다. 수학과 마찬가지로 과학과 사회도 미리 공부해 두는 것이 꼭 필요하기 때문이다.

이 밖에 영어 문법이나 국어의 문학 등 주요 과목 중에서 약하다고 생각되는 부분에 집중해서 기본을 쌓고, 어느 정도 자신감을 가질 수 있도록 하자. 내가 어떤 부분이 부족하다는 걸 알면서도 공부하지 않고 2학년으로 올라가게 되면, 그 부분 때문에 오랫동안 고생할 수밖에 없다. 그런 점에서 1학년 겨울방학이 가지는 중요성을 십분 깨닫고, 약점을 보완하는 시간으로 잘 활용하길 바란다.

과학 공부 어떻게 할까?

과학은 생활 속에서 흔하게 접할 수 있는 학문이다. 현대 사회가 지금의 모습으로 발전할 수 있었던 바탕에는 과학이 있었고, 지금도 과학은 커다란 역할을 하고 있다. 이렇게 중요한 과학을 어떻게 공부해 나가야 할지 이번 기회를 통해 함께 살펴보도록 하자.

과학 교과서의 시작 부분을 보면 과학에 대한 기본적인 이야기들을 다룬 '과학의 탐구' 라는 단원이 있다. 많은 친구들이 이 단원은 별로 볼 것이 없다 여기고 대충 넘겨 버리는 경향이 있는데, 사실은 이 단원 속에 과학을 어떤 식으로 공부해야 할지에 대한 힌트가 숨어 있다.

과학을 연구하는 과정은 '문제 인식' 에서부터 시작한다. 다시 말해서, 도대체 왜 그런 현상이 일어나는가를 생각해 보는 게 과학적 자세의 출발이다. 바로 그런 작은 호기심들이 과학 발전의 원동력인 것이다. 문제를 인식한 다음에는 자기 나름대로 그것에 대한 합리적인 이유를 생각하게 되는데, 이 과정이 바로 '가설 설정' 의 단계다.

예를 들어, 잠을 몇 시간 자는 것이 좋을지 의문을 품은 뒤에[문제 인식], 잠은 6~8시간을 자는 것이 가장 좋다고 나름대로의 가설을 세웠다면[가설 설정], 그것이 하나의 과학적 탐구 과정이라고 할 수 있다. 그러고 나면, 내가 세운 가설이 맞는지 틀린지를 확인하는 과정이 필요하다. 그러기 위해서는 실험 과정이 필요하고[실험 설계 및 수행], 이를 거쳐서 [실험 결과 분석]을 하게 된다. 그러한 결과 분석에 따라서 내가 처음에 세웠던 가설이 맞는지 혹은 틀리는지를 확인하게 되는 것이다. 만일, 내가

세운 가설이 맞다고 결론이 내려졌다면[결론 도출], 그것이 새로운 과학
의 원리 혹은 법칙이 되는 것이고, 틀리게 나왔다면 다시 새로운 가설을
세우고 계속해서 실험을 하게 되는 것이다.

실제로 모든 과학 논문들은 이러한 틀 안에서 쓰여진다. 내용이 좀 어
렵고 복잡해질지라도, 실제 연구하는 원리와 절차 면에서는 모두 이 순
서를 따른다. 우리의 과학 교과서나 여러 책들에 나오는 수많은 과학 내
용들은 모두 이런 연구 과정을 거쳐서 나온 것들이다. 아무렇지 않게 보
이는 한 줄의 과학 이야기도 사실은 오랜 세월에 걸쳐 많은 사람들이 힘
든 실험을 통해 얻어낸 소중한 결과물인 것이다.

그렇게 놓고 본다면, 이미 알려진 과학적 사실과 원리를 공부하는 것
은 너무나 쉬운 일이 아닌가. 이는 손수 찾아내는 것이 아니라, 다른 사
람이 밝혀 놓은 사실을 익히기만 하면 되는 까닭이다. 그러므로 마치 그
사실을 연구하는 사람처럼, 발견해 나가는 사람과 같은 마음가짐을 가
지고 과학을 공부하길 바란다.

전기에 대한 내용을 공부할 때도, 힘과 운동에 대한 내용을 공부할 때
도, 그밖에 생물의 유전에 대한 내용을 공부할 때도 혹은 별에 대한 내
용을 공부할 때도, 내가 과학자가 되어 하나하나의 원리를 조금씩 밝혀
내려는 마음가짐으로, 앞에서 언급한 과학을 연구해 나가는 과정들을
생각하면서 공부했으면 좋겠다.

실제로 그렇게 하나씩 공부해 나가다 보면, 어렵고 지루하게만 보이
던 과학 교과서의 내용들도 어느새 내 것이 되어 있음을 느낄 수 있을
것이다.

암기를 잘하는 세 가지 방법

많은 친구들이 쉽게 암기할 수 있는 방법이 없느냐고 묻는다. 외울 건 많은데 시간은 없고, 또 잘 외워지지 않기에 좀더 쉽고 특별한 암기법을 찾게 마련이다. 내가 생각하는 암기법에 대해 잠시 얘기해 보겠다.

언제나 가장 중요한 진리는 기본적이고 당연한 것에 있다. 다만 그 기본을 얼마나 깊이 인식하면서, 제대로 지키고 실천하느냐가 중요하다. 암기도 마찬가지다. 암기법을 전혀 모르는 사람이라도 자기 나름대로 열심히 하려고 애쓰다 보면 자신만의 노하우를 발견하게 되고, 실력을 쌓아 나갈 수 있다.

암기를 잘하기 위한 방법을 딱 세 가지로 표현한다면, 이해와 반복 그리고 집중이다.

어떤 내용이든 그 내용을 이해하고 외우는 것과 그냥 되는 대로 외우는 것에는 엄청난 차이가 있다. 사람의 뇌는 상당히 정교하고 오묘하게 이루어져 있다. 그래서 어떤 사실의 배경에 대해서 이해하고 그 원리를 파악하게 되면, 암기하는 데 많은 도움이 된다. 그러므로 단순히 암기만 하는 데서 그칠 게 아니라, 그 내용이 왜 그렇게 되는지 원리를 알고, 외우는 데 필요한 여러 가지 배경들을 공부하는 것은 물론, 중요한 사실들을 이해하려는 노력이 필요하다.

그리고 시험 기간중에는 그렇게 이해한 내용들을 반복해서 공부하면서 학실히 내 것으로 만드는 과정이 필요하다. 일단 어떤 내용이든 처음 공부할 때는 시간이 오래 걸리지만, 두 번째 볼 때는 처음의 절반밖에 걸리지 않고, 세 번째는 더욱 짧아진다. 결국 반복하면 반복할수록 짧은 시간에 보다 많은 내용을 복습할 수 있게 된다. 게다가 많이 보면 볼수록 실력은 점점 더 늘게 되므로, 조금만 앞서 공부하면서 한 번이라도 더 보는 것이 좋다.

마지막으로 암기와 관련해 말하고 싶은 점은, 가능한 한 모든 방법을 동원해서 암기에 집중하라는 것이다. 나 같은 경우에는 연습장에 내가 외우고자 하는 내용을 정신없이 휘갈겨 써가면서, 또 인상을 찌푸려가면서 외우는 것에 집중하려고 애썼다(물론 인상 찌푸리는 것까지 따라할 필요는 없다. 중요한 것은 그만큼 외우려고 공을 들였다는 사실이다! ^^v). 이렇게 노력한 결과 집중력을 높일 수 있었고, 또 외우는 데에도 큰 효과를 얻을 수 있었다.

📚 오만하지도, 주눅 들지도 마라

우리는 너무 쉽게 사람을 판단하는 경향이 있다. '아, 저 친구는 이런 애야. 성적은 이 정도 수준이고, 성격은 이렇고, 외모는 그저 그렇고…….' 학교에서 생활하다 보면 이런 식의 이야기들을 자주 듣게 된다. 또 굳이 말하지 않더라도 마음속으로는 다른 친구들에 대해서 나름대로 어떤 판단을 하게 마련이다. 이것은 비단 다른 사람에게만 적용되는 것이 아니라, 자기 자신을 볼 때 더욱 확연히 드러난다.

예를 들어, 이렇게 생각하는 친구도 있을 것이다.

'나는 성격은 내성적이지만, 그래도 친한 친구들은 몇 명 있다. 나는 공부하는 걸 별로 좋아하지 않지만 시험 때만은 열심히 하는 편이고, 성적은 어느 정도 나온다. 나는 노는 것을 좋아하지만, 그래도 엄마 눈치는 보면서 논다. 내 외모는 나름대로 괜찮다고 생각하는데, 남들은 별로 인정해 주지 않는다. ^^;'

이런 식으로 저마다 자신에 대한 기준과 스스로 정해 놓은 한계나 평가가 있을 것이다. 어떤 의미에서 우리는 이러한 자기 기준에 맞추어 살아간다고 해도 과언이 아니다. 가령 실제로 다른 사람에게 인기가 있든 없든간에, 자기가 인기 있다고 생각하는 사람은 정말 자신이 인기 있는 것처럼 행동한다. 반대로 아무리 인기가 좋더라도, 그걸 알지 못하고 스스로 인기가 없다고 생각하는 사람은 인기가 없는 것처럼 행동한다.

이것은 공부에서도 마찬가지다. 열심히 하면 잘할 수 있는 친구들이 자신은 공부를 못한다고 단정짓고 거기에 맞추어 공부한 결과, 실제로도 자기 생각과 비슷한 성적을 얻는 걸 어렵잖게 볼 수 있다.

자신에 대한 평가와 관련해서 나는 두 가지 사실을 얘기해 주고 싶다.

첫째, 스스로에 대한 평가가 완벽할 수 없다는 사실이다. 물론 나 자신에 대해서 나만큼 잘 아는 사람도 없겠지만, 그렇다고 해서 100퍼센트 정확하다고 할 수는 없다. 때로는 자신을 실제 이상으로 과대 평가하거나 지나치게 비하하는 경우가 있는데, 이는 모두 자신에게 좋지 않은 결과를 가져온다. 따라서 자신에 대한 평가나 판단에 극단적인 사람은 빨리 고칠 필요가 있다.

둘째, 나의 능력과 나라는 존재는 고정되어 있지 않고 변화한다는 사실이다. 공부만 해도 그렇다. 만일, 내가 작년 이맘때부터 맘 잡고 열심히 공부했다면 혹은 정말 좋은 선생님을 만나서 공부에 재미를 붙였다면, 그밖에 어떤 계기가 있어 공부에 대해 새로운 마음을 갖게 되었다면, 당연히 오늘 내 모습과 실력은 달라졌을 것이다.

그러므로 나 자신을 판단하고, 평가하고, 거기에 맞추어 한계를 짓기 전에 먼저 나라는 존재를 보다 객관적으로 바라보려는 노력을 하길 바란다. 또한 나란 존재가 노력의 여하에 따라서, 새롭게 주어지는 기회나 조건에 따라서 얼마든지 변화할 수 있다는 사실을 깨달았으면 좋겠다. 그리하여 노력하고 도전하는 시간을 통해 나날이 성장하는 여러분이 되었으면 한다.

 주어진 조건에 도전하라

사람은 누구나 자신에게 주어진 상황과 환경 속에서 살아간다. 특정한 시간과 공간의 한계 속에서 마치 그것이 세상의 전부인 양 느끼면서……. 그리고 그 환경이 자신에게 요구하는 게 가장 옳은 일인 것처럼 생각하며 살아간다. 모든 사람들이 다 그것을 좇고 있으므로 그것이 가장 좋은 것처럼 보이고, 당연히 그래야만 한다고 느끼는 것이다.

나는 《갈매기의 꿈》을 읽으면서 세상이 그리고 내가 느낄 수 있는 것이, 내가 지금 기대하고 상상하는 것보다 훨씬 다양하고 넓다는 걸 깨달았다.

그저 근처 바다에서 고기를 잡아먹는 일에만 열중하고 있는 다른 갈매기들과는 달리 조나단은 꿈을 꾼다. 새로운 비행 기술로 자유롭게 하늘을 나는 꿈……. 모두들 비웃는 그 길이 어렵고 험난하기는 하지만, 그는 꿈과 의지의 날개를 접지 않는다. 그리고 조금씩 새로운 세상으로 다가간다. 그는 자신이 갈매기들의 세계에서 하나의 신화가 되었을 때, 또 다른 갈매기에게 자신의 정신과 기술을 전수해 주고 떠난다.

사람에게는 누구나 자신만의 세계가 있다. 물론 자신의 세계에만 갇혀 사는 것은 결코 좋은 일이 아니다. 또한 권장할 만한 일도 아니다. 여러분은 자신의 세계를 만들어가는 과정에서 다른 세상에 대해 보다 많은 것을 느끼고 배우도록 애쓰기 바란다. 그래서 훗날 여러분이 만든 세계가 보다 넓고 넉넉한 것이기를 바란다.

공부 못하는 사람의 스무 가지 특징

인터넷에서 퍼온 글이다. 읽어 보면 재미 속에 '뼈'가 담겨 있음을 느낄 수 있는 글이라 옮겨 적는다. 자신의 모습을 되돌아볼 수 있는 기회가 되었으면 좋겠다. ^^*

1. 시험 시간표가 발표된 다음에야 공부를 시작한다. 그런데도 남들한테는 열심히 공부하는데 성적이 오르지 않는다고 말한다.

2. 공부 계획서를 컬러 펜으로 멋들어지게 장식한 다음, 계획서를 보면서

스스로 대견해한다. 장식용 공부 계획서를 만드는 데 일주일이 걸린다.

3. 책상에 앉되 주변 정리로 한 시간 이상을 잡아먹고, 실제 공부는 5분을 못 넘긴다.

4. 조금만 잔 다음 일어나 공부할 생각으로 자리에 누웠는데, 깨어나 보니 아침이다.

5. 공부는 스트레스를 안겨주는 악마지만, 텔레비전이나 컴퓨터는 스트레스를 날려주는 천사라고 생각한다.

6. 유명하다는 참고서와 문제집을 모조리 구입해서 책꽂이를 보기 좋게 장식한다.

7. 한 시간을 공부하기 위해 세 시간 준비 운동을 한다.

8. 자신이 공부를 못하는 것은 우리나라 교육제도가 후진적이라서 그렇다고 믿는다.

9. 자신을 벼락치기의 천재라고 자부한다.

10. 책에서 중요한 내용에 밑줄 칠 때, 컬러 펜으로 자를 대고 친다. 그리고 그 멋스러움에 스스로 감탄한다.

11. 자신은 머리는 좋으나 노력을 안 해서 공부를 못한다고 생각하고, 또 그렇게 믿는다.

12. 인생을 결정하는 건 공부보다는 인간성이라고 믿는다.

13. 성공한 사람들 중에서 학교를 제대로 못 나왔거나 공부를 못했던 사람들만 기억하고, 자기도 그 사람의 후계자가 될 것이라고 굳게 다짐한다.

14. 공부 못하는 친구들끼리 모여 서로 위안을 삼으면서, "노세, 노세, 젊어서 노세"의 노랫말을 적극 실천해 일말의 불안감을 없앤다.

15. 수업은 즐거워야 하고, 우정은 피보다 진하다는 믿음 아래, 수업 시간을 사교 시간으로 보낸다.

16. 잠잘 때 책을 베고 자면서 책 속의 내용들이 자동으로 머릿속에 입력되길 기도한다.

17. 공부 계획은 아주 가끔 실천하지만, 텔레비전 시청이나 컴퓨터 게임 시간은 언제나 칼같이 지킨다. 그리고 누가 옆에서 뭐라고 하면 계획표대로 생활하는 중이라고 서슴없이 말한다.

18. 다섯 시간도 5분처럼 가볍게 여긴다.

19. 볼펜과 샤프의 구조를 완벽하게 익혀서 분해·조립하는 천재이다. 이 일로 학교나 집에서 학창시절의 대부분을 보낸다.

20. 지우개 부스러기만 가지고도 한 시간 수업을 너끈히 견뎌내는 의지의 한국인다운 투지를 매일 불사른다.

Part 4

고등학교 2학년

Part 4

- # 2학년 1학기
- # 2학년 여름방학
- # 2학년 2학기
- # 2학년 겨울방학

"어느덧 나도 2학년이 되었다.

고등학교에 입학한 게 정말 엊그제 같은데 말이다.

요즘엔 처음에 가졌던 자신감이 흔들릴 때가 있다. 정말 내가 해낼 수 있을까…….

그래도 나는 믿는다. 최종 결과는, 오늘 그리고 지금 이 순간 내가 어떻게 하느냐에 달려 있기 때문이다.

다시 한번 계획을 살펴보면서 부족한 부분들을 보충하고, 내 마음을 정리한 다음 도전하고 힘차게 달릴 것이다.

마라톤으로 따지자면, 이제 본격적인 중반 레이스에 돌입한 것이다. 이런 중요한 때에 뒤처질 수는 없다. 지금 시점을 상위권 도약을 위한 중요한 발판으로 삼을 것이다.

나는 해낼 수 있다! 누가 뭐라고 해도."

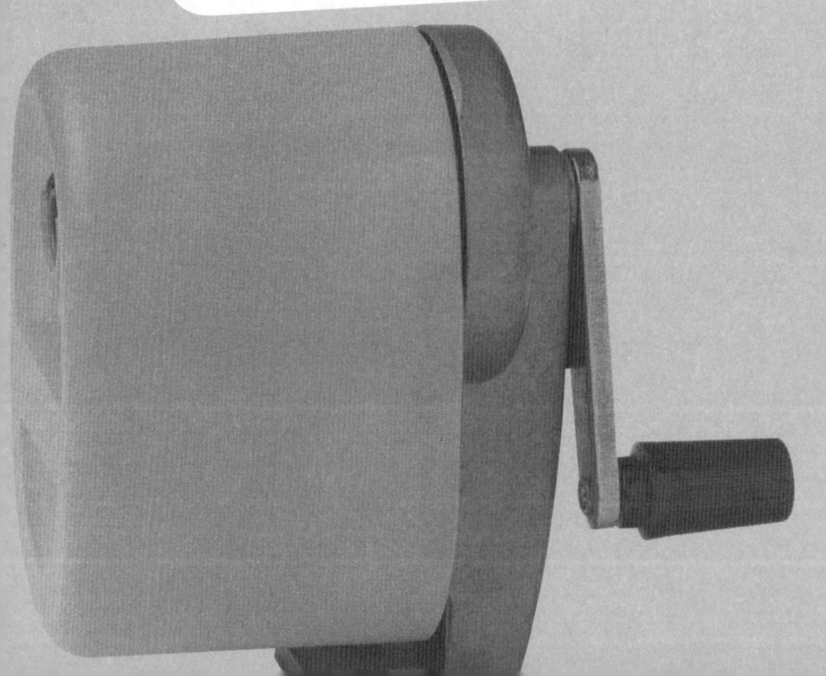

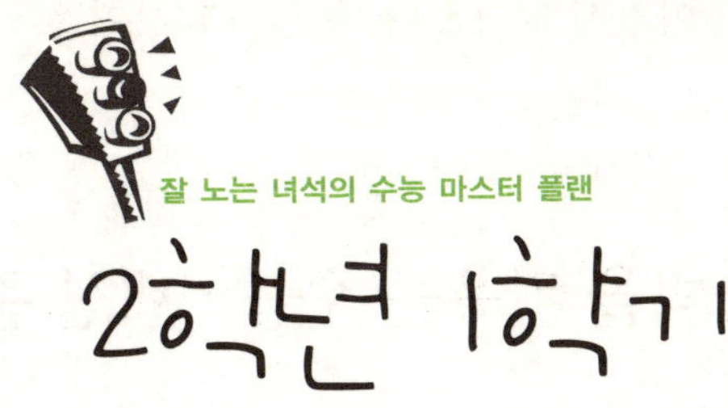

2학년 1학기

후회보다는 재도전의 기회로!

1학년 때 좀더 열심히 했더라면 좋았을 텐데……. 이런 후회로 2학년을 시작하는 친구들이 많다. 1학년 때 내신을 제대로 관리하지 못해서, 혹은 자신이 원하는 만큼 준비하지 못해서 남는 아쉬움들 말이다.

사람들은 이미 지나버린 시간을 두고 최선을 다했으면 좋았을 거라고 이야기한다. 그러나 이미 지나버린 시간도 그 나름대로 의미 있고 충분히 가치 있는 시간이다. 중요한 것은 현재의 시간을 어떻게 보내는가다. 자책하면서 후회하는 사람들의 가장 큰 특징 중 하나는, 자신이 후회했던 모습 그대로 오늘 하루를 살아간다는 점이다. 그렇기 때문에 자기 자신에 대한 후회와 실망은 점점 더 커져만 간다.

후회와 아쉬움이 생길 때, 그 마음을 앞으로 잘하기 위한 채찍과 원동력으로 이용해야지, 거기에 갇혀 있어서는 안 된다. 후회만 하는 사람은 후회하는 그대로 살아가게 되어 있다. 두렵지 않은가?

 실전 능력을 키우는 수능 · 내신 준비법

2학년의 수능 · 내신 준비도 1학년 때와 비슷하게 진행해 나가면 된다. 평소에는 수능 위주로 중요 영역들을 공부하고, 학교 시험 3주 전부터는 본격적인 내신 준비 체제에 돌입해서 시험을 준비한다. 내신을 준비할 때는 1학년 때 잘하지 못했던 점, 보완해야 할 점이 무엇인지를 분석하면서 철저하게 준비해야 한다.

2학년 때의 수능 준비가 1학년 때와 가장 다른 점은, 실전 능력을 키우는 데 비중을 두어야 한다는 점이다. 장기적인 관점에서 1학년 때는 기본 개념을 잡는 데 주력해야 하고, 2학년 때는 기본 개념을 완성시키고 마무리해 가는 동시에, 실전 문제를 많이 접하면서 응용력을 길러야 한다. 그리고 3학년 때는 실전 문제 풀이를 기본으로, 문제를 풀다가 모르는 부분이나 약한 부분을 그때그때 찾아가면서 다시 한번 짚어 보고 보충하는 방식으로 공부해야 한다.

그러므로 매일 학교 진도와 자신의 계획에 따라서 기본 개념을 공부하는 동시에 꾸준히 실전 문제를 접하면서, 수능에서는 어떤 방식으로 문제가 출제되고 응용되는지를 익혀야 할 것이다.

그리고 2학년 때부터는 심화 단계에 해당하는 사회 · 과학의 여러 과목들을 공부하게 되는데, 그 내용들은 반드시 그때그때 이해하고 넘어가야 한다. 그렇지 않고 모르는 내용들이 쌓이게 되면, 차츰 그 과목에 흥미를 잃게 되고 나중에는 다시 공부하기가 무척 힘들어진다.

만일 학교 수업만으로 심화 단계의 과목들을 공부하는 데 어려움을 느낀다면, 인터넷 동영상 강의를 들으면서 공부하기 바란다.

다음 자료는 교육청에서 발표한 시험 영역 및 교과목 선택 방법과 수능 시험 대비 방법이다. 참고하길 바란다.

Q 시험 영역과 교과목을 어떻게 선택해야 하나?

A¹ 학생들은 진로, 희망, 적성, 능력, 대학의 요구 등을 고려하여 언어, 외국어(영어), 수리, 사회/과학/직업탐구, 제2외국어/한문 등 5개 영역 중 전부 또는 일부 영역을 선택하여 응시할 수 있다.

➡ 사회/과학/직업탐구영역에서는 그 중 한 영역만 선택하여 응시할 수 있다.

➡ 직업탐구영역은 82단위 이상의 직업계열 교육 과정 이수자만 응시할 수 있다. 그러나 직업계열 이수자가 희망하는 경우에는 직업탐구 대신 사회탐구 또는 과학탐구영역에 응시할 수 있다.

A² 각 영역 내에서 교과목 선택은 다음의 원칙에 의한다.

➡ 수리영역은 '가', '나'형 중에서 선택하여 응시하고, '가'형 응시자의 경우, 필수 과목 외에 「미분과 적분」, 「확률과 통계」, 「이산수학」의 3개 교과목 중 한 과목을 선택하여 응시한다.

➡ 사회탐구영역은 한국지리, 세계지리, 경제지리, 한국 근현대사, 국사, 세

계사, 법과 사회, 정치, 경제, 사회문화, 윤리(윤리와 사상+전통 윤리) 등 11
개 과목에서 최대 4과목을 선택하여 응시할 수 있다.

◯ 과학탐구영역은 물리 I, 물리 II, 화학 I, 화학 II, 생물 I, 생물 II, 지구과
학 I, 지구과학 II 등 8개 과목 중에서 최대 4과목을 선택하여 응시할 수 있
다. I과 II 교과목은 위계(位階)적으로 구성되어 있으므로 II 교과목은 최
대 2과목만 응시가 가능하다.

◯ 직업탐구는 농업정보 관리, 정보기술 기초, 컴퓨터 일반, 수산해운 정보
처리 등 컴퓨터 관련 4과목에서 한 과목을 선택하고, 농업 이해, 농업 기초
기술, 공업 입문, 기초 제도, 상업 경제, 회계 원리, 해양 일반, 수산 일반,
해사 일반, 인간 발달, 식품과 영양, 디자인 일반, 프로그래밍 등 13과목 중
에서 최대 2과목을 선택하여 응시할 수 있다.

◯ 제2외국어 및 한문 시험은 독일어, 프랑스어, 스페인어, 중국어, 일본어,
러시아어, 아랍어 등 7과목 및 한문 등 총 8개 과목 중 한 과목을 선택하여
응시할 수 있다.

Q 대학수학능력 시험에 대비하기 위해서 수험생은 어떻게 준비해야 하
나?

A¹ 대학수학능력 시험에 대비하기 위해서는 새로운 교육 과정과 수능
시험의 특성을 충분히 이해해야 한다.

◯ 고교 2, 3학년의 선택 중심 교육 과정은 고교 1학년까지의 국민공통기
본 교육 과정을 바탕으로 한 심화학습 과정이고, 또 대학수학능력 시험은
통합교과적 출제를 원칙으로 하고 있으므로, 수험생은 기본적으로 고교 1학
년까지의 국민공통기본 교육 과정을 충실히 이수하고 사고력과 창의력을 기
르기 위한 폭넓은 독서와 다양한 학습 경험을 쌓는 노력이 필요하다.

◯ 고교 2, 3학년에서는 학생 본인의 적성과 희망을 기초로 가능한 한 일

찍부터 자신에게 적합한 진로를 모색하고, 이를 바탕으로 진학하고자 하는 대학이나 전공 분야의 폭을 좁혀 나갈 필요가 있다. 자신의 적성에 맞는 전공 분야를 찾아내는 일은 무엇보다 중요하다.

⟹ 어느 정도 진학의 방향이 결정되면, 진학을 희망하는 대학이 사전에 예고한 사항 등을 고려하여 학교에서 개설한 교과목 중 자신에게 적합한 선택 교과목을 결정하고 학교 교육 과정을 충실히 이수해야 한다.

⟹ 다만, 최근에는 대학들이 수능 시험 이외에 다양한 전형 기준으로 학생을 선발하는 경향이 있으므로, 특정한 분야에 재능과 특기가 있는 학생들은 자신에게 적합한 특별전형을 실시하는 대학이 있는지에 대해서도 관심을 기울일 필요가 있다.

A² 심화 선택 과목의 효과적인 학습은 대학에 입학한 후의 공부에도 많은 도움을 줄 것이다. 선택 교과목에 대한 평가는 상대적으로 깊은 사고력을 요구하므로, 단편적인 지식 암기보다 근본적인 원리를 이해하려는 노력이 더욱 중요하다.

 공부는 휴식으로 가는 디딤돌이다

우리는 수업 시간에 쉬는 시간을 기다린다. 그리고 오전엔 점심시간이 오기만을 바란다. 오후가 되면 방과후를 생각하고, 평일에는 주말이 돌아오길 손꼽아 기다린다. 어디 그뿐인가. 한 달을 놓고 보면 공휴일이나 놀러 가는 날을 주시하고, 한 학기로 보자면 방학이 오기만을 고대한다. 그렇게 한 해를 보내고 또 보내다가 마침내는 수능 시험을 무사히 치르는 것, 그것이 모든 고등학생들의 마음속에 깃들인 작은 바람이자

기다림의 풍경이 아닐까 싶다.

기다릴 무언가가 있다는 사실은 우리에게 희망이 있음을 뜻한다. 지금은 힘들고 어렵지만, 이런 상황은 언젠가는 끝나게 되어 있다. 힘든 시기가 지나면, 그 시절의 끝자락에 앉아 우리의 오랜 기다림을 편안하게 더듬어 볼 수 있을 것이다.

하지만 쉬는 것 그 자체가 목적은 아니다. 더 중요한 것은 열심히 일하는 것이고, 열심히 일한 뒤의 휴식이 훨씬 달콤하고 의미 있다. 시험 때가 되면, 평소에 재미없던 일도 재미있어지곤 한다. 관심 없던 텔레비전 프로그램도 재미있게 느껴지고, 갑자기 소설책이 읽고 싶어지기도 한다. 그렇지만 시험이 끝나고 자유롭게 어떤 일이든 할 수 있을 때는 이러한 일들이 이상하게도 재미없어진다.

적당한 긴장감과 해야 할 일이 있다는 것은 삶에 활력을 갖게 해준다. 따라서 시험이나 공부를 짐으로만 여기지 말고, 달콤한 휴식으로 가기 위한 디딤돌이라고 생각하면서 열심히 공부했으면 한다.

 수시 모집 공략법 1

정시 모집 못지않게 수시 모집의 비중과 중요성이 많이 커졌다. 대학에 갈 수 있는 좋은 기회가 있었는데 제대로 알지 못해서 그 기회를 놓친다면, 정말 안타까울 것이다. 따라서 수시 모집에 대해 정확히 알고, 실질적인 정보를 통해 자신에게 해당되는 내용은 없는지 꼼꼼히 따져 봐야 한다.

1학년 때는 자신의 내신 성적이나 수준이 어느 정도 되는지 모르고, 학교에 적응하는 시간이 필요하기 때문에 본격적인 수시 준비를 하기에는 좀 이른 감이 있다. 하지만 2학년이 되면 자신의 성적이나 상황을 어느 정도 파악할 수 있으므로 본격적으로 수시를 준비할 수 있다. 다만 수시 모집에 도전하기 위해서는 장기적으로 바라보고 적절하게 준비해야 한다.

수시에서 가장 중요한 것은 역시 학생부 성적, 즉 내신 성적이다. 1단계에서는 주로 내신 성적으로 합격 인원의 2~3배를 먼저 선발하기 때문에 기본적으로 내신 성적이 좋아야 한다. 그렇지만 내신 성적이 좋다고 해서 무조건 수시에 합격할 수 있는 것은 아니다.

왜냐하면 심층 면접과 논술의 변별력이 크기 때문에 여기서 당락이 갈리는 경우가 많으며, 실제로 많은 학생들이 학생부 성적은 합격권이 아닌데도 심층 면접과 논술에서 좋은 성적을 거둬서 합격하기도 한다. 또 특별전형의 경우에는 각 대학에서 요구하는 입상 경력이나 특기 사항 위주로 선발하므로, 학생부 성적이 별로 좋지 않다 해도 자신에게 해당되는 사항이 있다면 도전해 볼 수 있다.

수시 모집에 대비하기 위해서는 다음의 사항들을 준비해야 한다.

먼저 자기소개서는 자신의 장점·경험·특성을 구체적으로 나타낼 수 있는 자료이다. 따라서 무엇보다 솔직하고 정직하게 자기 자신에 대해 알리는 것이 중요하다. 지금까지 살아오면서 겪은 경험들, 그 속에서 느꼈던 생각들을 읽는 사람이 편하게 받아들일 수 있도록 진솔하게 드러낼 때 좋은 점수를 얻을 수 있다. 그렇지만 솔직하게 써야 한다고 해서 지나치게 적나라하게 표현하거나 일부러 단점을 많이 드러낼 필요는 없다. 그럴 경우 오히려 역효과가 날 수 있으므로 주의하자.

그리고 대부분의 경우 학업 계획서도 준비해야 하는데, 학업 계획서는 말 그대로 지원한 학과에 합격했을 때 어떻게 공부할 것인가를 밝히는 글이다. 따라서 자신이 지원한 학과에 대한 애정과 포부를 잘 보여주어야 할 뿐만 아니라, 내가 이 학과에 적합한 사람이라는 것을 효과적으로 전달해야 한다. 현실적으로 이렇게 해서 성공하겠다는 식의 내용에서 그치는 게 아니라, 무엇을 위해서 이 학과에 진학하고자 하는지 근본적인 목표를 제시한다면 더 설득력 있는 학업 계획서를 작성할 수 있을 것이다.

다음으로 심층 면접과 논술을 준비해야 한다. 면접이나 논술 실력은 벼락치기로 기를 수 있는 게 아니다. 그러므로 2학년 때부터 사회의 여러 문제에 관심을 가지면서 자신만의 생각을 정립하고, 그 생각을 글이나 말로 표현하는 연습을 하는 것이 중요하다. 평소에 사회 문제에 대해서 전혀 생각해 본 적이 없는데, 좋은 답변을 할 수 있으리라 기대하는 것은 말이 안 된다.

이러한 연습은 수시뿐만 아니라 수능 언어영역과 정시의 논술, 면접에서도 꼭 필요하므로 주요 과목을 공부하는 것 못지않게 중요하다. 그러므로 평소에 자신의 생각을 말과 글로 정리하고 표현하는 훈련을 많이 해두길 바란다.

또한 매일 주요 신문 기사를 읽어 둘 필요가 있다. 신문을 읽는 것은 현재 사회의 중요한 흐름을 파악하는 데 도움을 주기 때문에, 신문을 꾸준히 읽는 습관은 심층 면접과 논술에 많은 도움이 된다. 특히 사회면·경제면·정치면의 주요 기사들은 꼭 읽는 습관을 기르도록 하자.

3학년 때는 수능이 얼마 남지 않은 상황이어서 신문을 읽거나 논술을 쓰는 등의 수시 준비를 하는 것이 심적으로 훨씬 부담스럽게 느껴진다. 물론 2학년 때도 시간을 할애하기가 쉽지는 않겠지만, 지금이 아니면 준비할 시간이 없다는 것을 염두에 두고 짬짬이 수시 준비를 해나가기 바란다.

03

연세대학교 노어노문학과 01학번 성윤석 

수시 특기자 전형

대학에 입학하고 벌써 많은 시간이 흘렀다. 생활할수록 대학은 개개인에게 무한한 가능성을 열어주는 곳이라는 생각이 든다. 자신의 소질이 무엇인지 발견할 수 있게 도와주는 곳, 원한다면 혹은 재능이 있다면 그 사람에게 투자해 줄 수 있는 곳이 바로 대학이라고 생각한다.

나는 수시 모집 중에서도 특기자 전형으로 연세대학교에 입학했다. 수시 모집으로 대학에 들어갈 수 있는 방법에는 정말 여러 가지가 있다. 학교 내신이 아주 좋거나, 어떤 한 분야에서 특기를 가지고 있는 경우, 혹은 농어촌 특별전형, 국가 유공자에게 주어지는 특별전형이 있다.

나는 초등학교 때 외국에 나갔다가 고등학교 1학년 2학기 때 다시 한국으로 돌아왔다. 처음에는 뭐 외국이랑 별 차이가 있겠나 싶었는데, 학교에서 배우는 언어 자체가 다르고, 교육 내용도 다른 것들이 많았다.

외국에서 고등학교 과정을 포함해 2년 이상을 수료했기 때문에 재외국민(특례입학) 전형에 지원할 수 있었다. 그러나 일단은 국내 고등학교 과정을 어느 정도 이수해야 그 시험을 볼 수 있었기 때문에 학교 수업에 충실해야 했다.

한 학기가 지나자 어느 정도 수업에 적응해, 2학년 1학기부터는 정상적으로 수업에 임할 수 있었다. 사실 다른 과목은 몰라도, 수학 문제를 푸는 속도만큼은 한국이 최고일 거라는 생각을 고등학교 내내 했었다.

나는 지방에 있는 고등학교를 나왔는데, 비평준화 지역이라서 아이들 모두 상당히 공부를 잘했다. 그래서 친구들이 공부하는 모습을 볼 때마다 많은 자극을 받을 수 있었다.

2학년 1학기 말에 '전국 외국어 경시대회'가 있다는 소식을 선생님을 통해 들을 수 있었다. 하지만 경시대회에 참가하려면 먼저 도 예선을 거쳐 출전권을 따내야만 했다. 러시아에서 현지 학교를 다녔던 나는 외국어에 어느 정도 자신이 있었지만, 내 실력이 얼마나 되는지는 알 수 없었다.

나는 도 예선을 통과했고, 출전권을 얻어 경시대회에 나가게 되었다. 경시대회는 정당한 경쟁을 위해 해외파와 국내파가 따로 시험을 보는 방식으로 치러졌다. 나는 해외파 부문에서 시험을 보게 되었는데, 외국에서 공부하다가 온 많은 고등학생들을 대회장에서 만날 수 있었다.

그런데 나는 다른 학생들과 대화를 나누면서 큰 충격을 받았다. 해외파 고등학생이라면 알아야 할, 그리고 누릴 수 있는 혜택과 정보들을 너무나 모르고 있었던 것이다. 서울과 지방의 현격한 차이를 깨닫는 순간이었다. 나는 새로운 정보를 들을 때마다 감탄과 경익을 금치 못했다. 그 당시 들은 정보에는 이런 것들이 있었다.

첫째로, 서울에는 외국에서 들어온 학생들을 대상으로 가르치는 특례 학원이 따로 있었다. 정말 나는 우물 안 개구리였던 것이다. 그리고 수능에 유형이 있듯이, 각 대학별 특례 시험에도 유형이 있었다. 그런데 특례 학원에서는 대학별 유형에 맞춰서 학생들을 대비시키고 있었던 것이다.

둘째는, 각종 경시대회에 대한 정보였다. 서울에는 각종 특수 목적 고등학교들이 많고, 따라서 각 대학에서 주최하는 경시대회에 관심이 많다. 학교에 공문이 오면 학생들에게 수시로 알려주고 참가할 수 있는 기회를 부여한다. 그래서 나도 경시대회에 관심을 갖게 된 것이다.

경시대회에는 많은 분야가 있다. 크게 국어 · 외국어 · 수학 · 과학 · 발명 · 예체능 등이 있는데, 수시 모집이라는 입시 제도가 생겨난 뒤 각 대학마다 우수한 학생들을 뽑으려고 경시대회를 주최하고 있다.

나는 2학년부터 3학년까지 도 예선과 전국 경시대회에 총 열 번을 참가했다. 물론 모두 외국어 부문이었다. 외국어 부문에서 1999년까지 가장 권위 있는 대회는 교육부가 주최했던 '전국 고등학교 외국어 학력 경시대회'였으나, 2000년부터 이 대회가 없어지고 약간 변형된 '전국 고등학생 외국어 우수자 초청 학력 경시대회(한국외대 주관)'로 바뀌었다. 따라서 현재 권위 있는 경시대회로 알려진 것은 서울대 · 연세대 · 고려대 · 외국어대 · 경희대 등에서 주관하는 외국어 경시대회라고 볼 수 있다.

연세대학교와 고려대학교 경시대회는 논술형인데, 연세대의 외국어 경시대회 내용은 다음과 같다.

• 경시 부문 - 일반논술 : 국어, 영어, 중국어, 독일어, 프랑스어, 러시아어

　　　중 택 1

• 내용 : 일반 서술형 논술

- 각 언어로 된 텍스트가 하나씩 주어진다. 그리고 텍스트 마지막 부분에 그 내용과 연관시켜서 어떠한 주제로 서술하라는 문제가 주어진다. 시간은 세 시간이다. 유일하게 사전류의 지참이 허용되는 경시대회지만, 서술형의 시험은 평소 많은 독서량과 연습량이 갖춰져 있지 않으면 좋은 점수를 얻기 힘들다고 봐야 한다. 한두 개의 핵심 단어를 몰라서 사전을 찾는 것은 도움이 되지만, 많은 단어들을 이해하지 못하거나 어휘력이 부족하다면, 이런 시험보다는 문법이나 말하기 위주의 다른 경시대회에 응시하는 것이 바람직하다.

연세대는 해외파와 국내파를 구분짓지 않아서 입상자의 대부분이 해외에서 체류한 경험이 있는 학생들이었다. 매년 7월 말경에 열리는데 극소수는 수능 조건 없이 입학이 가능하며, 보통은 수능 5퍼센트 이내, 10퍼센트 이내와 같은 조건부 합격이 뒤따른다.

고려대 경시대회에서는 외국어가 아닌 한국어로 된 텍스트가 주어진다. 텍스트의 난이도는 높은 편이다. 간혹 텍스트의 내용이 너무 어려워서 시험 도중에 그냥 나가는 학생들도 더러 있었다. 연세대 경시대회에 응시한 학생들 대부분이 고려대 경시대회에도 응시한다. 두 학교의 시험 유형이 거의 비슷하기 때문이다. 고려대도 마찬가지로 수상자의 대부분이 외국에서 체류한 경험이 있는 학생들이디.

연세대와 고려대 경시대회의 입상자 10명 중 대략 7~8명이 해외에서 거주

한 경험이 있는 학생들이다. 그리고 국내파 수상자 중의 약 80~90퍼센트가 외고 출신이다. 이처럼 연세대·고려대의 경시대회는 국내파 학생들에게 불리할 수밖에 없는 조건이다. 고려대 경시대회는 매년 5월 초에 열리고 수능 조건부 합격은 총점 200점(제2외국어 제외)이다.

서울대학교는 다음과 같이 세 개의 그룹으로 나누어 진행한다.

Group 1(G1) : 해외 체류 경험 3개월 미만

Group 2(G2) : 해외 체류 경험 3개월~2년 미만

Group 3(G3) : 해외 체류 경험 2년 이상

가장 합리적으로 구분해놓은 경시대회인 듯하다. 문제는 객관식·주관식·서술형·말하기 등으로, 쓰고 말하고 듣는 모든 능력을 평가한다. 특히 해외 체류 기간에 따라 경쟁 상대가 나뉘어 국내파끼리 그리고 해외파끼리 경쟁을 하기 때문에 상당히 합리적인 대회라고 생각한다. 하지만 서울대는 수시 전형에서 수상 경력, 내신, 수능 이 세 가지를 모두 요구하기 때문에 많은 학생들이 외국어를 아무리 잘해도 입학하지 못하는 경우가 태반이다.

전국 각 시·도 및 대학에서 열리는 전국 규모의 외국어 경시대회는 대부분 영어·일어·독어·불어·중국어·서반아어·노어 부문이 있다(일부 경시대회에서는 서반아어와 노어는 제외된다). 그리고 한 해에 전국에서 수백 개의 각종 경시대회가 열린다고 한다. 당연히 이 모든 경시대회를 일일이 알아보고 참가하는 것은 불가능하다.

따라서 자신이 원하는 학과나 대학이 있다면, 그 학교에서 요구하는 기준을 살펴보아야 한다. 그리고 외국어로 대학에 입학하고자 한다면, 중학교 때나 적어도 고등학교 1학년 때부터 본격적으로 해당 외국어를 심도 있게 공부해야 한다. 모든 학문이 마찬가지겠지만, 외국어는 단기간에 쉽게 익힐 수 있는 분야가 아니기 때문이다.

경시대회에 나오는 학생들은 각 시·도에서 우수한 성적으로 본선까지 올라온 학생들이기 때문에, 어느 누구도 만만하지 않다는 사실을 명심해야 한다. 고등학교 1학년 때부터 본격적으로 시작해도 결코 늦지 않다는 점은, 고등학교 때 각종 외국어 경시대회에서 수상한 학생들의 후기를 통해 알 수 있다. 외국어 고등학교에 입학한 뒤, 자신이 전공하는 외국어에 특별히 관심을 갖고 열심히 공부해서 보통 3학년이 되면 각종 경시대회에 나가 수상하는 걸 많이 보았다. 그러므로 '외국에서 살다온 학생들이 있는데, 아무리 열심히 해봤자지, 뭐!'라고 생각하지 않았으면 좋겠다. 왜냐하면 이미 많은 대학에서 일반고·외고·해외파 이렇게 세 그룹 혹은 두 그룹(국내·해외)으로 나누어 시험을 치르고 있기 때문이다. 게다가 이 문제와 관련해 대부분의 대학들이 합리적인 방법을 계속 모색해 나가고 있다.

그러면 연세대에 특기자로 입학한 예를 들어 보겠다.

입학할 당시 수상 실적(70퍼센트) + 내신·면접·자기소개서(30퍼센트)를 합산한 점수로 선발했는데, 나의 경시대회 수상 경력은 모두 노어 부문으로 다음과 같다.

★ 연세대 외국어 논술 경시대회 최우수상

★ 서울대 외국어 경시대회 특별상, 금상

★ 한국외대 외국어 경시대회 금상

★ 경희대 외국어 경시대회 대상 등

내 경우 특기자 선발 과정에서 대부분의 점수를 차지하는 수상 실적에서 많은 점수를 땄을 거라고 생각한다. 그런데 수상 실적에서 가장 중요한 것은 자신이 지원한 그 대학의 경시대회 수상 경력이 포함되어 있느냐 없느냐이다.

예를 들어, 경희대 외국어 특기자 전형에 지원했다면, 다른 대학보다는 경희대에서 주최한 경시대회에서 수상해야 유리하다. 이것은 모든 대학이 다 똑같다. 그렇기 때문에 자신이 가고자 하는 대학의 경시대회 유형을 잘 알아야 한다. 비슷한 유형이 있지만, 대학마다 경시대회 문제는 다르다. 그리고 그 언어에 완벽하게 능통하면 좋겠지만, 어느 누구도 완벽할 수 없기에 철저하게 대비해야 한다. 따라서 이 분야에 전문적인 선생님들이 많은 외고 학생들이 유리할 수밖에 없다.

요즘은 각 대학마다 홈페이지가 있다. 그리고 단과대와 각 학과에도 홈페이지가 있기 때문에, 궁금한 내용들은 그 홈페이지 게시판을 통해 해결할 수 있을 것이다.

마지막으로 일반 수시에 대해서 한마디하겠다.

일반 수시는 내신(70퍼센트) + 수상 경력 · 면접 · 자기소개서(30퍼센트)를 합산한 점수로 선발된다. 따라서 입상한 실적이 동상이나 입선 정도이고 내신이 좋다면, 특기자보다는 일반 수시로 지원하는 것이 더 낫다. 특기자로 지원하는 대부분의 학생들은 전국 규모의 대회에서 최소한 은상이나 금상을 수상한 학생들이다. 따라서 특기자 선발에서 결정적인 요인으로 작용하는 수상 실적에서 밀리면 상당히 불리하다. 그러므로 내신에 자신이 있는 학생들은 일반 수시가 더 유리하다.

아무리 좋은 상을 탔다고 할지라도 대학에 완전히 합격하기 전까지는 무엇도 보장된 것이 없다고 보는 게 현명하다. 하지만 주변에 있는 친구들 중 한 우물만 파다가 실패하는 경우는 거의 보지 못했다. 자신이 진정 원하는 분야가 있으면, 1년이 걸리든 2년이 걸리든 도전의 결과는 달콤할 것이라고 확신한다.

# 이성 교제는 절대 금물인가?

사람은 누구나 한계가 있다. 아무리 뛰어난 사람도 여러 가지 일을 한 꺼번에 잘할 수는 없다. 마음이 여기저기 분산되면 아무래도 한 가지 일에 집중할 수 없는 법이다. 특히 아직 성장하고 있는 청소년기에는 더욱 그렇다.

그런 의미에서는 이성 교제가 성적을 올리는 데 좋은 영향을 준다고 말하기 어렵다. 이성 교제를 하게 되면 계속해서 그 일에 신경을 쓰게 되고, 그러다 보면 다른 부분에 힘쓸 여력이 줄어드는 것은 어쩔 수 없는 일이다. 더구나 감정이 가장 풍부한 시기인 중고등학교 시절에는 그 정도가 더 심할 수 있다.

물론 무조건 이성 교제를 하면 안 된다고는 생각하지 않는다. 스스로 절제할 줄 알고 결단력이 있다면, 이성 교제를 해도 자신의 성적을 충분히 유지해 나갈 수 있다. 얼마나 놀았느냐 혹은 이성 교제를 했느냐 안 했느냐에 따라서 성적이 결정되는 것은 아니기 때문이다. 그보다는 나머지 시간에 얼마나 공부에 신경을 쓰고 집중해서 열심히 했느냐가 문제가 될 것이다.

그러므로 이성 교제를 하고 싶으면, 마음을 독하게 먹고 나머지 시간에 집중해서 열심히 공부하면 된다. 마음을 나눌 수 있는 친구가 생기는 것이므로 오히려 성적을 올릴 수도 있다. 물론 그렇게 되려면 확실한 의지와 부단한 노력이 필요함은 두말할 나위가 없다.

 # 암기 과목도 원리가 중요하다

일명 '암기 과목' 이라 불리는 과목들은 평소에 공부할 필요가 없다고 흔히들 말한다. 미리 공부해 보았자 어차피 시험 때가 되면 다 잊어버릴 테니까 그렇다는 것이다. 그래서 시험 볼 때 한꺼번에 공부하는 게 훨씬 낫다고 말한다.

이는 하나만 알고 둘은 모르는 소리다. 물론 지금 공부한 내용을 몇 주일 뒤 시험 볼 때까지 모두 기억하고 있을 수는 없다. 하지만 미리 공부해 둠으로써 그 내용에 대한 이해의 폭을 넓혀갈 수 있다. 또 그 내용이 어떻게 구성되어 있는가를 미리 파악해 둔다면, 나중에 시험이 닥쳤을 때 좀더 쉽고 정확하게, 그리고 효율적으로 암기할 수 있다.

벽돌 하나를 쌓더라도 원리를 이해하고 쌓는 것과 아무런 규칙이나 방법도 모른 채 아무렇게나 쌓는 것은 효율과 가치 면에서 비교할 수 없을 정도로 큰 차이가 난다. 머리 쓰는 것과는 전혀 상관없어 보이는 벽돌 쌓는 일에도 이해와 원리가 중요한데, 하물며 공부는 더 말해서 무엇하겠는가. 그래서 암기 과목은 물론이고 기타 여러 과목을 공부할 때 그 원리를 파악하고 이해하는 것은 매우 중요하다.

나는 어떤 내용을 공부하든지, 그것이 암기 과목이라 할지라도, 먼저 왜 이렇게 되는지를 생각했다. 물론 언제나 그 이유를 100퍼센트 깨달은 것은 아니지만, 그런 과정 속에서 하나라도 더 이해하고, 원리를 깨닫고자 노력했다. 그러한 과정을 거치나 보니 암기해야 할 내용들을 수월하게 기억할 수 있었다.

단순히 기계처럼 나열된 단어들을 무작정 외우는 것은 무의미하다. 그보다는 깊이 있게 이해하면서, 살아 있는 유기체처럼 내용들을 서로 연결하고, 머릿속에서 하나의 틀로 정리해서 외울 때, 더욱 효과적으로 암기할 수 있다. 그리고 훨씬 오래 머릿속에 담아 둘 수 있다.

 벼락치기도 필수이다

해야 할 공부는 많은데 시간이 없다면 어떻게 해야 할까? 어떻게서든 공부하는 시간을 1분이라도 더 만들어, 최대한 집중해서 좋은 결과를 얻을 수 있도록 노력해야 할 것이다.

전쟁중인 사람이 평소와 똑같이 자고 밥을 먹으면서 마음 편히 지낼 수 있겠는가? 결코 그럴 수는 없다. 설령 그럴 수 있다 해도 전쟁에서 승리할 수는 없을 것이다. 시험 기간은 특별한 기간이다. 이는 시험 기간에는 평소와 똑같이 지낼 수 없다는 것을, 그래서는 안 된다는 것을 의미한다.

나 역시 시험 기간이 다가오면 '이번 시험을 잘 봐야 할 텐데……' 라고 생각하며 부담을 가졌다. 하지만 마음을 다잡고, 계획을 세우고 한 과목씩 차근차근 공부해 나갔다. 그리고 시험 보기 3일 전부터 시험 기간이 끝날 때까지는 계속 벼락치기로 공부했다.

여기서 오해하지 말길 바란다. 내가 여기서 말하는 벼락치기는 평소에는 공부를 안 하다가 시험 때만 반짝 공부하는 벼락치기를 말하는 게 아니다. 앞에서도 말했듯이 그런 공부 방법은 아주 좋지 않은 습관이다. 여기서 말하는 벼락치기는 평소에도 꾸준히 공부하지만, 시험 기간에 특별히 더 열심히 공부하는 것을 말한다.

암기를 잘해야 높은 점수를 받을 수 있는 학교 시험의 특성상, 평소에 공부를 열심히 했다고 하더라도 막상 시험 기간에 집중해서 공부하지 않으면 원하는 만큼의 좋은 결과를 얻을 수 없다. 오히려 평소에 공부를 좀 덜했더라도, 시험 기간에 효과적으로 공부한 사람이 더 나은 성적을 받을 수도 있다.

나는 시험 당일은 시험을 보고 오후 1시쯤 집에 돌아와 점심을 먹은 뒤, 공부를 좀 하다가 피곤하면 한두 시간 정도 낮잠을 잤다. 그러고 나서 개운한 몸과 마음으로 한 과목당 두세 시간씩을 할애해서 새벽 1~2시까지 집중해서 공부했다.

그리고 다음날은 새벽 6시쯤 일어나서, 공부했던 내용을 다시 한번 훑어보고 학교에 갔다. 그리고 시험 보기 바로 직전까지 공부했다. 우리 학교는 시험을 다 보면 먼저 복도로 나갈 수 있었는데, 체육 시험처럼 빨리 볼 수 있는 시험은 미리 나와서 남은 시간 동안 다음 과목을 공부했다.

이때 아무리 시간이 없다고 해도 성급하게 대충 봐서는 안 된다. 짧은 시간이지만 나름대로 계획을 세워서 하나라도 제대로 공부하는 자세가 필요하다. 실제로 시험 기간에는 어떻게든 알아야겠다는 생각에 평소에는 몇 시간 동안 공부해도 모르던 것들을 짧은 시간에 알게 되는 경우가 많았다. 잘 이용하기만 하면 시험 전 한두 시간은 결코 짧은 시간이 아니며, 정말 많은 것을 공부할 수 있는 시간이다.

평소에 꾸준히 공부한 덕도 보았지만, 시험 직전 그리고 시험 기간 동안 벼락치기를 하면서 최선을 다했기 때문에 좋은 결과를 얻을 수 있었다고 생각한다. 그런 의미에서 나는 벼락치기는 선택이 아니라 필수라고 생각한다.

최선을 다하는 것, 무언가에 완전히 집중할 수 있다는 것은 그 자체로도 충분히 매력적이다. 시험 기간에는 모든 시간, 모든 마음을 공부에 두고 최선을 다해 보자. 최고의 결과는 아닐지라도 최선의 결과는 얻을 수 있을 것이다.

 시험을 잘 보기 위한 마인드 컨트롤

어떤 시험이든 기회는 단 한 번밖에 없다. 실수를 하든, 모르는 문제 때문에 실력 발휘를 제대로 못하든, 시험은 그 한 번으로 끝이다. 그래서 늘 마지막이라는 압박감에 시달리게 된다. 더구나 시험에 나오는 문제는 늘 새로운 문제이기 때문에, 시험을 잘 본다는 건 결코 쉬운 일이 아니다.

만일 똑같은 문제로 시험을 본다면, 점수 올리기도 쉽고 공부하기도 매우 간단할 것이다. 그러나 시험이란 일회적이어서 언제나 새로운 도전이고, 새로운 시도다. 따라서 시험을 보는 데는 실력뿐만 아니라 어떤 마음가짐과 자세를 가지고 있는가, 그리고 얼마만큼 준비되어 있는가가 아주 중요한 요소이다.

나는 평소에도 머릿속으로 늘 시험 보는 연습을 했다. 상상 속에서 시험을 본 횟수가 수십 번, 아니 수백, 수천 번은 될 것이다. 공부할 때 역시 시험 보는 모습을 떠올렸다. 시험을 볼 때 어떤 마음을 가지고 문제를 풀어야 할지, 또 어떤 일들이 일어날 수 있을지 수많은 상황들을 머릿속에 그려 보았다. 그리고 일어날 수 있는 여러 가지 상황들을 가정한 뒤, 어떻게 대처해야 할지를 미리 준비했다.

또한 만일 지금 공부하는 내용이 시험에 나온다면 어떤 식으로 나올지, 또 그렇게 나왔을 때 어떻게 풀어야 할지를 생각했다. 그러면서 집중력을 높일 수 있었고, 공부한 내용을 시험에 적용하는 데에도 많은 도움을 받을 수 있었다.

물론 아무리 많은 상상을 한다고 해도, 실제 시험 보는 순간과 똑같을 수는 없다. 하지만 마음으로 여러 번 상상하고 생각하면서 준비한 탓에 시험장에 들어가면 긴장감이 한결 덜하다. 그래서 실수하지 않고 자기 실력을 최대한 발휘할 수 있다. 이처럼 시험을 보는 데는 실력뿐만 아니라 심리적인 요소도 많은 영향을 준다.

양궁 선수들은 매일 밤 잠자리에 들기 전에 머릿속으로 과녁을 그린 뒤, 정중앙에 수십 수백 번의 화살을 쏜다고 한다. 이런 과정을 다른 말로는 마인드 컨트롤(mind control)이라고 하는데, 이런 훈련은 실제로도 화살을 더 정확하게 쏘는 데 많은 도움이 된다고 한다. 실제로 화살을 쏘지 않더라도, 단지 마음으로 생각하고 훈련하는 것만으로도 실력이 향상될 수 있다는 것이다.

공부하는 것도, 시험 보는 것도 마찬가지라고 생각한다. 시험 보는 것에 대해서 마음으로 미리 많은 연습을 해보고, 그때마다 마음을 새롭게 다지면서 공부한다면 훨씬 더 효율적이고 지혜롭게 공부해 나갈 수 있을 것이다.

 공부가 부모님에 대한 효도?

내가 이 세상에 존재하는 것은 낳아주시고, 길러주신 부모님이 계시기 때문이다. 그렇기 때문에 부모님의 존재는 모든 사람에게 너무나 큰 의미가 있다. 사실 우리가 살아가는 모습, 생활하는 모습도 부모님으로부터 많은 영향을 받는다. 공부하는 것도 예외가 아니다. 부모님으로 인해서 많은 것을 느끼고 더욱 분발해서 열심히 공부할 수 있는 계기가 되기도 하고, 반대로 부모님에 대한 반항심으로 스스로를 잘못된 방향으로 이끌어 공부에서 마음을 돌리기도 한다.

"병든 아기가 있을 때, 엄마의 귀가 아기의 소리에 얼마나 민감한지를 보면 참으로 놀랍다. 자애로운 여인은 아기를 곁에 누이고 잠들어 버리지 않는다. 만일 간호사를 고용했다면, 아마 1시간 정도 아기 곁에 있을 것이다. 그러나 사랑스러운 아기가 한밤중에 물을 달라고 울거나 말하지는 않는다. 오히려 숨가쁜 소리만 낼 뿐이다. 그런데 그 소리를 누가 들겠는가? 엄마 외에는 아무도 듣지 못한다. 엄마의 귀에 아기의 숨소리가 그토록 잘 들리는 것은, 아기의 마음속에는 엄마의 귀가 있기 때문이며, 엄마의 마음속에 아기가 있기 때문이다."

우리가 기억해야 할 것은, 부모님의 마음속에는 언제나 우리가 있다는 사실이다. 부모님은 우리의 발전과 미래에 관해서 끊임없이 염려하시며, 우리가 조금이라도 나은 방향으로 나아가기를 바라신다. 물론 우리는 알고 있다, 부모님이 완벽하지는 않다는 것을. 부모님도 때로 실수를 하고, 바람직하지 못한 방법으로 살아가기도 한다. 그래서 우리는 상처를 받기도 한다.

물론 공부는 부모님을 위해서 하는 것이 아니다. 그것은 나를 위한 것이며, 엄밀히 말해서 내 지식을 통해 혜택받을 세상과 수많은 사람들을 위한 것이다. 그러나 우리가 먼저 부모님의 마음을 느끼면서 감사하는 마음으로 공부한다면, 지치고 힘들 때마다 새롭게 시작할 용기를 얻을 수 있을 것이다.

그러므로 무슨 일이 있어도 부모님을 함부로 대하거나 무시하는 잘못을 저지르지 않기를 바란다. 그것은 공부를 잘하고 못하는 것과는 비교가 안 될 정도로 잘못된 행동이며, 어리석은 일이기 때문이다. 부모님을 공경하고 사랑하는 것은 우리가 마땅히 해야 할 일이다. 그 속에서 우리는 살아가는 의미를 더욱 깊이 깨달을 수 있기 때문이다.

 # 성공의 밑바닥에는 난관이 있다

영화나 책을 보면 가끔 천재들이 등장한다. 순식간에 책 한 권을 다 읽고 그 내용을 이해하기도 하고, 대학 교수들도 풀기 어려운 수학 문제를 단 몇 초 만에 풀어내기도 한다. 그런 영화를 볼 때면, 나도 저런 천재였다면 얼마나 좋을까 하는 생각이 들기도 한다. 그럼 이런 고생은 안 해도 될 텐데……. ^^;

주위를 둘러보면 실패를 모르는 친구가 꼭 있다. 공부면 공부, 운동이면 운동, 외모면 외모, 어느 하나 빠지지 않는 친구 말이다. 그런 친구를 보면 질투와 시기심이 일기도 한다. 저런 사람도 있는데, 나는 뭐지……. 하지만 인생이란 그렇게 단순한 것만은 아닌 듯하다.

중학교 때 영어 교과서에 나온 이야기이다.

이름이 같은 두 여자아이가 있었는데, 한 명은 누가 봐도 예쁘고 귀여웠고, 다른 한 명은 그저 그렇게 생긴 평범한 아이였다. 사람들은 그 이름을 부를 때, 다들 예쁜 아이를 떠올렸다. 반면에 평범한 아이는 예쁜 아이의 그늘에 가려서 빛을 보지 못했다.

하지만 세월이 흘러 상황은 역전되었다. 예쁜 아이는 다른 사람의 필요나 관심을 알지 못하는, 자기밖에 모르는 이기적인 사람이 되어 있었고, 반대로 평범했던 아이는 다른 사람들을 배려할 줄 알고, 다른 사람들을 위해 자신을 희생할 줄 아는 멋진 사람이 되어 있었다. 마을 사람들은 그 이름을 부를 때 더 이상 예뻤던 그 여자아이를 떠올리지 않았다. 그 아이는 자기밖에 모르는 천덕꾸러기 같은 존재가 되어 있었던 것이다.

나는 이 이야기를 읽으면서 처음부터 많은 것을 가지고 있는 게 좋은 것만은 아니라는 사실을, 성공만 하면서 살아가는 인생이 최고가 아니라는 사실을 깨달았다.

밑바닥을 경험해 본 사람, 실패를 경험해 본 사람만이 자신을 제대로 볼 수 있다고 생각한다. 내 능력이 얼마나 되고, 발전을 위해서는 무엇을 해야 하며, 앞으로 어떻게 노력하며 살아가야 할지 늘 생각하고 고민하기 때문이다.

하지만 성공만 했던 사람은 자신이 가지고 있는 것이, 그리고 자신의 경험이 마치 전부인 냥 착각할 수 있다. 그러나 세상은 그렇게 만만하지 않다. 우리가 얼마나 노력하고, 도전하고, 꿈꾸느냐에 따라 우리의 미래는 얼마든지 달라질 수 있다. 오히려 밑바닥을 경험해 보았던 사람은 자신의 경험을 떠올리면서 새로운 목표를 향해 끊임없이 정진해 나갈 수 있다.

집안 형편이 어렵다고 해서, 남들에게는 없는 약점이 있다고 해서 그것이 언제나 단점이 되는 것은 아니다. 가난을 경험해 본 사람만이 어려운 처지에 있는 사람을 진심으로 걱정해주고 도와줄 수 있다. 아무리 치명적인 약점이라 해도 맞서 싸우고 이겨낸다면, 앞으로 살아가면서 어떤 시련이 닥쳐도 헤쳐 나갈 수 있는 힘과 자신감을 키울 수 있다. 그리고 그 경험들로 인해 인생을 더 가치 있고, 의미 있게 살아갈 수 있다. 그렇기 때문에 우리는 그러한 어려움에 굴하지 않고, 의연히 맞서 싸워야 할 것이다.

　내 처지를 탓하기 전에, 과연 나는 무엇을 했는가, 또한 어떻게 노력했는가를 생각해 보았으면 좋겠다. 그리고 아무리 절망적인 상황이라 해도, 바닥을 치고 올라가길 바란다. 저 높은 하늘을 향해.

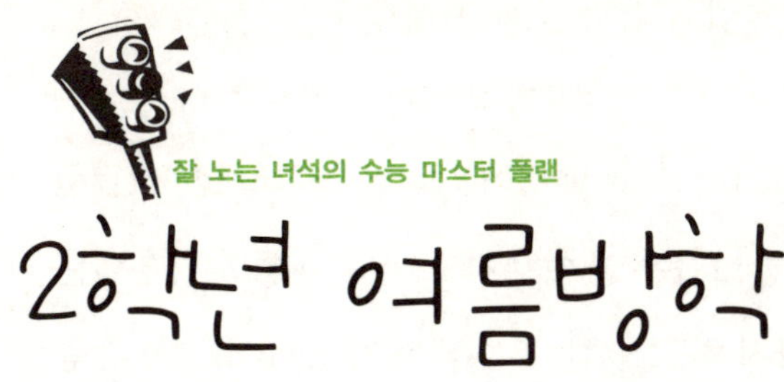

 수험생이 되기 전 마지막 방학

2학년 여름방학은 3학년, 즉 수험생이 되기 전 마지막 방학이나 다름 없다. 2학년 겨울방학의 경우, 3학년이 수능 시험을 치르고 물러난 상황이기 때문에 명목상은 2학년이지만 실제로는 수험생의 위치에 서게 되기 때문이다.

그러므로 2학년 여름방학은 약한 부분을 보완하고, 아직 해결하지 못한 문제들을 해결해야 할 시기다. 또한 2학년 말까지 기본 개념 정리를 끝내는 것을 목표로 세워놓고, 공부해야 하는 중요한 시기이기도 하다.

국어의 경우, 문학이나 쓰기 혹은 독해 중에서 특히 약한 부분과 관련된 문제집을 한 권 푸는 걸 목표로 정한다. 문제집을 풀 때는 단순히 한 권을 끝낸다고 생각하지 말고, 한 문제의 지문이나 내용을 어러 번 곱씹으면서 지금까지 무엇을 생각하지 못했는지, 잘못 알고 있었던 것은 무엇인지를 바로잡아 가는 것이 중요하다.

수학의 경우, 2학년 여름방학까지는 진도를 나가는 데 중점을 두도록 한다. 우선은 1학기 때 배웠던 내용을 복습한다. 그리고 문과계열의 경우, 수 I 선행 학습을 끝까지 하고, 이과계열의 경우에는 수 I, 수 II 선행 학습을 끝까지 하도록 한다. 이과계열 중에서 수학에 좀더 시간을 투자할 수 있는 사람은 이 시기에 선택 과목 선행 학습도 병행하면 좋다.

앞에서도 이야기했듯이 수학은 단계적인 과목이다. 따라서 수학10의 기본이 부족하다거나 중학교 수학의 기초적인 내용이 헷갈리는 사람이라면, 반드시 그 부분부터 다시 공부해야 한다. 고등학교 2학년이 중학교 수학을 보는 게 창피해서, 혹은 그러면 안 될 것 같다고 머뭇거리지 말자. 중학교 수학을 공부하는 데 그리 많은 시간이 걸리는 것도 아니고, 또 부끄러운 일도 아니다.

지금이라도 약한 부분부터 공부해 나가야 다음 단계로 나아갈 수 있다. 기본이 약한 사람은 문제집 위주로 꼭 다시 짚고 넘어가도록 하자. 중학교 수학, 수학10부터 찬찬히 공부하면 만점은 아니더라도 기대 이상의 좋은 성과를 거둘 수 있을 것이다.

영어도 마찬가지인데, 아직 문법의 기초가 잡히지 않은 사람은 독해 공부와 함께 《맨투맨 기초영어》를 통해서 문법 공부를 병행한다. 문법의 기초가 탄탄해야 구문 이해가 빠르고, 정통 독해가 가능하다. 모르는 단어를 대충 끼워 맞추고, 지문의 앞뒤 한두 문장만 읽어서 흐름을 파악하는 것으로는 분명 한계가 있다. 그리고 위의 방법들은 기본이 된 친구들이 빠른 독해를 위해 쓰는 방법이다. 문법의 기본이 되어 있지 않으면 어느 정도까지 올라가서는 그 이상을 기대할 수 없다. 듣기 공부도 하다가 중도에 포기하기 쉬운데, 듣기 공부를 하다가 멈춘 친구들은 이번 방학 때 새롭게 시작하자.

사회 · 과학의 경우도 1학년 때 배운 공통 과정이 약한 친구는 얇은 문제집이라도 풀면서 기본을 닦아야 한다. 그리고 기본을 충분히 익힌 친구들은 심화 과정 개념 이해와 문제 풀이에 집중한다.

 논술은 어떻게 할까?

이번 여름방학 때 특별히 당부하고 싶은 것은 바로 논술이다. 논술은 평소 시간을 할애하여 공부하기 힘든 것이 사실이다. 그러므로 학기중에는 독서나 신문 읽기 등을 통해 논리적인 사고력 향상에 중점을 두고, 방학 때는 실전 연습에 시간을 투자한다. 여름방학을 맞아 논술 몇 편을 써보는 것도 좋다. 많은 친구들이 논술을 어렵게 생각하는데, 결코 어려운 일이 아니다. 간단하게 생각하면, 한 주제에 관해 내 생각을 늘어놓는 것이 곧 논술이다.

글은 부담을 갖지 말고 편하게 쓰면 된다. 그리고 좋은 말만 쓰려고 하지 말고, 자기 생각을 쓰려고 노력하자. 실전처럼 글을 써보면 논술에서 중요한 것이 무엇인지, 초점을 어디에 두어야 하는지 알게 될 것이다.

글에는 항상 글쓴이의 세계관과 가치관이 담겨 있게 마련이다. 그리고 그 세계관과 가치관의 깊이에 따라 글의 깊이가 결정된다. 다음 제시

한 주제들에 대해 각각 1600자 내외로 글을 써보면서, 자신의 세계관과 가치관을 정립하고 돌아보는 계기로 삼길 바란다.

1. 삶에서 자신이 생각하는 소중한 가치들을 쓰고, 그 이유에 관해 쓰시오.

2. 현재 자신의 인생 목표를 쓰고, 왜 그것을 목표로 살아가고 있는지, 또 그 목표를 이루기 위해 앞으로 어떻게 해나갈 것인지 쓰시오.

3. 자신이 생각하는 사랑이란 무엇인지 쓰고, 사랑의 중요성에 대해서 논하시오.

4. 자살하는 사람들의 심리적 상태에 대해서 쓰고, 자살에 대한 자신의 생각을 논하시오.

5. 자본주의 사회의 병폐에 대해서 쓰고, 이에 대한 자신의 생각을 논하시오.

 쏟아지는 잠, 어떻게 할까?

공부하는 학생이라면, 누구나 한 번쯤은 잠 때문에 고민해 본 적이 있을 것이다. 많은 친구들이 공부는 해야 되는데, 잠을 이기지 못해서 마음먹은 대로 해낼 수가 없다고 하소연한다. 그리고 시간 관리를 못하는 자신이 한심하게만 느껴진다.

자, 어떻게 하면 잠과 관련된 문제들을 지혜롭게 해결할 수 있을까? 잠에 대해 다섯 가지 측면에서 생각해 보면서, 잠과 관련된 고민들을 하나씩 풀어 보겠다.

1. 무조건 잠을 안 자는 게 능사는 아니다

　예전에 '4당5락(四當五落)'이라는 말이 있었다. 네 시간 자면 원하는 대학에 붙고, 다섯 시간 이상 자면 떨어진다는 말이다. 만일 그 말이 맞다면 과연 몇 명이나 원하는 대학에 갈 수 있었을까? ^^;;

　하지만 다행스럽게도 다섯 시간, 아니 그 이상 자더라도 깨어 있는 시간에 열심히 하면 공부하는 데 문제는 없다. 반드시 적게 잔다고 좋은 게 아니다. 잠은 피해야 할 대상이 아니라, '지혜롭게 관리'해야 할 대상이다. 잠을 자는 것은 우리 몸을 건강하게 유지하는 데 필수적인 요소이므로, 필요한 만큼 잠을 자는 것은 아주 중요한 일이다. 필요 이상으로 많이 자는 게 문제지, 적당하게 자면 결코 나쁘지 않다. 그러므로 어떻게 하면 잠을 '덜' 잘까 고민하지 말고, 어떻게 하면 잠을 '효율적'으로 자서 최상의 컨디션을 유지할 수 있을까를 생각하자.

2. 잘 시간엔 자자

　잠을 효율적으로 관리하기 위한 지름길은 바로 제 때 자는 것이다. 똑같이 여섯 시간을 잤다고 하더라도, 밤 12시에 자서 아침 6시에 일어난 것과 새벽 4시에 자서 오전 10시에 일어난 것에는 큰 차이가 있다. 그럼 어느 쪽이 그 다음날 활동하는 데 좋을까? 당연히 전자다.

　너무 늦게까지 깨어 있으면 숙면을 방해할 뿐만 아니라, 신체의 리듬과 균형을 깨뜨리기 쉽다. 그래서 나는 개인적으로 12시 정도에는 잠자리에 들 것을 권한다. 물론 정신이 맑고 체력이 좋다면, 그 이후까지 공부하는 것을 말리지는 않겠다. 그러나 그렇지 못한 사람이라면, 제 시간에 자는 것이 결코 시간 낭비가 아니다. 오히려 내일을 효율적으로 보내기 위한 효과적인 투자라고 할 수 있다.

실제로 밤 12시에서 새벽 2시 사이에 수면을 취하는 것이 효과적이라고 알려져 있다. 또 밤 10시부터 12시 사이에 수면을 취하는 것도 좋다. 그러므로 가능한 한 12시에는 잠을 자도록 하고, 하루하루 규칙적으로 생활함으로써 자신의 몸을 잘 컨트롤할 수 있기를 바란다.

3. 잠시 취하는 정말 맛있는 잠

공부를 하다 보면 정말 피곤할 때가 있다. 찬물에 세수를 하고 살을 꼬집어도 고개가 저절로 내려오며 잠이 쏟아진다. 이때는 억지로 공부를 한다 해도 제대로 될 리가 없다. 차라리 잠시 잠을 청하는 것이 좋다. 만일 긴 시간을 잘 여력이 안 된다면, 단 30분 혹은 5분이나 10분만이라도 토막잠을 자는 것이 도움이 된다.

실제로 점심시간에 30분 정도 자면, 오후에 집중이 더 잘된다. 거꾸로 점심시간에 너무 신나게 뛰어놀아서 온몸이 땀에 젖고 식곤증과 피곤이 몰려오게 되면, 당연히 오후 수업을 제대로 할 수 없다.

그러므로 컨디션이 좋지 않다면 점심시간에 잠깐 잠을 청하자. 또 쉬는 시간 10분 동안 잠시 자는 것도 도움이 된다. 정말 피곤할 때는 조금만 자두어도 새로운 활력을 얻을 수 있기 때문이다. 집에서 공부할 때도 너무 피곤하다면 딱 30분 정도만 자고 나서 개운한 몸과 마음으로 공부에 임한다면 훨씬 효율적일 것이다.

4. 내 에너지는 내가 관리한다

잠이 너무 많아서 고민이라고 말하는 친구들이 많은데, 사실 이들 중 상당수는 자신의 에너지를 제대로 관리하지 못하기 때문에 그런 일이 발생한다. 예를 들어, 학교에 다녀와서 오후 5시부터 7시까지 신나게 컴퓨터 게임을 하다가, 저녁을 먹고 공부하기 위해 책상에 앉았다고 하자. 그런 상황에서 피곤하고 졸리지 않을 사람이 어디 있겠는가! 게임을 한다는 것은 상당한 집중력을 요하는 일이고, 시각적으로나 정신적으로 많은 에너지를 소모시킨다.

그러므로 자신의 에너지를 효율적으로 관리하기 위해서는, 먼저 자기가 어떤 부분에 에너지를 많이 소모하는지를 체크해야 한다. 비단 컴퓨터 게임뿐만 아니라, 지나치게 운동을 많이 한다든지, 텔레비전이나 비디오를 많이 본다든지, 기타 여러 가지 일들에 시간과 에너지를 빼앗겨서 필연적으로 잠이 올 수밖에 없는 상황을 만든다면, 그것은 어디까지나 본인의 책임이다.

자신이 잠이 많다고, 잠을 이길 수 없다고 투정 부리기 전에, 자기가 얼마나 에너지 관리를 철저히 했는지를 되돌아보기 바란다.

5. 적당한 운동은 보약

앞에서 무리한 운동은 에너지 관리 차원에서 좋지 않다고 했지만, 그렇다고 운동이 나쁘다는 것은 결코 아니다. 알다시피 잠을 줄이거나 적게 자면서도 좋은 컨디션을 유지하기 위해서는 체력을 기르는 것이 무엇보다 중요하기 때문이다. 적당한 운동이야말로 체력을 키울 수 있는 가장 좋은 방법이다.

평소에 운동을 하던 사람이라면 상관없지만, 운동을 전혀 하지 않던 사람이라면 어떻게 운동을 시작해야 할지 고민될 것이다. 처음 운동을 시작할 때는 욕심을 부리지 말자. 매일 아침마다 국민 체조나 청소년 체조를 하고, 윗몸 일으키기나 팔굽혀펴기 등을 조금씩 하는 것만으로도 좋은 효과를 얻을 수 있다.

내가 가장 권하는 운동은 달리기다. 매일 규칙적으로 조깅하는 습관을 들인다면, 심폐 기능을 좋게 하여 머리가 맑아진다. 더불어 여러 가지 신체 기능들을 제대로 발휘하는 데도 큰 도움이 된다. 오늘부터 조금씩이라도 운동을 해서 자신의 건강 관리에 더욱 신경쓰길 바란다.

 ## 실패를 두려워하지 마라

사람은 누구나 실패에 대한 두려움이 있다. 만일 이 일이 잘못 되면 어떡하나, 이번 시험을 망치면 안 되는데……. 그렇지만 실수하지 않고, 실패하지 않고 살아가는 사람이 얼마나 될까? 모두들 실수하고 실패하지만, 그것에 좌절하지 않고 실패의 경험을 통해 느끼고 배우면서 발전해 나가는 것이다.

하지만 실수나 실패의 경험을 발전의 밑거름으로 삼기 위해서는 반드시 한 가지 전제가 필요하다. 그것은 결과의 책임이 다른 누구에게 있는 것이 아니라 바로 나 자신에게 있다는 것을 인정하고 받아들이는 일이다. 사실, 좋지 않은 결과가 나로 인해 일어났다는 것, 내가 게으르고 노력하지 않아서 일어났다는 것을 인정하기란 쉬운 일이 아니다.

그래서 우리는 때로 그 책임을 다른 곳으로 돌리곤 한다. 부모님이 그 대상이 되기도 하고, 우리를 둘러싼 환경이 핑계거리가 되기도 하고, 혹은 친구를 탓하기도 한다. 물론 그런 것들도 전혀 영향이 없다고는 말할 수 없다.

하지만 주위 환경이 어찌되었든 우리가 스스로 할 일을 다하고 최선을 다했다면, 결과는 얼마든지 달라질 수 있었을 것이다. 마음을 굳게 먹고, 하고 싶은 것들을 조금 참고, 공부를 더 열심히 했더라면 충분히 좋은 결과를 얻었을 것이다.

실수를 받아들이는 연습을 하자. 그리고 패배를 두려워하지 말자. 실패가 성공의 어머니라는 말은 그냥 입에 발린 말이 아니다. 우리가 많이 아파할수록, 많이 안타까워할수록, 실패를 통해서 많은 것을 느낄수록 앞으로 힘차게 나아갈 수 있다. 그리고 동시에 실패를 거울삼아 지혜롭게 행동하고 도전할 수 있다.

그러므로 실패에 대한 막연한 두려움에서 벗어나, 스스로의 행동에 책임을 지고 당당하게 맞설 수 있는 여러분이 되기를 바란다.

 '많이' 가 아니라 '제대로' 가 중요하다

많이, 많이, 그렇게 많이 하라고? 사람들은 많이 공부해야만 공부를 잘한다고 이야기한다. 물론 완전히 틀린 말은 아니다. 어느 정도의 '절대량' 은 공부해야 실력을 쌓을 수 있기 때문이다. 하지만 공부에서 가장 중요한 것은 '많이' 하는 게 아니라 하나라도 '제대로' 하는 것이다.

때로는 마음이 조급해지기도 한다. 이것저것 공부할 건 많은데 시간은 없고, 실력은 형편없이 부족한 것만 같고……. 그래서 불안한 마음에 여기저기 뒤적이며 공부를 하기는 했는데, 그렇게 공부하고 나면 남는 게 없고 뭔가 부족하다고 느꼈던 친구들이 많을 것이다.

문제집을 푸는 것도 마찬가지다. 문제집을 아무리 풀어도 실력이 느는 것 같지 않아, 왠지 나의 공부법이 틀린 게 아닐까 하고 한 번쯤은 의심해 보았을 것이다.

우리가 이렇게 느끼는 이유는, 많은 것을 해내려는 시도와 욕심은 있었지만 정작 집중해야 할 부분을 제대로 해내지 못했기 때문이다. 즉, 공부하는 내용, 그 '하나' 에 제대로 신경을 썼다면 이런 일은 일어나지 않았을 것이다.

공부를 제대로 했다면, 무언가 새로운 것을 배웠다는 사실에 뿌듯함을 느낀다. 그리고 적어도 그 한 가지만은 마음에 남아서, 다음에 비슷한 문제를 접했을 때 자신감을 가질 수 있다. 그런데 그러한 마음이 들지 않는다면, 내가 지금 제대로 공부하고 있는지 반성해 볼 필요가 있다.

공부를 하고 나서 한 가지라도 확실하게 내 것으로 만들기 위해서는 '의식적인 노력' 이 반드시 필요하다. 즉 무언가를 알기 위해 애쓰지 않고서는 지식이 저절로 습득되지 않는다. 우리가 애써서 얻고자 해야만, 집중해서 깨닫고자 하는 마음이 있어야만 얻을 수 있기 때문이다.

습관을 하나 길렀으면 좋겠다. 공부하고 나서, 과연 내가 무엇을 공부했는지 짬을 내어 살펴보는 습관 말이다. 그러면 자신이 지금 무엇을 새롭게 배웠는지 체크해 볼 수 있다. 그런 노력을 통해 진정한 의미에서 내 것이 되었는지 확인할 수 있을 것이다.

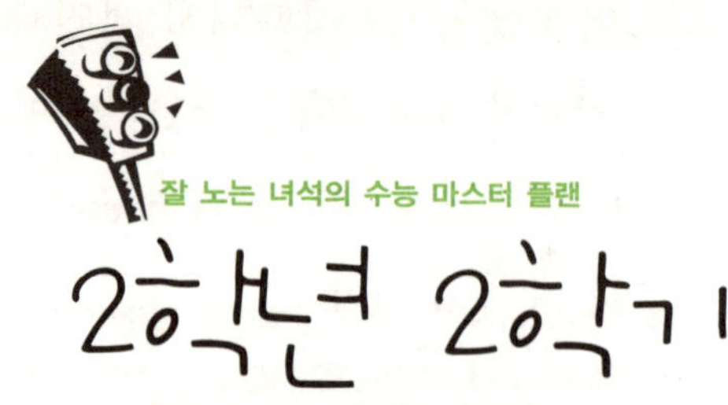

 아직도 늦지 않았다

2학년 2학기쯤 되면 많은 친구들이 정말 힘들어한다. 이제는 너무 늦었다는 생각 때문이다. 지금까지 다짐하고 또 다짐했지만 자꾸 실패했던 기억들이 떠오르고, 해야 할 공부는 너무 많은데 막상 공부에 집중하지 못하는 자신을 보면서 이제와서 노력해 봤자 이미 늦은 게 아닐까 하는 두려움에 사로잡힌다.

한때는, 후배들이 공부를 시작하기에 이미 늦은 게 아니냐고 내게 물어 올 때마다 고민했다. 뭐라고 대답해 주는 게 좋을까……. 하지만 후배들과 함께 몇 번의 수능을 치르면서 깨달았다. 결코 늦지 않았음을. 남은 시간들, 즉 다가올 내일 그리고 현재에 최선을 다해서 하나씩 해나간다면 결코 늦지 않았다고 말이다.

하지만 오늘 해야 할 일을 하지 않으면서, 아직 늦지 않았다고 생각하는 사람은 큰 착각을 하고 있는 것이다. 그런 사람은 시간이 아무리 많이 남아 있어도 이미 늦었다. 늦지 않았다는 건, 최선을 다해 오늘을 살아가고 도전하는 사람에게만 허락된 말이다.

이제 딱 1년 남았다. 1년 365일 동안 할 수 있는 일은 정말 많다. 하루에 영어 단어를 10개씩만 외워도 3,650개의 단어를 외울 수 있고, 매일 수학 문제를 20문제씩 푼다면 7,300문제를 풀 수 있다. 20단원짜리 국어 문제집을 하루에 한 단원씩 푼다면 18권의 문제집을 풀 수 있는 시간이다.

1년은 결코 짧지 않다. 우리에게 필요한 건 할 수 있다는 자신감과 부족한 부분을 메워 나가고 장점을 계발해 나갈 수 있는 철저한 계획, 그리고 그 계획을 하루도 빠짐 없이 실천해 나갈 수 있는 인내와 도전 정신뿐이다. 그것만 있다면, 지금부터 시작해도 시간은 충분하다. 고등학교에서 3년 동안 배우는 내용들은, 사실 집중해서 공부하면 1년이면 다 배울 수 있는 내용이다. 그러므로 아직 기회는 있다.

아침에 일어나는 순간부터 잠자리에 드는 순간까지, 하루의 시간을 어떻게 사용하고 있는지 10분도 놓치지 말고 체크해 보자. 그리고 어떻게 하면 쉬는 시간 10분까지도 효율적으로 사용할 수 있을지 생각하자. 성공하려면 그만한 결단과 희생이 필요하다. 내게 주어진 시간을 체크하고, 그 시간 동안 해야 할 공부가 무엇인지를 표시하자.

그렇게 날마다 실력을 키워 나가자. 만일 하루에 0.5점씩 올릴 수 있다면, 365일이면 182.5점을 올릴 수 있다. 실제로 이렇게 점수를 올릴 수는 없겠지만, 오늘 어떻게든 0.5점을 올리겠다는 각오로, 그것이 오늘 하루동안 주어진 몫이라는 생각으로 최선을 다하자. 마지막 순간까지.

04

한국외국어대학교 정치학과 01학번 정지욱

고등학교 2학년 말의 역전

나는 원주에서 고등학교 시절을 보냈다. 생각해 보면 원주는 정말 공부하기 좋은 곳이다. 고등학생들이 어디 놀러 다니려고 해도 갈 곳도 마땅치 않고, 또 동네가 워낙 좁아서 시내에 나가면 아는 사람들을 만나기 일쑤였다.

학교 수업보다 더 좋은 강의를 하는 학원도 없었다. 친구들은 '죽어도 학교 에서, 살아도 학교에서'라는 마음으로 학교를 다니는 듯했다. 그래도 나는 PC 방이 유행할 땐 거기에서 살았고, 애들이 당구장에 모이면 거기서 살았다. 그래 서 나의 학교 성적은 언제나 바닥이었다. 다들 '바닥이라면 어느 정도야?' 하 겠지만 우리 반에서 내 뒤에 딱 한 명이 있었던 적도 많았다. 어쨌든 내 친구 는 나를 가리켜 학교에서 가장 공부 안 하는 놈이라고 말하기도 했다.

그런 내가 공부가 하고 싶어진 것은 고등학교 2학년 말이었다. 그때까지도 나는 가망 없어 보이는 학교 생활을 계속 하고 있었다. 어느 날 어머니께서 정 말 참담하다고 생각되던 성적표를 한 번 더 보시고는 교회도 못 나가게 하셨다. 그제서야 나는 덜컥 겁이 났다. 정말 죽을 힘을 다해 공부해야겠다고 마음 속으로 굳게 결심하고, 어머니께 성적이 오르면 다시 교회에 나가게 해달라고 말씀 드렸다. 어머니께서는 '네가 잘도 그렇게 하겠다!'는 표정이셨지만 허락하셨다.

나는 그때부터 정말 열심히 공부하려고 노력했다. 하지만 어떻게 공부를 시작해야 할지 전혀 감을 잡을 수 없었다. 책상 앞에 앉아 있는 시간은 늘어났지만 성적은 오를 기미를 보이지 않았다. 고민 끝에 공부를 좀 하는 친구에게 하나씩 물어 보기 시작했다. 고맙게도 그 친구는 공부할 때마다 이것저것 가르쳐 주었는데, 내용뿐만 아니라 공부하는 방법도 가르쳐 주었다. 그때부터 수능 시험을 보기까지, 친구에게 듣고 활용해 본 방법과 내가 연구(?)해서 큰 효과를 얻은 공부 방법을 소개해 보려고 한다.

그것은 바로 단원별 학습이다.

수능을 보기 위해서는 여러 과목을 공부해야 한다. 그리고 각 과목들은 여러 개의 단원들로 구성되어 있다. 여기서 주목해야 할 점은, 수능의 특징상 단원간의 난이도나 중요도가 다를지는 몰라도 수능 문제는 단원마다 큰 차이 없이 골고루 출제된다는 것이다.

그러므로 나처럼 짧은 시간에 성적이 오르기를 바란다면, 특정 과목의 어려운 단원이나 문제에 골몰해 아까운 시간을 낭비해서는 안 된다. 물론 처음에는 어렵든 쉽든 각 과목, 모든 단원의 내용을 정리하며 공부해야 한다. 이때 어렵다고 생각되는 것에 집착할 필요가 없다. 첫 번째 목표는 개략적으로 모든 과목을 훑어보는 것이기 때문이다. 이것이 내가 말하는 단원 학습의 시작이다.

훑어보기 작업이 끝났으면, 이제 자신이 잘 알고 있다고 생각하는 단원과 그렇지 않은 단원을 구분한다. 이때 잘 모르는 단원들을 취약 단원으로 체크하고, 정리 및 보강 학습을 시작한다. 취약 단원들을 분류해 보면 수업 시간에 소홀히 했던 부분이거나 단원 자체 난이도가 어려운 부분일 경우가 많다. 이런 단원들은 다른 공부와 병행하지 말고 시간을 투자해서 집중적으로 공부할 필요가 있다.

내 경우에는 다른 공부 계획이 잡혀 있더라도, 취약 단원이 발견되면 그 단원을 제대로 알 때까지 하루나 이틀 동안 계속 공부했다. 수학처럼 단원이 긴 경우에는 일주일 이상씩 공부해야 했다. 그러다가 지루할 땐 가벼운 과목들의 문제를 풀면서 머리를 식혔다.

취약 단원을 공부할 때는 우선 교과서 내용을 정리했고, 그후에 과목마다 좋다고 알려진 문제집들을 찾아서 그 단원만 풀었다. 교과서를 정리한 후에 문제 풀이 단계를 거친 것이다. 그렇게 하면 완전하지는 않지만 어느 정도 이해가 되고, 문제도 제법 풀 수 있었다. 하지만 여기가 끝이 아니다. 이 과정까지 모든 과목을 진행하기에도 많은 시간과 노력이 필요하지만, 더 나은 성적을 위해 할 일이 하나 더 있다.

바로 단원 심화학습 단계이다. 각 과목마다 단원을 정리하고 문제 풀이 단계를 어느 정도 거쳤다면, 이제 응용 문제들을 찾아서 풀어 본다. 이 문제집 저 문제집 찾아서 풀다 보면 자주 나오는 필수 예제들이 있고, 조금 특이하고 풀이가 복잡한 문제들이 나온다. 이 특이한 문제들이 바로 우리의 성적을 올려줄 먹이감이다.

수능은 매년 새로운 교수진과 선생님들이 모여서 새로운 문제를 만든다. 그러나 미묘한 차이만 있을 뿐, 문제 패턴이 돌고 돈다는 느낌이 들 정도로 비슷하다. 그리고 어렵다고 느껴지는 문제들 또한 이미 기존의 수능 문제에서 사용되었던 수법으로 다시 만들어진 것들이다.

이러한 문제들의 유형은 약간의 차이만 있을 뿐, 지금 우리가 풀고 있는 문제집의 문제들이다. 따라서 문제의 유형을 많이 알아 두면 특이하고 어려운 문제들 또한 친숙하게 느껴질 것이다. 이렇게 문제를 많이 풀어 보는 것도 전략이 될 수 있다. 그리고 공부를 하다 보면, 이 작업이 정말 핵심이라는 것을 알게 된다.

조금만 신경을 쓰면, 아주 다양한 문제 유형들을 접할 수 있다. 문제가 어렵건 쉽건간에, 처음 접하는 문제는 모두 어렵게 느껴지기 마련이다. 하지만 이러한 문제들을 한 번이라도 풀어 봤다면 훨씬 더 쉽게 접근할 수 있다.

이것이 수능의 허점이 아닐까? 수능에 한 번 나온 응용 문제는 응용 문제로서의 가치를 잃게 된다. 처음 나왔을 때는 응용 문제지만, 수능에 나오면 모든 문제집이 주목하고 변형시킨 문제를 만들어낸다. 그러고는 다시 별 차이 없는 문제가 응용 문제라는 이름을 달고 난이도 높은 문제로 둔갑해서 출제된다.

이러한 시스템 아래서 좋은 성적을 얻을 수 있는 방법은, 수준 있는 문제들을 많이 접하고 풀어 보면서 풀이 방법과 유형을 눈여겨보고 익히는 것이다. 물론 해마다 참신한 문제들이 어느 정도 나오기는 하지만, 난이도가 높지 않은 문제들이 대부분이어서 그다지 걱정할 필요는 없다. 난이도가 높으면서 참신한 문제들은 진짜 우리의 응용력과 판단력을 테스트하는 문제지만 그리 많지 않다. 그리고 위의 방법으로 꾸준히 공부해 왔다면, 이러한 문제도 잘 대처할 수 있을 것이다.

지금까지의 내용은 내가 짧은 시간 안에 나름대로 고민하고 대처해 나가면서 터득한 지극히 개인적인 방법이다. 따라서 모든 사람에게 해당되는 방법은 아닐지도 모른다. 그러나 자신에게 맞는 방법이라고 생각되면 한번 시도해 보길 바란다.

덧붙여서 나는 어머니께 한 제안을 한 달 만에 달성해냈다. 열정이 있었기에 가능했던 것 같다. 열정을 가지고 시작했던 그 경험이 '나는 할 수 있다!'는 자신감 속으로 나를 이끌어준 것이다.

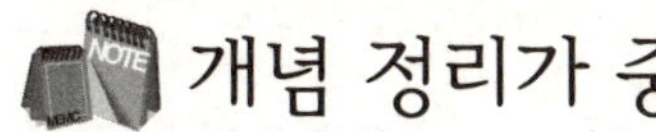

개념 정리가 중요하다

2학년 2학기에도 학교 시험 기간에는 내신 준비에 최선을 다한다. 대신 평소에는 수능 각 영역의 개념 정리를 마무리할 수 있도록 해야 한다. 개념 정리가 충실히 되어 있어야만 3학년 때 문제 풀이에 전념할 수 있기 때문이다.

언어영역이나 외국어영역은 국어와 영어의 전반적인 교육을 목표로 한 시험으로서, 특정 교과목을 정하지 않고 문제가 나온다. 범교과적인 주제와 소재를 활용해 출제하는 것이 원칙이어서 특별히 진도를 다 나가야 할 필요는 없다. 따라서 우선 수학과 사회·과학의 개념 정리를 끝내는 것이 훨씬 더 시급한 문제이다.

개념 정리를 할 때는 먼저 각 단원에서 꼭 배워야 할 핵심이 무엇인지 파악한 다음, 각각의 공식과 개념에 대해서 이해해야 한다. 그후에 관련된 중요 예제와 기출 문제를 풀어 보면서 문제 풀이 능력을 길러야 한다. 최소한 모든 범위에 대해서 개념 정리가 되어 있어야 수능 수준의 문제를 풀 수 있다.

개념 정리를 해야 할 단원이 아직 많이 남아 있는 친구들의 경우에는 언어영역과 외국어영역의 공부 시간을 줄이는 게 현명하다. 대신 수학 및 사회·과학의 개념을 정리하는 데 치중한다. 개념 정리가 거의 되었다면 언어영역과 외국어영역의 공부 시간을 줄일 필요는 없다.

하지만 시간을 줄인다고 해도 공부하는 시간을 아예 없애서는 안 된다. 언어영역과 외국어영역은 적어도 하루에 최소 20~30분 정도는 공부해야 한다. 특히 언어영역과 외국어영역의 경우 감을 유지하는 것이 무엇보다 중요하므로, 짧은 시간이라도 깊이 있게 공부함으로써 문제를 푸는 감을 유지하고 향상시킬 수 있도록 노력하자.

 자신 있는 과목부터 시작하라

오랜 시간 동안 공부에만 집중하는 것은 쉬운 일이 아니다. 가령 어려운 수학 문제부터 풀기 시작했다고 하자. 10여 분 동안 한 문제만 붙잡고 고민하다 보면 마음이 답답해지면서 딴 생각이 든다. 다시 마음을 다잡고 공부하려고 해도 시간만 흐를 뿐, 정작 해야 할 공부는 진도도 나가지 못하는 경우가 많다. 이것은 누구에게나 일어날 수 있는 현상이다.

그러므로 공부는 항상 자신 있는 것부터, 흥미 있고 쉬운 것부터 시작해야 한다. 운동 선수들도 시작하자마자 무턱대고 무거운 역기부터 들지는 않는다. 처음에는 가벼운 준비 운동부터 시작해서 몸을 풀고, 자신의 몸 상태에 따라 조금씩 무게를 올려가면서 연습한다.

누구나 자신 있는 과목과 분야가 있을 것이다. 그리고 공부할 때 집중이 잘되는 내용이 있을 것이다. 거기서부터 공부를 시작하라. 그러다 보면 공부에도 탄력이 붙어서 좀더 힘든 과목, 어려운 내용을 공부해낼 수 있다. 일종의 워밍업을 한 상태에서 어려운 과목을 공부하면, 전에는 이해가 잘 안 되던 것들도 이해가 되고, 집중력도 계속해서 유지된다.

집중력을 유지하기 위해서는 끊임없는 노력이 필요하고, 자신의 마음과 컨디션을 조절하는 훈련이 필요하다. 집중력은 하루아침에 길러지는 것이 아니기 때문이다. 자신 있는 부분부터 시작해서 조금씩 집중의 강도와 자신감을 키워가고, 자신의 상태를 꼼꼼히 체크하면서 공부의 삼매경으로 빠져드는 것이다.

 ## 시험 공부는 마무리가 중요하다

시험을 볼 때, 공부한 내용이라는 건 알겠는데 어떤 내용인지 정확히 기억나지 않을 때가 있다. 특히 시험 범위가 넓어서 자세히 공부하지 않고, 전체적으로 훑어보기만 했을 때 이러한 현상이 나타나기 쉽다. 이처럼 시험에서 문제를 맞히지 못하면, 아무리 많은 준비를 했다 하더라도 소용없는 일이다. 그러므로 우리는 마무리 정리, 즉 공부한 내용을 머릿속에 잘 갈무리해 놓고 시험을 봐야 한다.

마무리는 시험을 잘 보는 데 없어서는 안 될 중요한 부분이다. 대부분의 친구들이 시험 범위에 해당하는 내용을 적어도 한 번은 공부하고서 시험에 임할 것이다. 그런데 똑같이 공부를 했음에도 누구는 성적이 좋게 나오고, 누구는 나쁘게 나오는 이유가 뭘까?

많은 이유가 있겠지만, 공부한 내용을 확실히 내 것으로 만들었느냐, 그렇지 않느냐에 따라 달라진다고 본다. 자기가 공부한 내용을 두세 번씩 확인한 사람이라면, 공부한 내용이 시험 문제로 나왔을 때 당황하지 않고 자신 있게 답을 고를 수 있다. 하지만 공부를 하기는 했어도 머릿속에 제대로 정리하지 못했다면, 억지로 답만 맞히거나 고민하다가 잘못된 답을 고를 가능성이 높다.

그러므로 반드시 공부한 내용을 확실히 내 것으로 만들고, 머릿속에 깨끗하게 정리해 두어야 한다. 그래서 시험 공부를 할 때는 반드시 정리하는 시간까지 감안해서 계획을 짜야 하고, 그러기에 더더욱 미리미리 공부해야 하는 것이다.

또한 어느 정도 공부를 했다고 해도 결코 자만하지 말고, 확실하게 알때까지 최선의 노력을 다해야 한다. 그래야 실력이 늘고, 바라던 결과를 얻을 수 있다.

 지칠 때는 하늘을 보라

학교에 다니고, 공부하는 것이 결코 만만한 일은 아니다. 그러기에 많은 친구들이 그토록 힘들어하는 것이 아닌가.

계속되는 수업과 해야 할 공부는 산처럼 쌓여가는데, 끝난 지 얼마 되지 않은 시험은 어느새 코앞에 다가와 있었다. 하루 종일 의무감과 강박감 속에서 허덕이다가 밀려오는 피곤함에 견디기 힘들어지면 나는 창밖을 내다보곤 했다.

높은 하늘을 보면서 그 하늘 위에 있을 넓은 세상을 느끼고 내 마음을 돌아보는 여유를 가질 수 있었다. 또한 나는 하나님을 믿는 사람이기에, 지금의 나를 있게 하신 하나님을 생각하며, 삶의 의미와 존재에 대해서 다시 한번 생각해 보고 감사하는 시간을 가지곤 했다.

우리 주변에는 힘겨움을 견디다 못해서 방황이나 가출을 하고, 극단적인 경우 자살까지 하는 친구들이 있다. 나 또한 마음속으로는 그들과 같은 행동을 여러 번 저지르고도 남았을 만큼 힘들고 답답했던 시절이었다. 그러나 그때는 잘 몰랐다. 나에게 오늘과는 다른 내일이 존재한다는 것을. 시간이 흐르면서 내 존재는 변해가고, 내 상황도 바뀌고, 내 마음과 생각도 성장하고, 그리하여 새로운 세상이 보일 수 있다는 것을 깨닫지 못했다.

지금 공부와 삶이 힘들다고 느껴지는 친구들은 높고 푸른 하늘을 바라보라. 내일을 꿈꾸는 마음으로, 한 걸음 쉬었다가 새롭게 나아갈 수 있기를 바란다.

 공부가 안 될 때는 어떻게 할까?

공부하는 기계가 아닌 이상 항상 공부가 잘될 수는 없다. 집중이 잘되어 이해가 빠를 때가 있는 반면, 무엇을 해도 집중이 안 될 때가 있다. 더구나 컴퓨터 게임이나 친구들과 노는 것이 얼마나 재미있는지 아는 우리들로서는 꾹 참고 한자리에 앉아서 공부만 한다는 것이 결코 쉬운 일은 아니다.

이런 생각이 드는 것은 지극히 정상이다. 하지만 그렇다고 마음 가는 대로 계속 놀 수만은 없는 일 아닌가. 공부는 해야 할 때 하는 게 가장 효과적이다. 그러므로 우리는 마음을 가라앉히고 자신의 욕망과 싸워 이겨야 한다. 작은 일에서 성공을 거두면 좀더 큰 일을 해낼 수 있기 때문이다.

공부가 안 될 때 할 수 있는 방법은 여러 가지가 있다. 그 중에서 내가 가장 많이 사용했던 방법을 이야기해 보려고 한다.

첫 번째 방법은 '무대포' 방법이다. 이 방법은 말 그대로 공부가 되든 안 되든 정해진 시간까지는 무슨 일이 있어도 공부하는 것이다. 실제로 공부가 안 된다, 집중이 안 된다고 자꾸 이야기하다 보면 점점 더 공부할 마음이 없어진다. 그럴 때는 공부가 안 된다는 생각에 얽매이기보다는, 일단 끝까지 밀어붙이는 것도 좋은 방법이다.

실제로 아무리 집중이 되지 않았다 해도, 대충이라도 본 내용은 머릿속에 남아 있게 마련이다. 그래서 아무리 공부를 조금 했더라도, 전혀 하지 않은 것보다는 백 배, 천 배 더 낫다. 공부란 지극히 작은 부분들이 모여서 한 흐름을 이루고, 실력이 쌓이게 되는 것이다. 따라서 힘들어도 자신을 이겨내고 열심히 공부하는 것이 꼭 필요하다.

또 하나는 공부 계획을 열심히 세워 보는 것이다. 내가 해야 할 공부가 무엇인지, 앞으로 어떤 점을 보충해 나가야 할지 목록을 미리 만들어 본다. 그래서 어떤 부분이 괜찮고, 어떤 부분이 부족한지 머릿속으로 정리하고 마음을 다진다. 공부가 안 된다는 건 다른 말로 하면 마음이 산만하다는 뜻이다. 그런 의미에서 공부 계획을 세우면 마음을 다잡을 수 있다. 즉, 내가 해야 할 일들을 되새기다 보면 공부하는 데 마음을 쏟기가 쉽다.

이 밖에도 공부가 안 될 때 할 수 있는 일은 저마다 자신에게 맞는 여러 가지 방법이 있을 것이다. 공부가 안 된다고 너무 놀거나, 오랜 시간 다른 일을 하는 것은 결코 도움이 되지 않는다. 이는 공부하기 위해서 쉰다기보다는 그냥 자기 좋을 대로 노는 것일 뿐이다. 그러므로 공부가 안 될 때라도 가급적이면 자기 자리를 떠나지 말고, 그 속에서 차분히 마음을 모을 수 있도록 노력하는 자세가 필요하다.

 명절에는 가족과 자신을 돌아보자

추석이나 설날 같은 명절에 친척들과 함께 모여서 음식을 먹고 즐겁게 이야기를 나누다 보면 사람이 살아가는 것에 관해 새롭게 느낄 때가 있다. 나란 존재가 홀로 떨어져 있는 게 아니라, 많은 사람들과의 관계 속에서 존재하며 의미를 갖는다는 것을 온몸으로 느낄 수 있다.

'인간은 사회적 동물이다.', '사람은 사람 사이에서만 사람이다.' 등 많은 이야기들이 말해주듯이 우리는 혼자서는 살 수 없는 존재일 뿐만 아니라, 함께여야만 의미 있게 살아갈 수 있는 존재이다. 우리가 공부를 하거나 다른 일을 할 때도 이 사실을 기억해야 한다.

이 세상에 나 혼자만 산다면 공부할 이유가 없다. 또 공부해서 그저 나 혼자만 잘 먹고 잘살겠다는 생각으로 가득하다면, 공부를 잘해서 성공한들 무슨 의미가 있단 말인가. 물론 열심히 공부하고 성공해서 잘살겠다는 생각이 나쁘다는 뜻은 결코 아니다. 다만 생각이 거기에서 그치면 안 된다는 것이다.

어릴 적 외할아버지 댁에 놀러갔을 때였다. 외할아버지께서는 내가 공부를 열심히 한다는 이야기를 들으실 때마다 내 머리를 쓰다듬으시며 칭찬해 주셨다. 그리고 커서 꼭 서울대에 가라고 하시면서, 할아버지 소원이 내가 서울대에 들어가는 것을 보는 것이라고 하셨다. 나는 어린 마음에도 나를 인정해 주시고, 칭찬해 주시는 외할아버지가 너무나 좋았다. 그리고 외할아버지의 기대에 보답하기 위해서라도 더욱 열심히 공부해야겠다는 각오를 다졌다. 누군가 나를 알아주고, 나에게 희망과 관심을 가지고 있다는 사실을 알았을 때, 그것이 얼마나 큰 힘이 되어 주었던가. 그 경험은 어린 나에게 공부란 충분히 의미 있는 것이며, 잘 해낼 수 있으리라는 믿음을 갖게 해주었다.

어떻게 공부해야 하는가에 대한 방법을 깨닫게 되는 것도 물론 중요하다. 하지만 그보다 더 중요한 것은, 스스로 자신의 가능성을 믿고 공부하는 것 또한 그만큼 의미 있는 일임을 깨닫는 것이다. 다른 사람들을 이해하기 위해서, 또 그들에게 작은 도움을 주기 위해서 하나라도 더 배우고 노력해서 나 자신을 계발해 나가는 것은 의미 있는 일이다.

추석을 맞아서 한번쯤 진지하게 자신을 돌아보고, 공부의 목적이나 의미에 대해서도 되돌아볼 수 있는 시간을 가지길 바란다. 오랜만에 가족, 친척들과 함께 즐거운 시간을 보내며 서로의 소중함에 대해서 느껴보길 바란다. 이런 시간을 통해 얻게 되는 삶의 지혜야말로 무엇보다 소중한 공부니까 말이다.

 # 교만은 공부를 죽이는 독이다

배움은 언제나 겸손한 사람을 위한 것이다. 교만한 사람, 자기는 이미 다 알고 있다고 생각하거나 이 정도면 됐다고 생각하는 사람은 결코 제대로 배울 수 없다. 그런 사람은 배울 필요성조차 느끼지 못하고, 배우는 일에 집중하지 않기 때문이다. 깊이 있게 배우고, 제대로 공부하기 위해서 정말 필요한 것은 겸손한 마음이다.

요즘 아이들은 초등학교에 들어가기 전에 이미 초등학교 1학년 때 배울 대부분의 내용을 배운다. 한글이나 간단한 산수 문제 정도는 굳이 수업을 듣지 않아도 쉽게 해낸다. 물론 미리 공부를 하고 학교에 들어가는 게 무조건 나쁘지는 않다. 문제는 아이들의 마음에 교만함이 싹튼다는 것이다. 수업을 들으면서 선생님이 무엇을 가르치시나 궁금해하기보다는, 아는 내용이니까 들을 필요가 없다고 생각하여 수업에 집중하지 않게 된다.

배움에 열정을 가지지 못하고, 교만한 자세로 임하게 되면 그 아이는 공부는 물론이고 다른 일도 잘 해낼 수 없다. 차라리 미리 공부를 하지 않는 편이 아이의 장래를 위해서 더 좋을지도 모른다.

내가 고등학교 시절을 보내면서 가장 경계했던 부분이 바로 교만해지지 않는 것이었다. 내가 아무리 잘 안다고 해도, 그것은 아주 작은 일부분에 지나지 않는다는 걸 늘 염두에 두었다. 그래서 공부를 하면서도 놓치고 있는 부분이 무엇인가를 항상 생각하고, 그런 부분을 제대로 알기 위해서 마땅히 겸손한 마음을 가지고 공부했다.

설령 알고 있는 부분을 배운다 해도, 혹은 쉬운 문제를 풀 때에도 혹시 놓치고 있는 것은 없는지 주의했다. 다시 익힐 것은 없는지 살피고, 하나라도 더 배우기 위해 애썼다. 만일 겸손한 자세로 공부하지 않았다면, 결코 내가 원하는 만큼 실력이 향상되지 않았으리라 생각한다.

많은 친구들이 이미 아는 내용이라며 쉬운 것들을 무시하고 지나칠 때마다 안타까운 마음이 들었다. 학교 수업이 기초적이고 따분하다며 무시하는 친구들을 보면서, 그리고 자신의 재능을 과신하며 하루쯤이면 어때 하고 공부를 미루는 친구들을 보면서 무척 안타까웠다.

겸손한 마음은 그 어떤 배움의 자세보다 중요하다. 겸손하게 공부해 나갈 때 우리는 아주 기초적인 내용 속에서도 많은 중요한 사실들을 깊이 있게, 그리고 새로이 배워 나갈 수 있다.

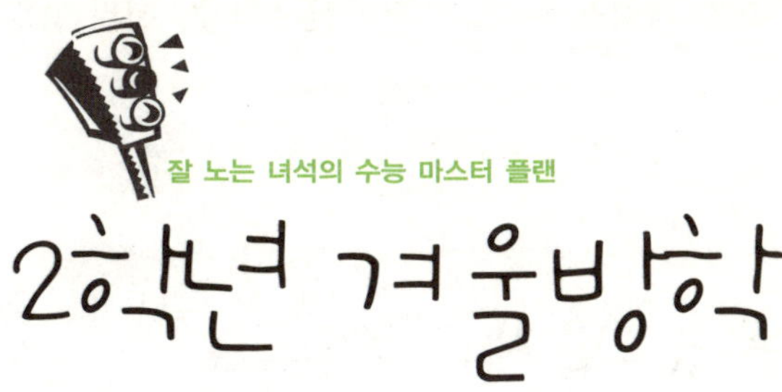

2학년 겨울방학

 ## 지금부터는 내가 수험생이다

본격적인 3학년 1학기는 내년 3월에 시작하지만, 3학년들이 수능을 마친 2학년 겨울방학부터 내가 수험생이라는 생각으로 임해야 한다. 주위 친구들이 3학년이 되면 놀지 못하니까, 마지막으로 놀아 보자고 유혹해도 현혹되어서는 안 된다.

2학년 겨울방학 때 수험생에 맞게 공부하는 패턴을 습관화하지 않으면, 3학년 초반부에 계획을 제대로 실천하지 못한 채 어영부영 지내기 쉽다. 그러므로 이번 겨울방학에는 수능 시험 전까지 1년 동안의 생활 습관을 확립하자는 목표를 세우고, 그것이 몸에 밸 수 있도록 노력하자.

수험생이라고 해서 갑자기 무리한 계획을 짜는 것은 절대 금물이다. 공부도 조금씩 흐름에 따라서 양을 늘려가야지, 욕심만 앞서서 무턱대고 계획을 짜면 낭패 보기 십상이다. 따라서 처음에는 실천할 수 있을

정도의 현실적인 계획을 세우고, 점차 공부하는 시간과 양을 늘려가도
록 한다.

 수능 영역별 체크 포인트 1

1. 국어

언어영역의 경우, 수능을 볼 때까지 풀어야 할 문제집을 정하는 것이
필요하다. 이 말은, 수능을 볼 때까지 단 한 권의 문제집만 풀면 된다는
게 아니라, 기본 텍스트 역할을 할 문제집이 필요하다는 얘기다.

물론 문제집은 여러 권을 풀수록 좋다. 그렇지만 대충 여러 권 푸는 것
보다는 한 권을 제대로 공부하면서 문학·비문학의 독해 방법을 익히고
문제 유형을 파악하는 것이 중요하다.

문제집은 문학편과 독해편, 두 권을 준비한 뒤 수능을 보기 전까지 적
어도 세 번은 반복해서 볼 생각을 해야 한다. 그러므로 철저히 분석해서
완전히 내 것으로 만들겠다는 각오를 다질 필요가 있다.

모의고사나 수능을 보기 전날에 이 기본 문제집을 보면서 정리하면
문제 유형을 파악하는 데 도움이 된다. 또한 공부하는 중간중간 문제집
에 중요한 내용들을 표시해 둠으로써 나중에 볼 때 반복 학습을 할 수
있도록 한다.

2. 수학

만일 아직까지 한 번도 살펴보지 않은 단원이 있다면, 그 단원을 먼저 공부해야 한다. 대부분의 친구들이 대충이라도 각 단원을 공부했을 것이다. 하지만 수학의 생명은 자신감인데, 대충 얼버무려서 넘어간 단원들 때문에 자신감을 갖지 못할 수도 있다.

따라서 이번 겨울방학 때는 찜찜한 단원들을 완전히 공부함으로써 막연하게 두려움을 갖고 있던 단원들을 정복해야 한다. 그리고 실제로 그 단원들을 공부하다 보면 생각보다 할 만하다는 것을 알게 될 것이다.

생각만 하지 말고, 수학10, 수Ⅰ, 수Ⅱ, 선택 과목에 어떤 단원들이 있는지 살펴보면서 약한 단원, 자신 없는 단원이 무엇인지를 구체적으로 체크해 보자. 그리고 그 단원들 위주로 공부해 나가자.

개념을 잘 모른다고 해서 처음부터 모든 개념을 다시 공부하기에는 시간도 너무 많이 걸리고 비효율적이다. 그러므로 일단은 약한 부분을 보충하고 나서, 간단히 전체 개념을 복습해도 늦지 않을 것이다. 또한 요즘은 인터넷 강의를 통해서 단원별로 강의를 들을 수 있으므로, 자신이 약하다고 생각하는 부분만 수강해서 정리해 나가면 도움이 될 것이다.

3. 영어

전에 공부했던 문법을 전체적으로 복습하는 시간을 갖도록 하자. 문법은 자잘한 것까지 신경쓰지 말고, 중요한 문법, 뼈대가 되는 문법만 확실하게 짚고 넘어가자. 영어도 국어와 마찬가지로 감이 중요하므로, 며칠이라도 손을 놓게 되면 손해가 크다. 그러므로 매일 독해와 듣기를 공부해 나가자. 그래야 실력이 향상된다. 수능 전날까지 장기적인 목표를 갖고 매일매일 독해 속도를 늘리고, 귀가 열리도록 하루도 쉬지 않고 노력해야 한다.

또한 수능에서 어떤 유형의 문제가 출제되는지 꼼꼼히 살펴보아야 한다. 여러 가지 문제 유형을 파악하고 나면, 시험에 그 유형이 나왔을 때 효과적이고 자신감 있게 접근할 수 있다. 공부할 때 단순히 문제를 맞히는 데에만 연연하지 말고, 문제 유형 자체를 파악하는 훈련을 꾸준히 하길 바란다.

[외국어영역의 대표적인 문제 유형들]

어휘 파악, 단어 및 구문 추론, 제목 및 주제 파악, 주장 및 의도 파악, 요지에 어긋난 문장 선택, 분위기나 심경 어조 파악, 문법성 판단, 문단 요약, 문장 순서 파악, 문장 위치 추론, 전후 내용 추론, 지칭 추론, 일치와 불일치 파악, 숨은 의미 파악, 도표 이해, 실용문 독해, 장문 독해 등

4. 사회

사회는 여러 과목을 공부해야 하기 때문에, 그만큼 범위가 넓고 공부해야 할 양이 많다. 우선은 각 과목의 진도를 어디까지 나갔는지, 내가 얼마만큼 공부했는지를 확인한다. 공부해야 할 양이 많을수록 무엇을 먼저 공부해야 할지 정확히 파악해야 하기 때문이다.

또 2학년 때 봤던 모의고사 문제지를 다시 분석해 보면서 내가 어느 과목에 약한지, 어느 분야를 잘 틀리는지 파악해서 우선은 약한 부분부터 보충할 수 있도록 한다.

사회탐구와 과학탐구의 경우에는 출제될 가능성이 높은 중요 부분을 깊이 있게 공부하는 것이 중요하다. 따라서 지금까지 수능에 출제되었던 문제 및 모의고사에 나왔던 부분들을 체크해 보면서 중요하다고 생각되는 단원을 확인하고, 그 단원을 심도 있게 공부하는 것이 유익하다.

5. 과학

과학도 사회와 마찬가지로 각 과목의 진도를 확인하고, 어느 과목의 어떤 단원을 공부해야 하는지 먼저 체크한다. 그리고 지금까지 써온 주제 노트를 보면서 내가 어떤 내용을 공부했는지 확인하고, 각 과목별로 중요한 단원과 내용을 표시한다.

겨울방학 동안 과학의 모든 과목들을 공부할 수는 없다. 이번 방학 때는 앞으로 다가올 1년을 생각하면서 장기적으로 어떻게 공부해야 할지 계획하고, 지금까지 공부한 내용을 점검하는 데 주력하도록 하자.

 건강 관리는 어떻게 할까?

초등학교 때 '건강한 육체에 건전한 정신이 깃들인다.' 라고 새겨진 비석이 있었다. 이처럼 몸과 정신은 밀접한 관련이 있다. 몸 상태가 좋지 않고 피로가 쌓이면, 최고의 실력을 발휘할 수 없다. 반대로 정서적으로 우울하고 스트레스를 많이 받으면, 그와 함께 몸 상태도 나빠진다. 그러므로 건강을 최적의 상태로 유지하는 것은 공부하는 데 있어 무엇

보다 중요하다.

건강 관리를 위해서 다음 세 가지를 권한다.

1. 꾸준한 운동

학교를 다니면서 날마다 운동을 한다는 건 쉬운 일이 아니다. 그나마 남학생들은 농구, 축구 등 운동할 기회가 많은 편이라 좀 덜하지만, 여학생들의 경우 등하교 길에 잠깐 걷는 것이 운동의 전부인 경우도 많다. 하지만 조금씩이라도 꾸준히 운동을 해야 한다.

간단한 체조나 줄넘기도 효과적인 운동이 될 수 있다. 체조는 집에서 5~10분 정도만 시간을 내면 된다. 맨손 체조나 국민 체조를 하면서 몸을 풀어주면 혈액 순환도 잘되고 기분도 훨씬 나아진다. 또 줄넘기의 경우, 10분만 제대로 해도 30분을 달린 것과 같은 유산소 운동의 효과를 주기 때문에 심폐 기능을 유지하고, 몸을 부드럽게 풀어주는 데 매우 효과적이다.

2. 잘 먹자

공부를 하기 위해서는 많은 에너지가 필요하므로 잘 먹는 것도 매우 중요하다. 식사 때마다 적당히, 충분한 음식을 먹는 것이 필요한데, 가능하면 아침은 꼭 먹기 바란다. 아침을 먹으면 오전 수업 때 활기찬 상태로 수업에 임할 수 있다.

잠에서 가장 중요한 건 '제 때' 자는 것이다. 아무리 잠을 많이 자더라도, 새벽 4시에 자서 다음날 오후 1시에 일어난다면 컨디션이 좋을 수가 없다. 여섯 시간을 자더라도 밤 12시에 잠자리에 들어서 새벽 6시에 일어나면 컨디션이 훨씬 좋다는 걸 느낄 수 있을 것이다. 또한 밤에 졸린데 억지로 공부하는 건 힘은 힘대로 들고 효율도 매우 떨어진다.

늦어도 밤 12시에서 새벽 1시 사이에는 자도록 하자. 그래야 다음날 집중해서 공부할 수 있다. 잠을 줄이기보다는 깨어 있을 때 효율적으로 공부하는 것이 훨씬 지혜로운 방법이다.

 공부는 할수록 늘어난다

원래 공부를 안 하던 사람들은 공부할 게 별로 없다. 무엇을 공부해야 하는지 모르기 때문이다. 반대로 공부는 하면 할수록 할 것이 많다고 느껴진다. 자신의 부족함이 자꾸만 보이고, 그것을 보충해야겠다고 절실히 깨닫기 때문이다.

나 또한 공부를 하면 할수록 더 욕심이 생기고, 이런저런 부분들을 보충해야겠다는 생각이 들었다. 그리고 수능을 한 달, 일주일 앞두고는 실력이 너무 부족한 것 같고, 해야 할 공부가 자꾸만 떠올라 조급한 마음으로 공부했다.

이상하게 들리겠지만, 이렇게 조바심이 나는 게 정상이다. 그리고 이런 단계를 거치면서 실력이 조금씩 늘기 시작한다. 여러분도 공부의 깊이 속에 빠질 수 있기를 바란다.

 잘 노는 녀석이 공부도 잘한다

내가 썼던 《잘 노는 녀석이 공부도 잘한다》의 제목을 두고 어떤 친구들은 불만을 나타내기도 했다. 공부를 열심히 해야 공부를 잘하는 것이지, 어떻게 잘 노는 녀석이 공부를 잘하느냐는 것이다. 거기에 대해서 잠깐 짚고 넘어가자.

1. 잘 논다고 공부를 못하는 것은 아니다

대부분의 사람들은 많이 놀수록 공부를 못한다고 생각한다. 하지만 중요한 것은 얼마나 많이 놀았느냐가 아니라, 얼마나 많이 공부했느냐이다. 놀지 않았다고 해서 나머지 시간에 그만큼 공부를 했다고 볼 수는 없다.

미국에서는 공부를 잘하는 아이들이 운동도 잘하고, 그밖의 여러 활동에서도 두각을 나타낸다고 한다. 또 공부만 잘하는 아이보다는 특별활동을 잘하는 아이가 더 인정받는다고 한다. 다시 말해, 우리가 흔히 말하는 '공부를 잘한다' 라는 개념 속에는 이미 다른 분야에서도 탁월하다는 의미가 내포되어 있다. 공부가 그야말로 '앉아서 하는 공부' 만을 일컫는 것은 아니라는 얘기다.

2. 집중하는 것이 중요하다

잘 노는 녀석이 되려면 노는 것에 몰두해야 한다. 어렸을 때 노는 것 자체에 빠져서 이리저리 궁리하며 꾀를 쓰던 아이들이 나중에 커서도 공부를 잘하는 것을 많이 보았다. 내 경우만 해도 어렸을 때 동생과 조립식 장난감을 가지고 놀 때만큼은 거기에 몰두해서 시간 가는 줄도 몰랐다. 그런데 그런 집중력이 나중에 공부하는 데에도 적지 않은 도움이 되었다.

3. 즐겁게 공부하자

공부를 의무적으로, 억지로 할 필요는 없다. 새로운 것을 깨달았을 때의 기쁨과 보람을 알게 된다면, 충분히 즐기면서 공부할 수 있다. 목표를 세우고 최선을 다해 노력하고 난 뒤, 그 목표를 성취했을 때의 기쁨과 즐거움은 다른 무엇과도 바꿀 수 없다. 놀 때처럼 즐거운 마음으로, 감사하는 마음으로 제대로 한번 공부해 보자!

 ## 나의 치즈를 향해 도전하라

최근 베스트셀러 중에《누가 내 치즈를 옮겼을까?》라는 책이 있다. 이 책은 동화 같은 한 편의 이야기를 통해서 각자의 새로운 '치즈'를 향해 도전하라고 말하고 있다.

사람은 누구나 안정을 추구한다. 하지만 용기 있게 앞으로 나아가지 않는다면, '치즈'는 결코 내 것이 될 수 없다.

아침에 억지로 일어나 학교에 가고, 다시 집으로 돌아와 공부하다가 잠자리에 들고……. 이렇게 살다 보면, 때로는 내가 살고 있는 이 공간과 시간이 세상의 전부인 것처럼 느껴지기도 한다. 하지만 이는 세상의 아주 작은 일부분일 뿐이며, 나 자신을 현재의 모습에 국한시키는 것은 참으로 어리석은 일이다.

우리는 기나긴 인생의 여정 속에서 내일을 준비하고, 앞으로 나아갈 채비를 해야 한다. 만일 현실에 만족하며 잘 적응할 수 있다면, 그 또한 감사할 만한 일이다. 그러나 나는 여러분이 현재에만 갇혀 있는 사람은 되지 않기를 바란다. 우리에게는 자신의 꿈과 내일에 대해 치열하게 고민하고, 연구하는 자세가 필요하다.

우리는 공부하는 기계가 아니다. 스스로 공부해야 할 이유를 느끼지 못하는데 무조건 공부만 하라는 건 무리한 요구다. 그러므로 여러분 스스로 고민하고 생각해서 자신이 공부하는 의미를 찾아내고 내일을 대비하며, 새로운 세상에 나아가기 위한 한 과정으로서 공부해 나가길 바란다.

몇 년이 지난 뒤에는 여러분이 오늘을 어떻게 살았느냐에 따라 많은 것들이 바뀌어 있을 것이다. 그러므로 매순간 최선을 다해 충실히 공부하고, 그 누구보다 뒤지지 않을 빛나는 내일을 위해 도전하고 노력하기를 바란다.

Part 5

이제 나는 수험생

Part 5

3학년 1학기

3학년 여름방학 : D-100

수능 식선과 수능 당일

"시간이 빨리 흐른다는 건 알았지만,

3학년이 되고 나니 새삼 시간의 흐름에 놀라게 된다. 드디어 내가 수험생이 되다니…….

수험생이라는 이름이 붙여지고, 부모님과 선생님의 기대에 때로는 어깨가 무겁게 느껴진다. 하지만 나는 당당하게, 그리고 기쁜 마음으로 수험 생활을 시작하려고 한다.

왜냐하면 이제 내가 주인공이기 때문이다.

수많은 선배들이 걸었던 이 길을 이제 내가 걸어갈 차례다. 이 길의 끝에서 영광의 자리에 설 수 있도록 최선을 다할 것이다. 그 누구에게도 부끄럽지 않도록 나는 최선을 다할 것이다.

마지막에 웃을 수 있도록, 기쁨의 눈물을 흘릴 수 있도록, 힘차게 나의 길을 갈 것이다."

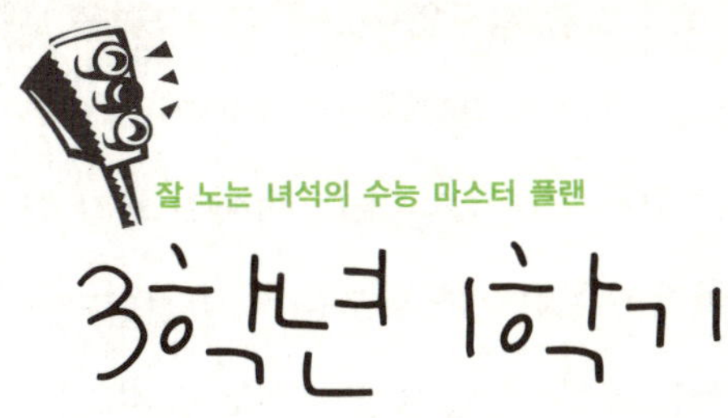

3학년 1학기

 ## 이제 얼마 남지 않았다

우리는 인내심이 필요한 마라톤을 3분의 2 이상이나 달려왔다. 앞으로의 일 년은 지난 이 년과는 비교도 되지 않을 만큼 빨리 지나갈 것이다. 또한 그만큼 힘든 시기가 될 것이다.

물론 이 시간이 빨리 지나가기만을 바라는 사람이라면, 시간이 아주 천천히 가는 것처럼 느껴질 수도 있다. 하지만 여러분이 어떻게 느끼든 시간은 쉬지 않고 흘러갈 것이다. 그리고 어느 순간 여러분은 수능 시험장에 앉아 시험을 보고 있을 것이다.

고지가 멀지 않았다. 지금 이 순간이 마지막인 것처럼 하루하루 알차게 공부해야 한다. 그래야 수능 시험장에서 후회하는 일을 만들지 않는다.

독일의 철학자 칸트는 날마다 똑같은 시간에, 똑같은 길을 산책했던 것으로 유명하다. 그가 얼마나 정확했는지 마을 사람들은 칸트가 산책

하는 것을 보고 시계를 맞출 정도였다고 한다. 수능을 보는 날까지 칸트처럼 정확하고 성실한 사람이 되겠다고 다짐하라.

공부하는 게 그리 힘든 일은 아니라고, 어쩌면 가장 쉬운 일일지도 모른다고 말한다면 여러분은 아마도 코웃음을 칠 것이다.

그러나 지금 세상을 보라. 산업이 광속으로 발전하는 시대에, 그것도 경제 불황인 지금, 공부만 하는 것이 결코 힘든 일은 아니라고 생각한다. 또 열심히 공부하는 것만큼 능력을 기르고 인정받을 수 있는 좋은 기회도 없다. 조금만 더 열심히 하면 훨씬 좋은 결과를 얻을 수 있는데, 왜 그 기회를 포기하려 하는가. 나중에 후회하며 그것을 만회하려고 해도, 지금보다 2배, 아니 5배, 10배는 더 노력해야 할 것이다.

적어도 나는 여러분들이 충분히 잘할 수 있었는데도 불구하고, 노력하지 않아서 기회를 놓치는 일이 없기를 진심으로 바란다. 공부하는 것은 그 무엇과도 바꿀 수 없는 최고의 기회다.

 슬럼프에 빠지면 어떻게 할까?

3학년 1학기 어느 날, 나는 학교에 가지 않겠다며 주저앉아 버렸다. 사는 게 아무런 의미가 없다고 느껴졌기 때문이다. 미래는 막막하기만 하고, 당장 사는 것조차 너무 힘이 드는데 그까짓 학교나 공부가 무슨 의미가 있을까 하는 생각에 학교에 가지 않겠다고 고집을 부렸다.

그날 나는 아버지, 어머니와 눈물을 흘리면서 진심어린 이야기를 나누었다. 그때의 아픔은 말로 다 표현할 수 없었다. 그러나 숱한 고민들, 또 세상이 무너지는 것 같은 어려움을 겪었기에, 나는 삶을 깊이 있게 바라볼 수 있었고 성실하게 생활할 수 있었다. 비록 끔찍하게 힘들었지만, 진정한 나를 발견하게 해준 축복의 시간이었다.

내가 겪은 일이 다른 많은 사람들이 겪는 고통에 비하면 작고 하찮은 일일지도 모른다. 세상에는 죽음을 눈앞에 두고 살아가는 사람들도 있고, 충격적인 사고를 당해 자신을 가눌 수조차 없는 고통 속에서 살아가는 사람들도 있다.

지금 이 글을 읽고 있는 친구들 중에도 실패와 좌절로 심신이 크게 위축된 친구들이 있을 것이다. 고통을 겪고 있는 사람들에게 그저 막연히 괜찮다고, 앞으로 좋아질 거라고 말해주는 것은 무의미하다. 오히려 그들이 겪는 고통 자체를 있는 그대로 받아들이고, 공감해 주는 것이 그들에게 큰 힘이 될 수 있다.

심리적, 정서적 문제는 공부와도 깊은 관련이 있다. 고통과 실패감에 휩싸여 있는데, 어떻게 공부를 제대로 할 수 있겠는가. 삶의 의미를 찾지 못하고 절망에 빠져 있는데, 어떻게 즐거운 마음으로 공부할 수 있겠는가.

그런데 이러한 친구들에게 꼭 말해주고 싶은 게 있다. 아무리 힘든 일이나 큰 실패를 겪었다 해도 그게 전부는 아니다. 그 일 때문에 세상이 무너지는 것 같고, 다시는 기회가 오지 않을 것처럼 느껴지지만 결코 그렇지 않다. 시간이 지나면 기회는 다시 오게 되어 있다.

어쩌면 고통을 겪고 났을 때야말로 무엇이든 새로 시작할 수 있는 절호의 기회일지 모른다.

　슬럼프에 빠지고 심리적으로 무너지게 되는 가장 큰 이유는 뭘까? 대개가 자기 자신에 대한 자책감 때문이다. 뭔가를 제대로 해내지 못하고, 다른 사람에 비해 못나 보이는 자신이 한심하게 느껴져서 말이다. 그런 생각이 마음속에 자리잡으면, 바이러스에 감염이라도 된 것처럼 걷잡을 수 없이 커진다. 그러다 어느 순간 모든 것을 포기하게 된다. 하지만 절대로 쉽게 물러나서는 안 된다. 그 동안 노력해 온 시간과 노력이 아깝지 않은가.

　우선 비교하지 말자. 한 친구가 하루에 한 시간을 공부해서 100점을 받는다고 하자. 그것은 그 친구에게 특별한 방법이 있다거나 나에게 문제가 있어서가 아니다. 사실 성적이라는 건 어려서부터 쌓아 온 지식과 이해력, 응용력에 따라 달라질 수 있다. 그런데 이러한 것들은 사람마다 달라서, 어떤 친구는 언어영역을 따로 공부하지 않아도 늘 120점 만점에 110점 정도를 받기도 한다. 하지만 그 친구는 그 친구고, 나는 나다. 다른 사람들과 비교해서 스스로를 깎아내리고 힘들어할 필요는 전혀 없다. 그 친구가 쉽게 얻은 110점보다, 어려운 상황에서 최선을 다해 얻은 나의 90점이 더 소중하기 때문이다. 그리고 포기하지 않고 꾸준히 노력해 나갈 때, 언젠가 그 자리에 설 수 있는 날이 올 것이다.

　스스로를 비하하거나 자책하지 말자. 사람은 원래 나약한 존재다. 선한 일만 하면서 살아갈 수도 없고, 가끔은 계획을 못 지킬 때도 있는 법이다. 슬럼프에 빠지거나 마음이 약해질 때 이 사실을 꼭 기억하자.

 # 수능 영역별 체크 포인트 2

1. 국어

2학년 겨울방학 때 시작했던 문학, 독해편 기본 문제집을 가지고 공부한다. 이때 지문 하나, 문제 하나를 분석하며 깊이 있게 본다. 다시 말해 문제 유형도 파악하고, 해설도 자세히 읽으면서 지문과 문제를 기억할 수 있을 정도로 공부하자. 그리고 교과서의 지문들이 수능에 출제되거나 보기의 예시로 출제될 가능성이 높으므로, 교과서 내용을 다시 한번 살펴보고 정리해야 한다.

이때부터 파이널 문제집을 푸는 것도 좋다. 다만 아직 파이널 문제집을 푸는 게 급하지는 않으므로, 기본 문제집을 통해 유형 파악과 지문 독해 방법을 연구하고 분석하는 데 좀더 에너지를 쏟자.

2. 수학

기본 개념 정리가 끝난 친구들도 꽤 있을 것이다. 반면에, 아직 개념 정리가 부족한 친구들도 많으리라 생각한다. 따라서 개념 정리와 실전 문제 풀이를 병행하는 방식으로 공부한다. 이때 실전 문제 풀이는 개념 정리를 다 끝낸 다음에 해야겠다고 생각해서는 안 된다. 개념 정리를 할 때, 한 단원의 정리가 끝나면 그 단원에 해당하는 수능 형태의 실전 문제들을 풀면서 바로 적응해 나가는 것이 좋다.

우리의 목표는 개념을 정리하는 데 있는 것이 아니라 수능 문제를 푸는 데 있으므로 거기에 초점을 맞추어 공부해야 한다. 또한 학교 수업에서도 개념 정리를 해주는데, 이를 소홀히 해서는 안 된다. 수업에 집중하면서 개념을 정리하길 바란다.

3. 영어

독해와 듣기 공부는 매일 꾸준히 하는 것이 중요하다. 수능에서 문법 부분이 대략 두 문제 정도 출제되므로 문법 역시 신경쓰지 않을 수 없다. 문제 수는 적어도 난이도가 높아 고득점을 받기 위해서는 꼭 필요하기 때문이다.

일단 기본적인 문법 공부는 되어 있다고 가정해 보자. 시중에 유형별로 정리된 영어 문제집을 보면, 각 문제집마다 문법 문제들을 모아놓은 단원이 있다. 두세 권 구입해서 문법 부분을 먼저 풀어 보자. 그리고 어떤 문법 내용을 알아야 풀 수 있는 문제인지 분석하고, 정리하는 시간을 갖자. 실제로 문법 문제들을 정리하다 보면, 중요한 문법 몇 가지가 주로 출제된다는 것을 알 수 있다. 어쩌다 한 문제씩 공부해서는 절대로 실력이 늘지 않는다. 문법 문제들만 골라 감이 잡힐 때까지 계속해서 공부한다.

4. 사회

사회는 지금까지 해왔던 대로 공부해 나가면 된다. 그렇다고 소홀히 해서는 안 된다. 앞에서도 언급했듯이 사회는 여러 과목으로 나뉘어 있어서, 사전에 확실하게 계획을 세우지 않으면 특정 과목이 뒤처질 수 있다. 또 특정 단원을 제대로 공부하지 못한 채 넘어갈 수도 있다.

따라서 한 학기 혹은 한 달 동안 어느 과목의 어떤 단원을 몇 시간 공부할 것인지 세부적인 계획을 세워야 한다. 그리고 계획한 양은 반드시 공부해서 빠뜨리는 단원이나 약한 단원이 생기지 않도록 주의하자.

5. 과학

각 과목별로 기본이 되는 문제집을 한 권씩 정해서 공부하자. 다만 이제부터는 문제 유형 분석과 중요한 개념을 확인하는 데 신경을 써야 한다. 주제 노트의 활용이 극대화되는 것도 바로 지금부터다.

예를 들어, 송전선에 대한 문제가 출제되었다고 하자. 그 문제가 어떤 유형으로 출제되든 반드시 맞힐 수 있도록 개념을 정확하게 이해해야 하고, 다양한 형태로 응용되는 문제 유형도 익혀야 한다. 그러기 위해서는 단순히 문제를 푸는 데 그치지 않고, 의식적으로 유형을 파악하고 개념이 어떻게 응용되는지 이해하려고 노력해야 한다.

수시 모집 공략법 2

수시 모집에는 크게 3학년 1학기 수시와 2학기 수시가 있다. 1학기 수시 모집은 수능 성적을 반영하지 않는 것이 특징이며, 내신 성적도 보통 1, 2학년 것만 반영된다. 따라서 1, 2학년 내신 성적이 우수한 사람은 1학기 수시를 노려볼 만하다. 1학기 수시에 합격하면 2학기 수시와 정시 모집에 응시할 수 없다.

그런데 1학기 수시는 2학기 수시나 정시에 비해서 선발 인원이 많지 않다. 따라서 평소에 수시 모집을 준비해 온 사람이라 하더라도 1학기 수시에 떨어질 수 있다. 아무리 철저하게 준비했다고 해도 떨어질 수 있다는 가능성을 염두에 두고, 가벼운 마음으로 시험에 임해야 한다.

그리고 1학기 수시에 떨어지더라도 2학기 수시와 정시가 남아 있으므로 지나친 하향 지원은 피해야 한다. 하향 지원을 해서 붙으면 당장은 마음이 편할지도 모른다. 그러나 원하는 대학, 원하는 학과가 아니라 단지 합격하기 위해 하향 지원해서 합격한 거라면 나중에 후회할 가능성이 크므로 유의해야 한다.

또한 1학기 수시는 최대 서너 개의 대학에 지원하는 것이 바람직하다. 그보다 더 많은 대학에 지원하다 보면, 준비하는 데 너무 많은 시간을 낭비하게 된다. 자기소개서나 추천서 등은 지망하는 대학에서 요구하는 형태에 맞추어 미리 준비해 두는 것이 좋다.

1학기 수시는 학생부 성적이 가장 중요하다. 따라서 대학별로 학생부 성적을 반영하는 방법, 즉 석차와 수·우·미·양·가의 과목 평어를 어떻게 반영하는지 등을 알아보아야 한다. 각 대학마다 기준이 다르므로 자신이 지원하고자 하는 대학이 어떤 방식으로 학생부 성적을 반영하는지 제대로 알아 두어야 한다.

수시 모집의 경우, 학교별로 요구하는 내용이 달라서 정보를 많이 얻는 게 무엇보다 중요하다. 정보를 미리 입수해 제대로 분석한 다음, 현재 자신의 상황에서 어떤 대학이 가장 유리한지 잘 따져 봐야 한다. 원하던 대학에 합격할 수 있었는데 정보 부족으로 시도조차 해보지 못했다면 정말 안타까울 것이다. 그런 일이 생기지 않도록 정보를 얻는 데에도 신경을 써야 한다.

심층면접이나 논술도 학교마다 다양한 방식으로 출제되므로, 작년에 출제되었던 문제와 출제 방식을 입수해 공부해 두어야 한다. 어떤 학교는 영어로 자기 의견을 말하거나 토론을 하기도 하고, 논술 지문이 영어로만 되어 있는 경우도 있다. 이런 방식에 적응하기 위해서는 오랜 준비가 필요하다. 따라서 미리 기출 문제를 접해서 어떤 식으로 무엇을 공부해야 할지 감을 잡고, 출제자가 무엇을 요구하는지에 따라 면접과 논술을 적절하게 준비해야 한다.

 타산지석을 적극 활용하라

고등학교 3학년 초반에는 다들 긴장하게 마련이다. 이제 수험생이 되었다는 심리적인 압박감과 함께, 잘해야겠다는 각오가 맞물리면서 공부하는 분위기가 조성된다. 하지만 문제는 그 분위기가 오래가지 않는다는 데 있다.

시간이 조금만 지나면 언제 그랬냐는 듯 오히려 1, 2학년 때보다 학습 분위기가 좋지 않을 수도 있다. 여기에 영향을 미치는 주된 요인은 친구들이다. 친구들이 노는 분위기면 나도 덩달아 거기에 휩쓸리기 쉽다. 그러나 내 경우는 오히려 그 반대였다. 3학년 1학기 때 내 짝이 전교에서 가장 열심히 공부하는 친구였다. 그래서 나는 그 친구를 통해서 늘 더 열심히 해야겠다는 자극을 받았다. 그 친구를 보면서 나태해지려고 하는 나 자신을 다잡을 수 있었고, 열심히 해야겠다는 생각을 새로이 할 수 있었다.

다들 '타산지석(他山之石)'이라는 고사성어를 들어 봤으리라. 타산지석이란, 다른 산에서 나는 보잘것없는 돌이라도 자기의 옥(玉)을 가는 데 소용이 된다는 뜻이다. 중고등학교 시절, 나는 이 고사성어를 배우면서 배움의 자세에 대한 중요한 교훈을 깨달을 수 있었다. 내가 배우고자 하는 자세만 있다면, 다른 사람들을 통해서 많은 것을 배우고 또 얻을 수 있다는 교훈이었다.

우리는 주변에 있는 사람들을 통해서 많은 것을 느끼고 생각해 볼 수 있다. 이것은 꼭 다른 사람의 장점만 보고 배우라는 의미가 아니다. 오히려 때로는 다른 사람의 실수나 단점을 통해서 더 많은 것을 배울 수도 있다. 대개 사람들은 다른 사람의 잘못된 행동이나 실수를 보면, 그저 비난하거나 못마땅하게만 생각한다. 물론 그런 생각이 드는 것은 지극히 당연하지만, 거기에만 머물러서는 안 된다. 그런 모습을 보면서 나 역시 반성하고 고쳐야 할 점은 없는지 되돌아보아야 한다.

이는 공부하는 데에도 필요한 자세이다. 혼자서 열심히 공부하는 것도 좋지만 가끔은 주위를 둘러보자. 다른 친구들은 어떻게 시험에 대비하는지, 어떤 방식으로 계획을 세우고 공부해 나가는지 등을 살펴봄으로써 많은 것들을 배우기도 한다.

나는 내 방법이 결코 최고라고 생각하지 않았다. 그래서 다른 친구들의 좋은 점들을 보고 배움으로써 나의 공부 방법과 생각, 태도 등을 더욱 좋은 방향으로 수정해 나갈 수 있었다.

다른 친구들의 장점 혹은 단점, 그밖의 여러 모습들을 볼 때, 그냥 지나치지 말고 비추어 자신을 되돌아볼 수 있는 기회로 발전시키길 바란다. 그렇게 나를 돌아볼 때, 친구들의 산에 있는 하찮은 돌조차도 내 안에 있는 옥을 다듬는 데 도움이 된다는 걸 깨닫게 될 것이다.

오늘뿐이다

때로 우리는 아직 일어나지도 않은 일들에 대해 걱정하며 살아간다. 다가올 일 년 동안 잘살 수 있을까, 혹시 미처 예상치 못한 나쁜 일들이 생기지는 않을까……. 불확실한 인생 속에서 일어나지도 않은 일들을 두려워한다.

그러나 내일의 일까지 미리 걱정할 필요는 없다. 또 미리 걱정한다고 해도 아무런 도움도 되지 않는다. 미래를 위해 아무 일도 하지 않으면서 걱정만 하는 것은, 우리 자신을 변화시키지도 못할 뿐만 아니라 두려움에서 구해 주지도 못하기 때문이다. 우리가 할 수 있는 일은, 미래를 염려하고 두려워하는 것이 아니라 지금 내가 속해 있는 상황에서 최선을 다하는 것이다.

우리는 어제, 오늘 그리고 내일의 시간이 있다고 생각한다. 하지만 우리에겐 '오늘' 밖에 없다. 어제는 지나간 오늘이고, 내일은 다가올 오늘이다. 내일이 오면 그 또한 오늘이 되므로 우리는 매 순간 내일이 아닌 오늘을 살아가고 있다. 그러므로 오늘을 진짜 멋있게 살 수 있는 사람이라면, 오늘 하루 가치 있게 살아갈 수 있는 사람이라면 그는 평생을 멋지고 가치 있게 살 수 있을 것이다.

물론 지나간 어제도 중요하다. 어제 어떤 마음을 먹었고, 어떤 생각을 했고, 또 어떤 일을 했는가는 오늘에 영향을 미치고 오늘의 내 모습으로 연결되기 때문이다. 가끔 예상치 못한 일이 일어나기도 하지만, 대개의 경우 어제의 결과가 오늘에 영향을 미치고, 오늘의 결과가 내일에 영향을 미쳐서 나의 모습이 이루어진다. 그만큼 어제의 경험과 어제의 내 모습은 소중하다.

하지만 이미 지나간 과거에 집착할 필요는 없다. 어제 그렇게 행동했다고 해서 오늘도 그렇게 행동하라는 법은 없다. 비록 어제의 결과가 오늘에 영향을 미칠지라도, 내게는 오늘 내가 어떤 마음을 먹고 어떻게 살아갈지에 대해서 결정하고 실천할 수 있는 의지와 권리가 있기 때문이다. 그러므로 내가 바라는 내일의 모습을 위해서 가장 지혜롭게, 그리고 내가 가진 열정을 다해서 오늘을 살아가야 한다.

그런데 정말 안타까운 사실은 많은 사람들이 과거에 얽매여서 살아간다는 것이다.

"그때는 공부를 잘했는데……."

"그때 열심히 했으면 지금은 완전히 달라졌을 텐데……."

"어차피 나는 옛날부터 이랬으니까 오늘도 이렇게 지낼 수밖에 없는 거야."

"내가 그때 왜 그랬을까, 이제 난 끝났어. 희망이 없어……."

"어제 열심히 했으니까 오늘은 좀 놀아야지."

생각의 내용은 다르지만, 이 모든 것의 공통점은 중심이 과거에 있다는 것이다. 예전에 그렇게 했었다면, 예전에 그렇게 했으니까, 예전에……. 그건 아니다. 어제까지 공부를 전혀 하지 않았던 사람이라도 오늘부터 공부를 시작할 수 있다. 또한 100점만 받던 사람도 오늘 방심하면 점수가 떨어진다. 그러므로 세상에 너무 늦어서 할 수 없는 일이란 없다.

우리에겐 살아온 날보다 앞으로 살아갈 날들이 더 많다. 과거에 파묻혀서가 아니라, 현재를 곱씹으며, 미래를 맛보며 살아가야 한다.

담배를 끊으려는 사람이 있다고 하자. 만일 그 사람이 오늘까지만 담배를 피우고 내일부터 담배를 끊겠다고 말한다면, 그 사람은 결코 담배를 끊을 수 없다. 오히려 내일은 어떻게 될지 모르지만 적어도 오늘 하루만은 담배를 피우지 말자고 생각하는 사람이 담배를 끊을 확률이 훨씬 높다.

이제 오늘은 대충하고, 다음부터 제대로 하자는 생각은 버리자. 다음이란 없다. 오늘만이 있을 뿐이다. 이제 거꾸로 뒤집어 생각하는 거다. 내일은 좀 부족하더라도 오늘 하루만은 제대로 살아 보겠노라고, 열심히 뛰어 보겠노라고……. 우리 인생에 한 번뿐인 오늘을 소중히 여기는 여러분이 되길 바란다. 그리고 오늘 하루가 진정 의미 있길 바란다.

05

서울대학교 인문학부 02학번 임현주

현재를 살자

내가 어떻게 공부했었지? 글을 부탁받았을 때 가장 먼저 든 생각이다. 기억나는 건 수업 시간에 졸지 않기 위해 애쓰던 모습이나 날마다 목표를 되새기며 시험 날짜를 세었던 것밖에 없다.

고등학교 시절, 나는 지극히 평범한 학생이었고 우리 학교는 그다지 진학률이 좋지 못했다. 학교에서 우수한 학생들 축에도 들지 못했고, 그렇다고 고등학교 생활을 즐기며 잘 노는(?) 아이도 아니었다.

나는 시험에서 노력한 만큼의 점수를 받지 못한다고 생각했다. 당시에는 다른 친구들에 비해 내가 공부를 잘하는 것 같았지만 돌이켜보면 그렇지도 않았다. 난 항상 다른 사람보다 몇 배의 노력과 시간을 들여 공부했기 때문이다.

나는 영화 〈아마데우스〉를 감명 깊게 보았었다. 이 영화는 천재 음악가 모차르트의 삶을 그리고 있지만, 내가 주목해서 보았던 인물은 살리에르였다. 아무리 노력해도 천재가 될 수 없었던 인물……. 난 이 영화의 주인공은 모차르트가 아니라 살리에르라고 생각한다. 어쩌면 내가 모차르트보다는 살리에르 쪽에 가깝기 때문에 연민의 정을 느끼는지도 모르지만…….

극단적으로 말하면, 세상은 극소수의 모차르트와 다수의 살리에르들로 이루어져 있다고 생각한다. 수많은 살리에르들이 모차르트가 되기 위해 무던히도 애쓰며 피땀을 흘린다.

그렇다고 세상은 이렇게 굴러가니까 어서 자신을 파악하고 애초에 될 성싶은 꿈만 꾸어야 할까? 물론 그래서는 안 된다. 나는 여러분에게 세상을 바라보는 '시선'을 바꾸라고 말하고 싶다.

입시를 준비했던 지난 2년여의 시간 동안 몸과 마음으로 뼈저리게 느꼈던 교훈이다. 물론 한때는 세상에 대한 불만으로 혼자만의 벽을 높이 쌓았던 적도 있었지만, 점차 내가 바라보아야 할 것이 무엇인지에 대해 생각하게 되었다.

상대적인 잣대로 자신을 평가하다가는 평생 만족할 수 없다. 시선이 넓어지면 넓어질수록 세상엔 정말 대단한 사람들, 잘난 사람들이 많다. 한 고개를 넘고 나면 또 한 고개, 또 한 고개…….아무리 노력해도 눈에 보이는 건 넘어야 할 목표들뿐이다. 재수를 하는 친구들 중에는 대학에 합격했음에도 불구하고 자신의 목표가 아니라는 이유로 다시 공부를 하는 경우도 있다. 또 원하는 대학에만 가면 행복할 것 같다던 아이들이 지금은 고시 학원이니, 기업체 경영설명회니 하는 것들을 쫓아다니면서 또 다른 경쟁의 스트레스 속으로 자신을 몰아넣고 있다.

하지만 나는 고3과 재수의 시간 동안 공부할 수 있는 기회가 주어진 것에 감사하며, 즐거운 마음으로 공부할 수 있었다.

물론 공부는, 특히 입시 공부가 더 그렇지만 많이 지겹고 괴롭다. 그래서 사람들은 눈앞의 시험이나 어떤 성과를 위해 단편적으로 공부하는 경우가 많다. 학문적인 흥미를 느껴 공부하는 사람들은 그렇게 많지 않다.

하지만 공부를 단순히 안락한 삶을 보장해 주는 수단으로만 여긴다면 그것은 족쇄가 된다. 사람들은 공부를 해서 통과하게 되는 시험과 그 이후에 보장된 삶을 위해 현재의 괴로움을 참는데, 우리가 반드시 기억해야 할 것은 현재의 삶도 중요하다는 사실이다.

앞으로 인문학을 공부할 거라면, 어쩌면 다시는 공부하지 못할 수학, 과학 등을 알 수 있는 기회가 주어진 것이 얼마나 감사한 일인가. 국어 시간에 나오는 다양한 장르의 문학작품에 대한 지식은 또 얼마나 흥미로운가.

많은 친구들이 '결국 같은 얘기구나.' 하고 생각할지도 모르겠다. 하지만 나는 공부하는 방법이라든지, 문제를 잘 찍는 요령보다는 이러한 마음가짐이 수험생들에게 더 중요하다고 생각한다.

공부하는 기간 내내 그리고 지금도 내 삶의 모토는 '현재를 살자!'는 것이다. 아무리 다가올 미래가 달콤하고 매혹적이라 해도, 현재가 비참하다면 나는 불행한 인간이다. 그래서 나는 공부할 때는 공부가 즐겁다고 생각하려고 노력했다. 책상에 앉아 있는 시간만큼은 공부에 빠지려고 애썼다. 언젠가 모의고사를 보는데 언어영역에 나온 시 지문을 읽고 눈물을 흘린 적도 있었다. 한동안 친구들이 놀리기도 했지만, 뭐 어떠랴.

두 번째로 수능 시험을 보는 날은 나에게 축제의 날이었다. 고3 때는 도살장에 끌려가는 소마냥 축 처져서 시험장으로 향했던 것을 생각하면 '재수생의 깡'이었는지도 모르겠다. 여하튼 난 그날 시험이 어렵게 출제되어 무척 당황했지만 속으로 계속 기도했다.

"오늘은 그 동안 공부했던 것을 테스트하는 날입니다. 제 실력을 충분히 발휘할 수 있으리라 믿습니다. 저에게는 이 긴장이 축제와 같은 즐거운 경험일 뿐입니다."

지금 생각해 보면 그렇게 비장한 기도를 했던 것이 약간 쑥스럽기도 하지만, 그 덕분에 별로 긴장하지 않고 즐거운 마음으로 시험을 치를 수 있었다.

"세상의 잣대로 나를 재단하지 말자."

"주어진 현재에 감사하며 충실하자."

여러분이 기다릴 기적 같은 공부 방법과는 동떨어진 얘기처럼 들릴지 몰라도, 결국 공부도 세상을 살아가면서 우리가 겪는 삶의 한 단면이 아닌가. 그러므로 가장 중요한 것은 나를 세상의 중심에 놓은 가치관이다. 다른 사람과 비교하지 않고 '나'라는 존재의 가치에 대해 깨닫는 것, 그리고 내가 처한 환경을 즐거운 눈으로 바라보는 것, 이것이 바로 내가 수험 생활을 통해 배웠고, 지금도 내 신념을 차지하고 있는 가치관이다.

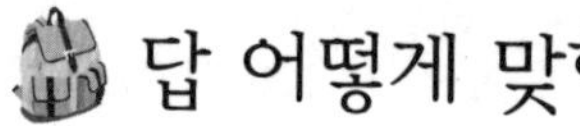 답 어떻게 맞힐까?

우리는 문제를 풀 때 답을 맞히기 위해 최선을 다한다. 그렇지만 답을 맞힌다는 것이 생각보다 쉽지 않음을 경험을 통해 알고 있을 것이다. 답을 맞히기 위해서, 반대로 어떤 이유로 답을 맞히지 못하는지를 확인해 보는 것도 도움이 된다.

1. 기본적으로 문제의 내용을 잘 알지 못하면 답을 맞힐 수 없다.
2. 아는 내용이라도 문제를 잘못 이해하면 답을 맞힐 수 없다.
3. 수학의 경우, 아는 문제를 잘 풀어가다가도 그 과정에서 작은 실수를 하면 답을 맞힐 수 없다.
4. 내용을 대충 알고 있으면 정답을 썼다가도 나중에 답을 고쳐서 틀릴 수 있다.
5. 답을 맞혔지만, 답안지에 잘못 옮겨 적어 틀릴 수도 있다.

이 밖에도 답을 맞히지 못하는 경우는 얼마든지 있다. 다시 말해, 아는 문제였다고 해도 실수로 혹은 다른 이유 때문에 틀리는 경우가 허다하다. 결코 특정 문제에만 해당되는 것이 아니다. 이렇게 답을 맞힌다는 것은, 수없이 많은 틀릴 가능성들을 모두 배제한 뒤에야 가능한 것이다.

그러므로 우리는 문제를 풀 때 이러한 사실을 염두에 두어야 한다. 단순히 내용만 알면 답을 맞힐 수 있다는 안일한 생각으로 문제를 풀어서는 곤란하다. 그리고 문제를 풀 때는 한 순간도 긴장의 끈을 놓아서는 안 된다. 문제를 읽을 때나 푸는 모든 과정에서 조금만 실수해도 아는 문제도 틀릴 수 있음을 인식하고 끝까지 최선을 다해야 한다.

요컨대 확인하고 또 확인해야 한다. 평소에도 실수할 가능성을 점점 줄여 나가는 연습을 계속해야 할 것이다.

 1점의 소중함

여러분은 시험을 볼 때, 1점이 얼마나 소중한지 아는가? 1점의 위력을 느껴 본 적이 있는가? 혹시, 그까짓 1점 정도야 하며 무시하지는 않았는가? 아마 수능 시험을 본 적이 있는 사람이라면, 1점이 얼마나 소중한지, 그 위력이 얼마나 큰지를 알 수 있을 것이다.

단 몇 점이 모자라서, 아니 1점이 모자라서 원하는 대학에 원서를 넣지 못했던 사람은 안다. 또한 0.1점 차이로 대학에 떨어져 본 사람은 그 작은 점수가 얼마나 소중한지 말하지 않아도 알 것이다.

처음부터 실력 차이가 크게 나는 것이 아니다. 아주 작은 점수 차이일 수도 있다. 하지만 그 1점이 합격과 불합격을 가를 수 있으며, 원하는 대학에 가느냐 못 가느냐를 결정할 수도 있다. 또한 학교 시험에서 과목별로 1점씩만 잘 본다면, 전체 평균이 1점 올라간다. 전체 평균이 1점 오른다면, 전교 등수는 또 얼마나 많이 오르겠는가? 갈수록 내신의 중요성이 커지고 있는 이 시점에서 1점이라도 더 얻는 것은 우리에게 무척 중요한 일이다.

그러므로 한 문제, 한 문제를 소중히 여기는 마음으로 집중해서 시험에 임해야 한다. 그 한 문제가 쌓여서 전체 결과를 바꾸어놓을 수 있기 때문이다. 결과를 바꿀 수 있는 기회가 있다. 따라서 조금이라도 나은 조건에서 진로를 결정할 수 있는 선택의 시간이 있을 때 더욱 노력하자. 그렇게 노력해서 얻은 1점이 모여서, 여러분이 원했던 결과를 가져다 줄 것이다.

🎒 중요한 내용은 확실히 알아 두자

공부를 잘하는 데 기초가 되는 것 중 하나를 이야기해 보려고 한다. 공부를 잘한다는 것, 실력이 뛰어나다는 것은 무엇을 의미하는 걸까? 남들은 잘 모르는 시시콜콜한 내용들을 하나하나 다 기억하는 것? 아니면 교과서 내용을 통째로 다 외우는 것?

물론 여러 방면에서 다양한 지식을 가지고 있는 것도 좋고, 교과서 구석구석까지 다 알고 있는 것도 좋다. 하지만 그렇다고 해서 반드시 공부를 잘하는 것은 아니다. 공부를 잘하기 위해서는 중요한 내용들을 정확하게 알고, 확실하게 내 것으로 만들 수 있어야 한다.

나 또한 성적이 좋다고 해서, 무조건 많이 아는 건 아니었다. 나보다 더 많이, 자세히 알고 있는 친구들도 많았다. 그런데도 내 성적이 잘 나오고 꾸준히 유지될 수 있었던 이유 중 하나는, 중요한 내용을 확실히 파악하고 있었기 때문이 아닌가 생각한다. 왜냐하면 아는 것에도 엄연히 정도의 차이가 있기 때문이다.

과학 법칙 하나, 영어 문법 하나를 공부하더라도 사람마다 이해하는 정도와 깊이가 다르다. 똑같이 그 내용을 알고 있는데도 시험을 보면 사람마다 결과에 차이가 생기는 것은, 중요한 내용을 얼마나 확실하게 공부했느냐 하는 데 있다.

그럼 어떻게 하면 중요한 내용을 확실히 알 수 있을까? 가장 좋은 방법은 반복이다. 어떤 친구들은 "나는 이 내용 알아. 그래서 공부할 필요 없어."라고 말하곤 한다. 하지만 나는 이미 공부한 내용이라도 혹시 제대로 공부하지 않고 넘어간 부분은 없는지, 확실치 않았던 부분은 없는지 살펴보았다. 아는 내용이라면 더욱 분명히 알고 내 것으로 만들기 위해 공부를 게을리하지 않았다.

그렇게 반복해서 공부할수록 중요한 내용들이 확실한 나의 재산이 되어갔고, 내 것이 된 중요한 내용들은 공부를 해나가는 데 커다란 줄기가 되었다. 그리고 그 줄기에 구체적인 사실들을 가지와 잎사귀로 달았을 때, 실력이 더욱 향상되었음은 말할 필요도 없겠다.

여러분들도 아는 내용이라고, 이 정도면 됐다고 생각하지 말고, 중요한 내용들을 확실히 공부해서 실력을 쌓는 데 커다란 줄기로 삼기를 바란다.

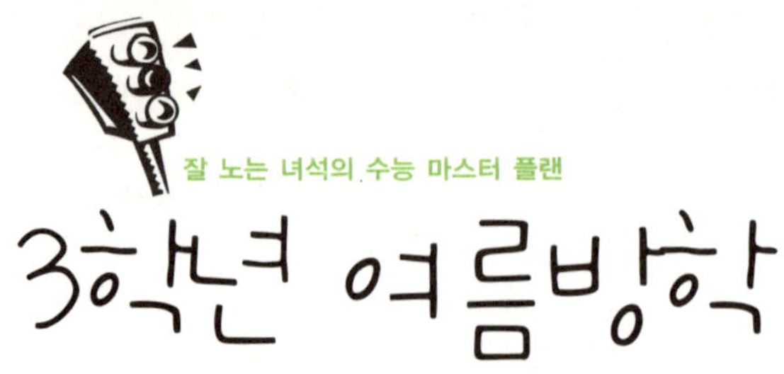

3학년 여름방학

잠시 멈추어라

세상에는 두 종류의 사람이 있다. 쫓기듯 살아가는 사람과 주체적으로 자신의 길을 개척하는 사람이 그것이다. 그런데 재미있는 것은 일이 많든 적든 쫓기는 사람은 항상 쫓기듯 살아가고, 자신의 길을 개척하는 사람은 항상 능동적으로 살아간다는 사실이다.

어떻게 하면 쫓기지 않고 자신의 길을 개척하며 나아갈 수 있을까?

일단 잠시 멈추어 보라. 하던 일을 모두 멈추고, 마음속에 가득한 많은 생각들을 털어 버리고 자신을 돌아보라.

우리는 항상 강박관념에 시달린다. 무엇엔가 쫓기는 듯한 조급한 마음으로 하루하루를 버티며 살아간다. 물론 열심히 하려는 자세는 좋다. 한 글자라도 더 보기 위해 시간을 아껴 공부하는 것도 좋은 일이다. 하지만 조급한 마음은 삶에 있어 아무런 도움이 되지 않으며, 바람직한 태

226

도도 아니다.

　오히려 가끔은 멈추어 서서 나의 현재 상황을 객관적으로 점검해 보고, 앞으로 어떻게 공부해 나가야 할지 생각해 볼 필요가 있다. 이러한 시간은 능동적으로 삶을 조절할 수 있는 원동력이 되어 줄 것이다.

　'2보 전진을 위한 1보 후퇴' 라는 말이 있다. 무조건 앞으로만 나아간다고 좋은 것이 아니다. 달리는 중간중간 멈추어 서서, 내가 어디쯤 와 있는지, 제대로 된 방향으로 가고 있는지 살펴보고, 한 번쯤 숨을 깊이 고른 다음 앞으로 나아가는 과정이 필요하다. 여러분도 여유를 가지고 공부할 수 있는 지혜를 얻길 바란다.

 반성 안에서 힘을 얻어라

　3학년 여름방학을 시작하며 누구나 한 번쯤은 이런 생각을 했을 것이다. 일 년 전으로 돌아간다면 내가 실수했던 것들, 잘못했던 일들을 모두 새롭게 시작할 수 있을 텐데……. 만일 그렇게만 된다면 정말 열심히 공부할 텐데 하고 말이다.

　다시 할 수만 있다면 지금보다 훨씬 더 나으리라 생각한 적도 있을 것이다. 나 역시 지난날을 아쉬워하고 안타까워했었다. 비단 공부에서뿐만 아니라, 아무렇게나 보낸 시간들이 너무나 아까웠고 후회되는 일들도 많았다. 한번 흘려 보낸 시간들은 결코 다시 돌아올 수 없기 때문에 더욱 아쉬움이 남았다.

하지만 나는 이제 과거로 돌아가고 싶다는 생각을 하지 않는다. 그리고 후회할 만한 지난 일들조차 더 이상 후회하지 않기로 했다. 아쉽게 보낸 지난 시간들도 나름대로 의미가 있다는 것을 깨달았기 때문이다. 조금은 미숙하고 연약했지만, 그런 시간들이 쌓여 많은 것을 느끼고 배우면서 내가 이렇게 성숙했다는 걸 깨달았다.

아무리 과거를 아쉬워한다 해도 그 시간은 결코 다시 돌아오지 않는다. 지나간 1초조차도 되돌릴 수 없기 때문에 지나버린 시간에 얽매여 있는 것은 매우 어리석은 일이다.

혹시 과거에 잘못한 일들을 자책하느라 오늘을 허비하고 있는 건 아닌지 돌아보자. 앞으로 어떻게 공부해 나갈 것인가를 고민하기보다 과거의 시간 동안 공부하지 못한 것에 얽매여 있지는 않은지.

과거의 잘못도 우리에게는 큰 힘이 될 수 있다. 그 아쉬움과 안타까움을 오늘 이 순간 공부하는 원동력으로 삼을 수 있는 것이다.

누구나 실패하고, 누구나 실수한다. 그러나 진정한 승자와 패자의 차이는 다른 데 있다. 패자가 실패와 실수에 얽매여 자책하고 포기해 버리는 반면, 승자는 그 실수를 겸허하게 받아들이고 반성함으로써 오늘과 내일을 살아갈 힘을 얻는다.

나 역시 항상 실수를 했고 부족한 부분도 많았다. 그러나 나는 그 일들을 후회만 하지는 않는다. 오히려 내가 잘못한 일을 마음에 새기고, 그것을 통해 배우며 새로운 마음으로 다시 시작한다.

지나간 시간 동안 잘했든 못했든간에 중요한 건 그 일을 반성하는 일이다. 이러한 과정을 통해, 반성의 중요성과 그 힘이 얼마나 귀중한지를 하나씩 알아가는 것이 중요하다. 여러분은 작은 경험 하나도 앞으로의 삶에 커다란 밑거름이 되어 준다는 사실을 깨닫게 될 것이다.

 배수의 진을 치고 공부하라

수능 시험을 100일 앞두고 우리 반 교실에는 100일 달력이 걸렸다. 달력을 한 장씩 뜯을 때면 시간이 빠르게 흘러가는 것을 느낄 수 있었다. 100일부터 시작된 달력은 어느새 73일이 되고, 얼마 지나지 않은 것 같은데 34일이 되더니, 수능 시험은 금세 일주일 앞으로 다가왔다. 이윽고 마지막 숫자 1이 남을 때까지 시간은 쏜살같이 흘러갔다.

수능 달력이 50일을 가리키고 있을 때였다. 수업 시간에 한 친구가 선생님께 이제 수능도 50일밖에 남지 않았으니 이렇게 고생할 날도 얼마 남지 않아서 좋다고 했다. 그때 선생님께서는 너희들 중에 많은 아이들은 D-50이 아니라 D-410, 아니 어쩌면 그 이상이 될 수도 있다는 말씀을 해주셨다. 그 당시에는 모두들 야유를 보내며 기분 나빠 했지만, 실제로 수능 시험이 끝난 뒤 우리 반에서는 15명이 넘는 친구들이 재수를 선택했다.

사실 재수를 하는 것이 생각만큼 두려워할 일은 아니다. 재수하는 시간에 많은 것을 느끼고 경험할 수도 있고, 긴 인생 속에서 일 년 정도 늦게 대학에 간다고 해서 절대로 실패한 인생이 아니기 때문이다. 하지만 그것은 최선을 다하고 난 뒤에 할 수 있는 마지막 선택이지, 처음부터 재수를 선택 사항으로 두어서는 곤란하다.

나는 재수를 하지 않기 위해 이를 악물고 공부했다. 더구나 우리집은 재수를 할 만한 형편도 아니어서 무조건 수능 점수에 맞추어 대학에 가야 했기 때문에 더욱 간절한 마음으로 공부했다. 여러분도 그렇게 배수의 진을 치고 열심히 공부해 나가길 바란다.

 D-100을 위한 두 가지 조언

대학수학능력시험 D-100. 자칫 잘못하면 무엇을 어떻게 해야 할지 몰라 방황하기 쉬운 이때 반드시 기억해야 할 두 가지를 이야기하고자 한다.

1. 하루 동안 해야 할 일만 생각하자

그날 할 공부를 모두 했다면 그걸로 족하다.

시간은 얼마 남지 않았고, 해야 할 일은 많고……. 그래서 우리는 불가능한 목표를 세워놓고 그것을 해내지 못했다고 자책한다. 그러다 어느 순간 안 되겠다 싶으면, 마지막 힘을 내야 할 시기에 오히려 모든 걸 포기해 버린다. 그러나 이러한 계획은 애초부터 잘못된 것이다. 우리는 갑자기 슈퍼맨이 될 수 없다.

그러므로 하루하루 그날 공부할 수 있는 분량만큼의 현실적인 목표를 세워야 한다. 그날 해야 할 일만 생각하는 것이다. 앞으로 해야 할 100단원을 오늘 고민한다고 해서 공부가 갑자기 잘되는 건 아니다. 오늘은 오늘 공부해야 할 그 단원만 생각하자. 나머지 99단원은 내일 생각해도 늦지 않다. 그리고 오늘 할 일을 못했다고 해서 내일 그 일을 떠넘기려고 해서는 안 된다.

매일 그날 공부해야 할 목표를 현실적으로 세우자. 그리고 그 목표를 달성했다면 뿌듯한 마음으로 잠자리에 들자.

2. 공부한 내용을 기억하자

사람들은 공부할 게 많으면 제대로 하기보다는 빨리 그리고 많이 하는 데 더 신경을 쓴다. 그렇지만 정작 중요한 것은 공부한 내용 하나하나를 확실히 내 것으로 만들어가는 일이다.

언어영역 문제집을 열 권 풀었다 해도 그냥 푸는 데 만족해서는 안 된다. 문제를 분석하거나 연구하지 않고 되는 대로 답만 맞춰 보고 넘어갔다면 절대로 실력이 늘지 않는다. 한 문제를 풀어도 어떤 유형인지 분석하고, 보기에서 혼동되는 내용을 점검하고, 무엇을 잘못 생각했는지 짚고 넘어가야 실력이 는다.

특히 수탐 II의 경우에는 공부한 내용들을 확실히 기억하는 것이 중요하다. 여러 번의 반복과 복습을 통해 문제의 유형들을 익혀 나가야 한다. 100일이 채 남지 않은 시간이지만, 지금부터라도 공부한 내용 하나하나를 노트에 정리해 보자. 그리고 반복 학습으로 중요한 핵심들을 확실히 내 것으로 만든다면 실력 향상의 기회는 아직 남아 있다.

초조함 때문에 너무 많은 것을 하려고 하지 말고, 하나라도 제대로 기억해야 한다. 기억에 남지 않는 공부, 한번 보고 잊어버리는 공부는 밑 빠진 독에 물을 붓는 것과 같다.

물을 조금씩 천천히 붓더라도 우선 항아리의 밑을 확실하게 막자. 머릿속에 들어간 내용들이 확실히 자리잡도록 하는 것, 그것이 지금 여러분에게 가장 중요하다.

 수능 영역별 체크 포인트 3

1. 국어

여름방학 때부터는 넘기는 형태의 파이널 문제집을 잘 활용해야 한다. 지금까지 공부해 온 기본 문학편, 독해편 문제집과 함께 파이널 문제집을 풀면서 마지막까지 실전 감각을 극대화시켜야 한다.

1학년 1학기 수능 공부법에서 이야기했던 'Remind법'을 적극적으로 활용하자. 단순히 문제를 많이 푸는 것이 아니라, 한 문제를 풀더라도 확실하게 내 것으로 만들 수 있어야 한다.

거듭 말하지만, 여름방학 이후에는 지금까지 공부한 것을 잘 정리하면서 한 가지라도 제대로 이해하고 깨닫는 것이 중요하다. 따라서 문제를 철저히 분석하면서 공부해야 한다. 광범위한 문학이나 독해를 정리하기 위해서는 꼭 필요하다고 생각되는 부분만 인터넷 강의를 듣는 것도 좋다.

2. 수학

이제 남은 시간 동안에는 실전 능력을 극대화시키는 것이 중요하다. 개념 정리가 끝난 사람은 더 이상 개념 정리에 매달릴 필요가 없다. 이때는 파이널 문제집을 많이 풀어 보면서, 실제 수능과 똑같은 상황에서 문제 풀이 훈련을 하는 것이 좋다. 개념 정리는 문제를 풀고 난 뒤에 공부하다가 막히는 부분이 있을 때에만 찾아보는 것으로 족하다.

파이널 문제집을 푸는 데 어느 정도 익숙해지면, 문제 푸는 시간도 실제 수능 시험 시간에 맞추어서 연습한다. 수학의 경우에는 신속성과 정확성 그리고 단시간 내에 새로운 형태의 응용 문제에 적응하는 능력을 길러야만 높은 점수를 얻을 수 있다.

개념 정리가 아직 안 되어 있는 사람의 경우에도 개념 정리와 수능 형태 문제 풀이의 비율을 4 : 6 정도로 해서, 수능 형태의 문제를 푸는 데 좀더 집중하기 바란다. 개념 정리를 한꺼번에 억지로 끝내는 것보다는, 한 단원이라도 개념 정리와 함께 수능 형태의 문제까지 풀면서 공부하는 것이 더 효율적이기 때문이다.

개념 정리를 제대로 했다 하더라도, 수능 형태의 문제를 접해 보지 않은 사람은 수능 문제를 제대로 풀 수 없다. 지금 중요한 건 수능 형태의 문제와 최대한 친해지는 일이다. 개념 정리를 바탕으로, 응용력에 중점을 두고 공부하자.

3. 영어

영어는 마지막 순간까지 독해를 정확하고 빠르게 풀고, 가능한 한 많은 단어를 외우는 데 집중하도록 한다. 독해는 시간이 부족하더라도 반드시 처음부터 끝까지 빠뜨리는 문장 없이 독해하는 것을 원칙으로 훈련해야 한다. 그래야 독해 속도가 빨라질 수 있다. 대충 문장 몇 개만 읽어서 문제를 푸는 것으로는 독해 속도도 늘지 않고, 실력이 느는 데도 한계가 있다.

또한 수능 시험에서 모르는 단어가 많이 나오면 당황하기 쉽고 정확한 답을 고르는 것이 어렵기 때문에, 수능을 보기 전까지 많은 단어를 외울 수 있도록 해야 한다.

그리고 문법에 관련된 문제들은 수능을 보기 전에 다시 한번 전체적으로 점검하자. 문법 문제에 어떤 것이 자주 출제되는지, 무엇이 중요한지를 숙지한 상태에서 수능 시험에 임해야 한다. 물론 듣기도 꾸준히 자주 들으면서 준비해야 한다.

4. 사회

다른 과목과 마찬가지로 사회 역시 파이널 형태의 문제집을 이용해서 공부하는 것이 좋다. 기본 내용을 확실히 공부한 후, 어떤 부분이 중요한지, 문제가 어떤 유형으로 자주 출제되는지를 익혔다면, 이제 남은 것은 실전 문제를 풀면서 실전 능력을 극대화시키는 것이다.

수능 시험과 동일한 방법으로 파이널 문제집을 풀다 보면, 어느 순간 점수가 일정 수준을 유지한다는 걸 발견하게 될 것이다. 이는 그 정도의 문제를 맞히는 수준에 도달했음을 의미한다. 따라서 파이널 문제집을 풀면서 각 유형을 더욱 확실히 파악하고, 실수를 줄일 수 있도록 해야

한다. 그리고 개념 정리가 필요하다고 생각되는 내용이 나오면 그때 그
때 찾아보면서 공부한다.

5. 과학

선택한 네 과목 중 자신 있는 두 과목 정도는 문제 풀이 위주로 공부하
고, 아직 자신이 없는 두 과목은 개념 정리를 중심으로 공부한다. 과학
도 사회와 마찬가지로 실전형 문제를 많이 풀면서 훈련해야 한다. 따라
서 개념 정리가 어느 정도 되었다 싶으면, 문제 풀이를 중심으로 공부하
자. 개념은 문제 풀이를 하는 중간에도 얼마든지 공부할 수 있다.

과학의 경우, 정리할 때 중점을 두어야 할 것은 실험과 도표이다. 교과
서나 문제집을 보면 과목별로 다양한 실험과 도표가 나온다. 정리할 때,
이 실험이나 도표가 수능 시험에 나온다면 어떤 식으로 출제될 수 있을
지 생각해 보고 각각의 핵심을 확실히 정리해 두도록 하자. 실험에 대해
공부하고 나면, 과목별로 중요 내용을 파악하는 데 많은 도움이 된다.
그리고 수능 시험에 실험 문제가 나와도 문제의 방향을 빠르고 쉽게 잡
을 수 있다.

 2% 부족할 때의 시간 관리법

어떤 음료수의 '2% 부족할 때' 라는 카피 문구처럼, 무슨 일을 하든 언
제나 조금씩은 부족한 걸 느끼는 게 사람이다. 더구나 공부할 것은 많은

데 시간이 없다고 느껴지는 순간, 부족한 자리는 더욱 크게 다가온다. 수능을 100일 정도 남겨놓은 수험생들의 심정이 바로 이와 같을 것이라고 생각한다.

생각해 보면 100일이라는 시간은 길지 않다. 하루 종일 열심히 공부를 한다고 해도, 세 끼 밥도 먹어야 하고, 잠도 자야 하고, 쉬기도 해야 하고, 친구들과 이야기도 해야 하고, 하고 싶은 일도 해야 한다고 해보자. 그럼 하루 중 제대로 공부할 수 있는 시간은 얼마나 되겠는가? 하루에 할 수 있는 일이 한정되어 있다는 것을 인식한다면, 사실상 100일 동안 할 수 있는 일은 얼마 되지 않음을 금방 알 수 있다. 그렇다면 이 시간을 어떻게 보내는 것이 좋을까?

첫째, 우선순위를 분명히 정한다. 모든 것을 할 수 없다면, 꼭 해야 할 일, 정말 나에게 필요한 공부, 효과를 가장 많이 볼 수 있는 공부를 해야 한다. 시간이 한정된 상황에서는 아무 공부나 되는 대로 열심히만 한다고 되는 게 아니다. 내가 가장 부족한 부분을 채워 나가는 공부, 단기간에 가장 큰 효과를 볼 수 있는 공부를 해야 한다. 그리고 중요한 것부터 순서대로 공부해야 시간의 효율을 높일 수 있고, 심리적으로도 집중력을 높일 수 있다.

둘째, 철저하게 규칙적으로 노력한다. 이렇게 시간이 얼마 남지 않았을 때는 하루라도 그냥 버려서는 안 된다. 그렇게 대충 보내는 하루하루가 쌓여서 100일이 되므로, 하루라도 허송 세월하면 어떻게 해서도 되돌릴 수 없다.

그러므로 최대한 규칙적인 생활을 해야 한다. 그리고 매일 정해진 시간에 자기가 세운 계획대로 공부해야 소기의 성과를 거둘 수 있다. 1분 1초라도 소중히 생각하자. 마음 내키는 대로 시간을 낭비한다면 아무것도 이룰 수 없다.

이 이야기는 3학년에게만 해당되는 이야기가 아니다. 오히려 3학년보다는 1, 2학년 더 나아가 중학생과 초등학생들에게도 꼭 해주고 싶은 말이다. 100일뿐만 아니라 1년, 2년도 정말 빨리 지나간다. 시간을 소중히 여기지 않는다면 이루어놓은 것 없이 시간은 흘러가 버릴 것이다.

지금부터 긴장의 끈을 늦추지 말자. 그리고 마음을 다잡고 노력해 보자. 내일 나의 모습은 오늘 노력의 산물이라는 것을 기억하면서.

출제자의 눈으로 문제를 보라

시험 문제를 풀다 보면 도대체 무엇을 요구하는 문제인지 모를 때가 있다. 어떻게 문제에 접근해야 할지 난감할 때 우리는 나름대로 이해해서 답을 찾든지, 그것도 아니면 결국 마음 가는 대로 답을 찍는다.

수학의 경우에는 기본적인 내용을 전부 알고 있다 하더라도 조금만 응용된 문제가 나오면 지레 겁을 먹는 친구들이 많다.

'이런 문제는 풀어 본 적이 없는데……. 더구나 응용력도 약한 내가 어떻게 풀 수 있겠어…….'

이렇게 생각하고는 쉽게 포기해 버린다.

물론 문제의 내용을 알아야 풀 수 있기는 하지만, 우리는 충분히 맞힐 수 있었던 문제를 틀리기도 한다. 그러므로 자신이 가진 실력을 모두 발휘해서 시험을 보려면 응용된 문제들을 맞힐 수 있는 능력을 키워야 한다. 그렇다면 어떻게 이런 능력을 키울 수 있을까?

먼저 문제를 제대로 읽어야 한다. 대부분의 친구들은 문제를 꼼꼼히 읽지 않는다. 그래서 문제를 잘못 읽거나, 문제에 주어져 있는 조건을 놓쳐 틀리는 경우가 허다하다. 문제를 정확히 읽는 것이야말로 문제를 잘 풀기 위한 가장 첫 번째 출발점이다.

다음은 출제자의 입장에서 풀자는 것이다. 우리는 늘 문제를 푸는 사람의 입장에서만 문제를 접했다. 하지만 출제자의 입장에서 보면 문제마다 요구하는 바가 있기 마련이다. 따라서 출제자가 의도한 포인트만 알 수 있다면 답을 맞힐 수 있다.

요컨대, 출제자의 입장에서 생각해 본다면 답을 찾아내기가 훨씬 쉽다. 문제를 낸 데에는 그만한 이유가 있고, 또한 학생들이 풀 수 있는 문제를 출제했을 것이다. 문제가 애매하다고 생각될 때에는 출제자가 과연 어떤 의도로, 어떤 목적을 가지고 출제했을지 생각해 보자. 그러면 새로운 시선으로 문제를 볼 수 있을 것이다.

🎒 실수는 안 돼!!

많은 친구들이 시험이 끝난 후에야 아는 문제였는데 '실수'로 틀렸다는 말을 자주 한다. 문제를 잘못 읽었다거나, 간단한 계산을 잘못해서

'억울하게' 틀렸다고 안타까워한다.

어떤 일이 있어도 실수로 틀리는 일은 없어야 한다. 그렇다면 어떻게 해야 할까? 정답은 하나다. 정신만 제대로 차린다면 실수하지 않을 수 있다. 사실 실수를 하지 않는 데에는 특별한 비법이 없다. 유일한 방법은 시험에 최대한 집중하는 것이다.

물론 몰라서 틀리는 것은 어쩔 수 없다. 하지만 설령 모르는 문제라 하더라도 끝까지 최선을 다하는 자세가 필요하다. 그러고 나서 그 문제를 틀렸다면 별로 안타까워할 필요는 없다. 하지만 충분히 풀 수 있는 문제를 틀렸다면 그땐 얘기가 달라진다.

실수는 어쩔 수 없는 것이 아니다. 실수는 얼마나 집중하느냐에 따라 충분히 막을 수 있다. 실수 몇 개 하는 건 어쩔 수 없는 일이라고 생각하는 사람이 있다면, 그런 생각은 당장 버려라.

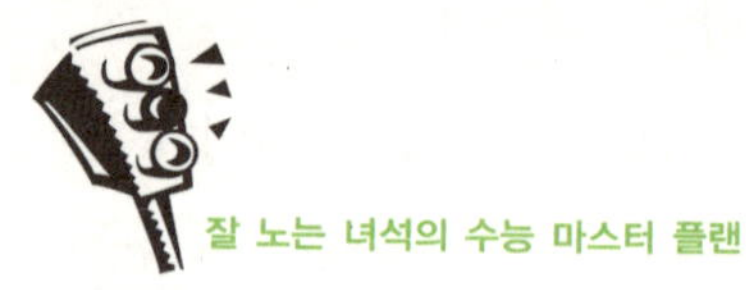

수능 직전과 수능 당일

수능 D-70일

2학기 중간고사가 있는 기간이다. 수능 준비로 마음의 여유가 없겠지만, 내신 관리를 위해서는 중간고사 준비를 철저히 해야 한다.

이 기간에는 새로운 참고서를 시작하기보다는 실전용 문제집을 가지고 문제 풀이에 중점을 두는 것이 좋다. 언어영역은 매일 지문을 다섯 개 이상씩 읽으면서 독해의 원리와 요령을 익히고, 문제집에 나오는 맞춤법이나 어휘, 고사성어, 속담 등을 정확하게 익혀 둘 필요가 있다.

수리영역은 기출 문제나 자주 출제되는 문제 유형을 반복해서 풀어 본다. 그리고 그 동안 정리해 두었던 오답 노트를 활용하여 지금까지 틀렸던 문제들을 집중적으로 공부한다.

사회나 과학은 단원별로 내용을 정리하여 기본 개념과 지식들을 이해하고 암기한다. 간혹 심화 문제로 기본 교과를 중심으로 시사성 있는 문제가 출제되므로, 시사 문제를 정리해 두는 것도 고득점을 노릴 수 있는 한 방법이다. 외국어영역은 필수 단어나 숙어, 관용구 등을 반복해서 학습하고, 특히 어려운 단어는 지문 내에서 그 뜻을 유추하여 문제를 해결하는 요령을 익히도록 한다. 매일 규칙적으로 듣기 연습을 하는 것도 잊지 말자.

수능 D-40일

모든 친구들이 많이 지치고 초조해하는 시기다. 이 시기에는 무엇보다 집중력을 충분히 발휘할 수 있을 정도의 휴식을 취하며 자신의 컨디션을 관리하는 것이 중요하다. 수능이 코앞에 다가왔다고 모든 시간을 공부에만 투자하는 것은 어리석은 짓이다. 이는 오히려 몸에 무리를 가져와 집중력을 떨어뜨릴 수 있다.

이제는 어려운 문제를 풀려고 노력하지 말고, 충분히 풀 수 있는 문제를 놓치는 일이 없도록 기본 개념 정리에 신경써야 한다. 따라서 손에 익은 교재를 중심으로 기본 개념을 충실하게 정리하자. 또한 매일 조금씩이라도 각 영역별 문제 풀이에 시간을 투자하여 감각을 유지하도록 한다.

이 시기에는 주말을 이용하여 실제 수능 시간에 맞춰 문제를 푸는 연습을 하도록 한다. 모의고사나 기출 문제 등을 실제 수능 시간에 맞춰 풀어 봄으로써 실전에 대비하여 문제 풀이 감각을 유지해야 한다. 생체 리듬이 수능 시험 시간에 익숙해지면, 수능 당일 느낄 수 있는 긴장감을 줄이는 데 많은 도움이 된다.

06

서울대학교 경영학과 02학번 도현명

수능 점수를 124점 올리기까지

어느 날 아침, 잠결에 전화 한 통을 받았다.

"현명아, 축하한다. 너 합격했다."

그때 느꼈던 기쁨과 안도감은 지금도 잊을 수 없다. 고3의 사투가 결실을 맺는 순간이었고, 목표가 현실이 되는 순간이었다.

초등학교 때부터 책은 많이 읽었지만, 공부에는 별로 관심이 없었다. 중학교에 올라가서도 성적이 그리 좋지 않았다. 반에서 10등 정도만 하면 잘하는 거라고 생각했다. 하지만 그때부터 성적에 대한 자존심은 있었던 것 같다. 특히 내가 좋아했던 수학과 과학은 누구에게도 지기 싫었다.

공부에 대한 자존심은 고등학교에 가면서 더 커졌다. 대학이라는 관문이 있었기 때문이다. 굳게 마음을 먹은 것은 2학년 말쯤이었다. 2학년 말부터 내신에 집중하기 시작했고, 그 결과는 곧바로 나타났다. 그리고 3학년 내내 그 효과는 이어져서 1, 2학년 때의 실수를 만회할 정도까지 올릴 수 있었다.

그러나 3학년이 되어서 나에게 닥친 가장 큰 난관은 내신 성적이 아니었다. 내가 넘어야 할 가장 큰 벽은 270점이라는 모의고사 점수였다. 물론 난이도가 매우 높았던 시험으로 기억하지만, 나에게는 충격이 아닐 수 없었다. 하지만 이 사건(?)은 잠자고 있던 내 자존심을 흔들어 깨우는 계기가 되었다.

다행히 내가 다니던 고등학교는 공부에 집중할 수 있는 좋은 조건을 갖추고 있었다. 따로 만들어진 독서실에서 야간 자율학습을 할 수 있었고, 급식 등을 비롯한 학교 시스템이 3학년을 중심으로 짜여져 있었기 때문이다. 그리하여 10월 말에 있었던 모의고사에서 394점이라는 놀라운 점수를 받을 수 있었다. 9개월 정도의 시간 동안 무려 124점이 올라간 것이다.

마인드 컨트롤이 중요하다

수시 모집은 1학기에 한 군데, 2학기에 두 군데를 넣었다. 1학기에는 연세대 신문방송학과를, 2학기에는 고려대 인문대학과 연세대 통계학과를 지원했다. 물론 세 군데 다 떨어졌다. 아마도 저학년 때의 내신이 결정적인 역할을 했을 것이다. 반에서 3등 내외이긴 했지만 뛰어나게 잘하는 과목도 없었고, 수상 경력도 없었다. 그러나 끝까지 줄기차게 수시 모집에 지원했다. 면접을 믿었기 때문이다.

수시에 도전하면서 얻은 것이 두 가지 있다. 바로 긴장감과 자신감이다. 2학기 수시 모집에서는 수능을 겨우 두 달 남짓 남겨둔 때에 불합격 통지를 받았다. 주위 사람들은 불합격에서 오는 어파가 클 것이리고 걱정했지만, 실제로는 그렇지 않았다. 오히려 '이렇게 떨어지는 거구나.'라는 생각이 들면서 수능에서는 실패하지 말아야지 하고 더욱 긴장하게 되었다.

그래서 불합격 통지가 올 때마다 공부하는 강도는 한 단계씩 더 높아졌다. 그리고 성적이 낮은 친구들이 수많은 변수에 의해 좋은 학교에 합격하는 것을 보면서, 나도 충분히 최고의 대학에 합격할 수 있을 거라는 자신감을 키울 수 있었다. 일종의 마인드 컨트롤인데, 스스로를 안심시키기 위한 방편이었다.

마인드 컨트롤은 공부만큼 중요하다. 공부를 아무리 많이 했어도 긴장과 불안이 잦아지면, 수능에서 좋은 결과를 얻기 힘들다. 그러므로 공부하는 과정에서 무력감에 빠지거나 좌절하지 않도록 스스로의 장점을 되새겨가며 공부하는 것도 중요하다.

이는 무엇보다도 면접에서 중요한데, 자신감이 부족한 사람으로 인식되면 좋은 대답을 했음에도 불구하고 나쁜 점수를 얻게 될 수도 있다. 면접 전에 우황청심환 같은 약을 먹는 친구들을 보았는데, 마지막 방편으로서는 어떨지 몰라도 해결책으로는 큰 효과가 없었다. 그렇게 하고도 떨어지는 친구들이 대부분이었기 때문이다.

고3 시절은 자신의 위치를 정확하게 파악하고 앞길을 예측해 긴장감을 높이는 한편, 자신의 장점을 높이 평가하여 자신감을 잃지 않는 마인드 컨트롤이 그 기본이자 중점이다.

나는 수능 당일의 긴장감을 줄이기 위해 학원에서 시행하는 모의고사를 꾸준히 보면서 교실 분위기에 익숙해지도록 노력했다. 처음 보는 교실에서, 처음 보는 사람들과, 처음 보는 문제를 풀기란 매우 어색하고 긴장되는 일이기 때문에 미리 연습을 한 셈이다. 다행히 예상이 적중해 수능 당일에도 모의고사를 보듯

편안하고 익숙한 분위기에서 시험을 치를 수 있었다.

또한 '구술은 내신보다는 자신 있다.', '내 말발을 믿자.' 등으로 스스로를 위안하며 구술을 준비했다. 그래서 면접을 볼 때 자신감을 가지고 임할 수 있었고, 평소보다도 더 자신 있는 모습을 보여주었다.

강남 덕을 본다고?

내가 나온 고등학교가 서울 강남구에 위치해서인지 "강남 덕을 좀 봤냐?"라는 질문을 많이 받았다. 방송이나 신문에서 강남, 특히 대치동에 학원 열풍이 불고 과외가 성행한다고 떠들었기 때문에 궁금해하는 사람들이 많았다.

이 기회를 빌어 말하면, 언론에 보도된 대부분의 이야기들은 많이 과장되고 편협한 관점에서 왜곡된 것이다. 물론 타지역보다 학원이 많고 교육에 대한 관심이 높은 것은 분명하다. 또한 이러한 교육열로 인하여 타지역보다 기초 학력이 높은 것도 사실이다. 예를 들어서 내가 졸업한 고등학교는 일반 사립 고등학교인데도 올해 서른 명이 넘는 학생이 서울대에 입학했다고 한다.

하지만 그들이 모두 학원과 과외의 힘으로 그 자리에 섰다고 생각하면 큰 오산이다. 무엇보다 학교 분위기가 공부에 집중할 수 있도록 조성되었고, 개인간의 경쟁이 좋은 방향으로 집중되어 있는 것이 바로 그들을 뒷받침해 주는 가장 큰 요인이었다.

나는 비싼 돈을 주고 과외를 하는 친구들을 많이 보았다. 하지만 그들 중 상당수는 평범한 학원을 다닌 친구들이 명문대에 입학할 때 외국으로 도피 유학을 떠났다. '좀더 좋은 환경에서 공부했으니 저들은 당연히 잘하지.'라는 생각은 버리기 바란다. 강남에서도 대학에 가지 못하는 학생들이 넘쳐나고, 소수만이 명문대에 진학한다는 사실도 기억하기 바란다.

어려운 상황에서도 세계 최고의 자리에 우뚝 서는 사람들이 얼마나 많은가. 세상은 공평하지 못한 부분이 훨씬 더 많은데, 그에 비해 공부는 그래도 노력한 만큼의 결과를 얻을 수 있다는 점을 기억했으면 좋겠다.

학원가의 무림 고수전

3학년 때 나는 친구들과 우리의 현실을 무림에 비유하곤 했다. 전교 일등은 지존, 수리를 잘하는 친구는 수리를 초필살기로 가진 초고수 등으로 즐겨 불렀다. 비슷한 면도 많았고 재미도 있었기에 스트레스를 없애기 위한 수단으로 사용했는지도 모른다.

나는 학업이 하나의 수련이라 생각했다. 고수가 되기 위해 쌓는 수련이, 바로 우리가 하고 있는 공부다. 이 사실에서 몇 가지 힌트를 얻었고, 그걸 친구들과 모여 이야기를 만들었다. 예를 들어, 무협 소설을 보면 고수가 되기 위한 선택의 갈래에는 크게 두 가지가 있다. 외공을 하느냐 내공을 하느냐가 그것인데, 외공은 빠르게 쌓을 수 있는 대신에 지존이 되기에는 어려움이 많다. 내공은 오래 걸리지만 어느 단계에 오르면 범접할 수 없는 지존이 된다.

이것은 수능 공부에도 맞아떨어진다. 내공이라는 것은 개념이다. 개념이 충실해지려면 오랜 시간이 걸리지만, 기초가 튼튼해져서 점점 만점에 가까워질 수 있다. 외공은 문제 푸는 요령 정도로 해석할 수 있는데, 점수를 급격하게 올릴 수는 있어도 만점은 힘들다. 수능이라는 무림에서도 역시 내공이 탄탄하고,

거기에 걸맞게 외공이 갖추어진 고수만이 지존이 될 수 있다.

또 공력을 주입받느냐 스스로 쌓아가느냐는 큰 차이를 가져온다. 공력을 주입받는 것은 학원에서 강의를 듣는 것이라 할 수 있다. 물론 무림의 공력 주입처럼 단시간에 해결되는 것은 아니지만, 비슷한 맥락으로 볼 수 있다. 자신에게 적합하지 않은 기를 받아들이면 주화입마가 되듯이, 적절하지 않은 학원 강의를 들으면 혼란에 빠지기 쉽고, 자신에게 맞는 공부 방법을 찾지 못해 방황할 수 있다. 내가 권하는 바는, 자신에게 적합한 공력을 골라 10을 주입받으면 그것도 흡수해 100으로 부풀리는 것이다. 이것이야말로 지존으로 나아가는 지름길이다.

어설픈 두세 개의 필살기보다는 한 개의 초필살기를 키우는 것이 수능이라는 무림에서 상석을 차지하는 데 유리하다. 특히 그것이 문과계열의 수리영역처럼 변환 표준 점수가 높은 과목일 때는 진정한 초필살기가 될 것이다. 이것은 변환 표준 점수라는 제도를 고려한 전략이다.

예를 들면, 2002년도에 거의 수능 100퍼센트로 평가되었던 H대 '다'군 정시에서 같은 총점의 두 친구가 법대를 지원했다. 그런데 A라는 친구는 다른 과목이 1~2점씩 낮고, 언어영역이 7점 정도 높았다. 그리고 B는 네 과목이 1~2점씩 높은 대신 언어영역이 8점 정도 낮았다. 결과는 A는 합격, B는 불합격으로 나왔다. 이것이 바로 초필살기를 가진 자의 승리를 보여주는 대표적 예다.

참고로 변환 표준 점수란, 각 과목의 난이도를 고려하여 각 과목의 점수 균형을 맞추기 위해 일정한 공식으로 산출한 점수이다. 따라서 어려운 과목과 쉬운 과목에서 같은 점수를 받았다 하더라도, 변환 표준 점수를 신출하면 어려운 과목의 점수가 높게 나타난다.

3학년 계획표 어떻게 짤까?

3학년 학습 계획표는 일주일 단위로 짰는데, 기본적인 계획표는 다음과 같다. 각 표의 칸은 시간 투자 비율과 같다. 그리고 모의고사를 풀었다는 것은 물론 피드백 학습이 포함된 것이다.

〈표1〉 고3 초·중반부의 계획표

월	화	수	목	금	토	일
수리 모의고사 1회					사탐 한 과목	사탐 한 과목
수리	외국어	수리	외국어	과탐		

〈표2〉 고3 후반부의 계획표

월	화	수	목	금	토	일
수리 모의고사	언어	수리 모의고사	외국어	수리 모의고사	언어	수리 모의고사
사탐		사탐	사탐	사탐		사탐

〈표3〉 고3 마지막 25일의 계획표

월	화	수	목	금	토	일
모의고사 1회	모의고사 1회	모의고사 1회	모의고사 1회	모의고사 1회	모의고사 1회	모의고사 1회
언어	사탐	언어	사탐	사탐	외국어	과탐

〈표 1〉은 3학년 초·중반부의 계획표이다. 언어영역을 제외한 전반적인 과목의 성적 향상을 염두에 두고 짠 것이다. 특히 수리영역을 초필살기로 양성시키기 위한 목적이 두드러진다. 이때는 수리영역과 외국어영역의 학원을 꾸준히

다닐 시기였다. 따라서 계획표에 나와 있는 수리영역과 외국어영역은 각 학원을 뜻한다. 사탐은 별도의 계획표에 따라 순서와 범위를 정해서 공부했다. 과탐은 모의고사를 풀며 공부했다.

〈표 2〉는 3학년 후반부의 계획표로, 언어영역의 급성장을 위한 투자가 두드러진 계획표이다. 또한 사탐은 초·중반부처럼 한 과목을 장시간 공부하기보다는, 조금씩이라도 매일 공부해서 감을 잃지 않도록 했다. 이때에는 과탐은 손을 놓았고, 외국어영역도 안정되어 시간 투자를 줄였다.

〈표 3〉은 3학년 마지막 25일 간의 계획표로, 하루에 모의고사를 1회씩 풀며 매일 전반적인 재평가를 했다. 그리고 수리영역은 이미 안정되어 있을 때였으므로 모의고사 1회를 푸는 것으로 대신했다. 이때의 외국어영역은 마지막으로 어휘를 다시 외우고, 문법을 다시 정리하며 재점검하는 방식으로 이루어졌다.

이처럼 시기별로 자신만의 계획표를 만드는 게 좋다. 지키지 않을 때는 물론 전혀 소용이 없겠지만, 지키기만 한다면 가장 효율적으로 공부할 수 있을 것이다.

여기서 당연한 사실 하나! 자신이 지킬 수 있는 현실적인 계획표를 짜야 한다. 앞서 예로 든 계획표에서 보듯이 시간 자체는 정하지 않았다. 다만 하루에 해야 할 공부의 양을 정해서, 그것만은 반드시 해낼 수 있도록 노력했다.

자신의 위치를 파악하고, 필요한 것을 찾아내는 분석력과 실천해내는 실행력이 3학년 일 년 전체를 좌우한다고 해도 과언이 아니다.

기본 텍스트북을 만들어라

기본 텍스트북의 필요성은 두말할 필요가 없다. 어떠한 과목이든지 기본 텍스트북이 있어야 공부하기가 쉽다. 내가 말하는 기본 텍스트북이란 교과서를 말하는 것이 아니다. 자신이 보기에 가장 좋은 책을 선택해서, 그 과목의 어떤 지식이든 첨가하여 모든 내용을 담고 있는 책을 한 권 만드는 것이 기본 텍스트북이다. 이 책은 빨리 만들수록 그 효과가 더하고, 수험 막바지에 이를수록 유용하게 쓰인다.

나는 언어영역의 경우 학교에서 부교재로 사용한 종합 문학 참고서를 기본 텍스트북으로 삼았다. 수학은 3개년 모의고사 문제집을, 국사는 학원 교재, 지리는 교과서, 윤리와 일반사회는 요약 문제집을 기본 텍스트북으로 했다. 그리고 과학탐구는 공통과학을 묶어놓은 개념서, 외국어는 학원에서 준 유형 분석집과 필수 단어집을 기본으로 했다.

이러한 기본 텍스트북의 역할은 다음과 같다.

첫째, 그 책 속에서 한 과목의 모든 해결점을 찾아낼 수 있으므로 시간이 절약된다.

둘째, 이 책만 하면 된다는 심리적 안정감을 가질 수 있다.

셋째, 한 권의 책을 반복하게 되므로 시험을 치를 때 페이지가 기억나서 문제를 좀더 쉽게 해결할 수 있다.

이러한 이점은 겉으로 드러나는 몇 가지에 불과하다. 실제로 내가 경험해 본 바에 따르면, 지금 이루어낸 내 실력도 기본 텍스트북을 만들고 그것을 바탕으로 공부하는 과정에서 비롯된 것이다.

또 한 가지, 수능을 위한 수능 공부를 하라고 말하고 싶다. 비판받을 여지가 충분한 말이지만, 내가 직접 겪었던 고3이라는 기간 동안 뼈저리게 깨달은 것이다. 물론 수학 자체를 잘하면 수리영역 점수가 높고, 영어를 잘하면 외국어영역 점수가 좋을 것이다. 그러나 모두 알고 있듯이 공부에 본격적으로 뛰어드는 것은 항상 시간이 얼마 남지 않았을 때다. 그래서 수학이나 영어, 국어 모두를 잘하기에는 시간이 너무나 부족하다. 그러므로 우리는 각 영역의 박사가 되려는 것이 아니라, 단지 대학이라는 일차 목표를 위해 수능 점수만 잘 나오면 되는 상황이라는 점을 깨닫자. 요컨대, 수능을 잘 보기 위한 수능 공부를 하자. 영어 공부, 수학 공부가 아닌 수능 공부를 하자는 말이다.

수능 D-10일

수능을 10여 일 남짓 앞두고 대부분의 수험생들은 신경이 예민해지고 초조해진다. 남은 10여 일을 어떻게 보내느냐에 따라 수능 성적의 10퍼센트가 좌우되기 때문이다. 수험생들은 평소보다 강도 높게 공부하고 싶겠지만, 사실 이 시기에는 새로운 지식을 쌓는 것보다는 평소에 공부한 부분을 확실히 이해하고, 실수하지 않도록 최상의 컨디션을 유지하는 것이 더 중요하다.

국·영·수와 암기 과목을 6:4 정도의 비율로 공부하자. 암기 과목을 소홀히 했다가 낭패를 볼 수도 있다.

1. 언어영역

고득점을 하느냐 못하느냐는 1교시 언어영역에 달려 있다고 해도 과언이 아니다. 낯선 지문이 출제되거나, 지금까지 접해 보지 못한 새로운 유형의 문제가 나왔을 때 많은 친구들이 당황해한다. 그래서 간혹 통제력을 잃어 시험을 망치는 경우가 있다.

차분히 꼼꼼하게 분석해 가면서 지문을 읽어 보고 문제를 푸는 연습을 하자. 그리고 듣기 평가를 제외하고는 1분에 대략 한 문제씩 풀어야 하므로 시간 안배를 위한 연습도 해야 한다. 또한 지문의 내용을 정확히 파악해서 독해 속도를 높이지 않으면 안 된다. 각 지문당 시간을 정해 놓고 푸는 연습도 반복하자.

2. 수리영역

기출 문제 형태와는 다른 새로운 유형이 해마다 2~3문제씩 출제된다. 틀리면 안 된다는 중압감 때문에 오히려 실수를 할 수 있기 때문에 응용된 문제에 대해 자신감을 가져야 한다. 남은 기간 동안 모의고사에서 틀렸던 문제를 다시 한번 풀어 보고, 새로운 문제를 접해 보는 것도 도움이 될 수 있다.

3. 외국어영역

지문을 빨리 읽으면서 내용을 정확히 파악하는 훈련을 하자. 매일 꾸준히 독해를 2~3편씩 공부하면서 감각을 잃지 않은 것이 중요하다. 매년 시사적인 문제가 출제되므로 영자신문으로 독해를 공부하는 것도 좋다. 모르는 단어나 숙어가 나와도 무조건 사전을 찾지 말고, 내용 파악이 되면 유추하는 습관을 가지도록 하자.

4. 사회탐구

시사적인 소재와 교과서 내용을 관련시켜서 이해하도록 한다. 또한 최근에 사회적으로 이슈가 된 문제나 시사성 있는 문제에 대해 관심을 가지자.

5. 과학탐구

교과서에 나오는 실험 실습 과정을 다시 한번 정확히 살펴보면서 그림, 그래프, 도표 등을 정리한다. 교과서 외적인 문제도 많이 등장하고 있으므로 지금까지 본 모의고사를 심층적으로 분석해서 익혀 두어야 한다. 관련 주제를 폭넓게 공부하는 것은 물론이고, 예문 하나, 보기 하나를 깊이 있게 연구하자.

6. 제2외국어

일상 회화, 그림, 도표, 시간, 달력 보는 방법, 물건 사고 팔기, 문화 등에 주의를 기울여야 한다. 한 문항을 틀려도 점수 폭이 크기 때문에 신경을 써야 하는 영역이다.

 최선을 기대하고 최악에 대비하라

"최악에 대비하라, 최선을 기대하라, 그리고 다가오는 일을 맞으라."

로버트 E. 스피어가 남긴 이 명언은 내가 고등학교 시절에 시험을 준비하고 공부할 때 늘 되새겼던 말이다.

모든 사람들이 최고의 결과를 바라며 살아간다. 수능 시험에서 평소보다 훨씬 더 좋은 성적을 받기를 바라고, 시험 볼 때마다 내 실력을 100퍼센트 발휘하는 것은 물론, 그 이상의 결과를 기대한다.

최선을 기대하는 것은 결코 나쁘지 않다. 누구나 최상을 기대할 권리가 있으며, 또 그렇게 되도록 노력할 수 있는 기회가 있다. 나 또한 늘 최상을 기대하면서 공부했다. 이번 시험은 지난 시험보다 나은 점수를 얻을 수 있기를, 내가 가진 실력을 최대한 발휘해서 더 나은 실력으로 업

그레이드될 수 있기를 항상 바랐다.

그러나 이보다 더욱 중요한 것은 최악의 상황에 대비하는 일이라고 생각한다. 그래서 나는 언제나 최악의 상황을 떠올렸다. 아무리 준비를 많이 했다 해도 시험 볼 때 예상치 못한 문제들이 나올 수 있고, 또 아는 문제라 할지라도 언제 어디서든 실수할 가능성이 있기 때문이다.

나는 한 번도 답안지를 밀려 쓰거나 답을 잘못 옮겨 쓴 적은 없었다. 하지만 늘 그런 실수를 할지도 모른다는 긴장감 속에서 최악의 경우를 떠올리며 대비했다. 내게도 언제든 최악의 상황이 찾아올 수 있다는 것을 알았기 때문이다. 그러므로 최악의 상황에 어떻게 대처해야 할지 늘 대비하면서 공부해야 한다.

🎒 돌다리도 두드려 보는 신중함이 필요하다

누구나 중요한 순간을 앞두면 긴장하게 되고, 큰 부담을 갖게 된다. 더구나 자신이 원하는 대학, 갈 수 있는 대학을 결정짓는 수능을 앞두고는 두말할 필요도 없다. 물론 수능만으로 대학을 가는 것은 아니지만, 대학 입시에서 수능이 차지하는 비중이 큰 만큼 그 긴장감도 커진다. 또한 고등학교 3년 내내 바로 이 순간을 위해 준비해 왔기에 떨리는 것도 당연하다.

수능을 보는 날, 우리의 목표는 바로 실력을 최대한 발휘하는 것이다. 사실 모르는 문제를 틀리는 것은 어쩔 수 없는 일이다. 물론 그런 문제들도 운이 좋아서 맞힐 수 있다면 좋겠지만, 그건 나중 문제다. 우선은 자신의 실력을 제대로 발휘해서, 풀 수 있는 문제들을 제대로 다 푸는 것이 가장 중요하다. 따라서 과연 어떻게 후회 없이 자신이 가진 최고 실력을 보여주느냐 하는 것에 신경을 집중해야 할 것이다.

선생님께서 수능을 보다가 답을 밀려 써서 시험을 망친 학생의 이야기를 해주신 적이 있다. 그런 이야기를 들을 때마다, 나는 절대 그런 실수를 하지 않겠다고 다짐하고 또 다짐했다. 정신을 똑바로 차리지 않으면 누구나 할 수 있는 실수이기 때문이다.

따라서 돌다리도 두드리며 건너는 신중한 자세가 필요하다. 답안지 하나를 체크할 때도 확인하고, 문제를 풀 때마다 잘못 읽거나 잘못 생각한 부분은 없는지 꼼꼼하게 검토하자. 시험을 볼 때 너무 긴장하는 것도 곤란하지만, 지나치게 안일한 자세로 문제를 대해서도 안 된다. 그럴 때 실수를 하게 되므로 더욱 진지하고 신중한 자세로 문제를 풀어야 한다. 실제로 시험장에 들어가면 긴장감과 낯선 분위기 때문에 평소에 하지 않던 실수를 하기도 하므로, 거기에 대비해서 마음을 다잡고 시험에 임해야 할 것이다.

사실 사람이 할 수 있는 일에는 한계가 있다. 아무리 준비를 많이 하고 모의고사를 잘 보았다 하더라도, 실제 수능에서 좋지 않은 결과를 얻을 수도 있다. 그러므로 우리가 할 수 있는 것은 겸손한 마음으로 끝까지 최선을 다하는 것뿐이다. '하늘은 스스로 돕는 자를 돕는다.'고 했다. 겸허한 자세로 최선을 다한다면, 좋은 결과가 나올 가능성은 훨씬 높아질 것이다.

 수능 시험 볼 때 주의할 것들

　수능 시험을 보기 전날은 마음을 차분히 가라앉히고 침착함을 잃지 않도록 해야 한다. 실제로 수능 시험을 보는 날 지나치게 긴장한 바람에 생각지도 못한 실수를 한다든지, 자기 실력을 제대로 발휘하지 못하는 경우가 많다.

　수능 전날에는 새로운 내용을 공부하기보다는 지금까지 공부했던 것들을 가벼운 마음으로 살펴보는 게 좋다. 다시 말해, 그저 내일 시험에서 아는 문제들을 놓치지 않고 잘 풀어야겠다는 마음으로 공부해야 한다. 그리고 잠은 너무 일찍 자는 것은 좋지 않고, 평소에 자는 시간보다 30분에서 한 시간 정도 일찍 자는 것이 좋다. 구체적으로 대략 11시에서 12시 사이가 적당하다.

　시험장에 들어가서는 마음을 가다듬으며 스스로에게 다짐하고 약속하는 시간을 갖길 바란다. 나는 모든 힘을 다해서 시험에 집중할 것과 자만하지 않고 겸손한 마음으로 문제를 풀 것, 그리고 내 실력만큼만 해내자고 다짐했었다.

　시험장에 들어가면 처음에는 많이 떨린다. 하지만 그때 평상심을 되찾는 것이 중요하다. 실제로 문제를 풀다 보면 모의고사 문제와 비슷하고, 분위기도 그때와 별반 다를 바가 없기 때문에 노력하면 금세 시험장 분위기에 적응할 수 있다.

　언어나 외국어 듣기를 할 때에는 놓치는 지문이 없도록 한 문제를 풀고 나서 가능한 한 빨리 답을 찾도록 한다. 만일 다음 문제가 나올 때까지 답을 찾지 못할 것 같으면 어떤 내용을 들었는지, 보기 중에 몇 번 몇 번이 혼동되는지 체크하고 넘어가서 다음 문제를 듣지 못하는 일이 없도록 한다.

간혹 외국어 듣기 문제를 풀다가 초반부에 막히는 문제가 나오면, 그 한 문제를 생각하다 다음 문제까지 듣지 못하는 경우가 있다. 맞힐 수 있는 문제까지 틀리는 불상사가 발생하지 않도록, 한 문제를 포기하는 한이 있더라도 다음 문제는 놓치는 일이 없도록 하자.

답안지는 시험 종료 10분 전까지만 바꿀 수 있으므로 여유를 가지고 작성하도록 한다. 시험 종료 3분 전에 답안지를 작성하다가 틀리면 돌이 킬 방법이 없다. 종료 15분 전에 어느 정도 답안지 작성을 끝내는 게 좋 다. 그러므로 종료 시간을 앞두고 한꺼번에 답을 체크하기보다는, 답이 확실한 문제는 바로 체크하는 것이 좋다. 그리고 답이 확실치 않은 문제 는 남겨 두었다가 다시 한번 살펴본 다음에 체크하는 것이 현명하다.

그리고 쉬는 시간에 다른 친구들과 시험에 대한 이야기는 하지 않도 록 한다. 시험을 못 본 것 같다고 이야기하면 기분만 더 상할 뿐이며, 잘 본 것 같더라도 결과가 나오기 전까지는 알 수 없는 일이다. 게다가 그 러한 마음이 들면 괜히 우쭐해져서 다음 시험에 집중하지 못할 수도 있 다. 따라서 화장실만 조용히 다녀온 뒤에 마음을 정리하면서 다음 시험 을 준비하도록 하자. 점심시간에도 친구들과 많은 이야기를 나누는 것 을 삼가고, 확실하지도 않은 일로 흥분하거나 실망하지 않도록 하자.

일례로 수능을 치렀던 한 후배는 언어영역을 망쳤다고 생각한 나머 지, 다음 시험에 집중하지 못해서 다른 시험까지 망쳐 버렸다. 그런데 나중에 알고 보니 그 해 언어영역이 매우 어려워서 다른 친구들과 비교했을 때 그다지 못 본 것이 아니었다고 한다.

이처럼 시험의 난이도가 해마다 다르고, 점수가 나오기 전까지는 어떤 결과가 나올지 모르므로 괜히 들뜨거나 실망할 필요는 없다. 따라서 중간에 시험을 못 본 것 같더라도 마지막까지 최선을 다하는 것이 지혜롭고 현명한 일이다. 끝까지 집중해서 최선을 다한다면, 그래서 자기 실력을 마음껏 발휘한다면, 그것으로 이미 절반의 성공은 거둔 것이다.

Epilogue

책을 통해서 누군가를 만나고, 생각을 나눈다는 것은 정말 가슴 설레는 일이다. 더구나 내 이야기가 그 사람의 삶에 조금이라도 도움이 될 수 있다면, 더더욱 영광스러운 일이라고 생각한다.

고등학교 3년을 함께할 수 있는 책을 쓰고 싶다는 마음으로 《지혜롭게 공부하는 비결》을 썼다. 힘들고 공부가 잘 안 될 때, 공부하는 방향을 잃어버렸을 때, 무엇을 어떻게 공부해야 할지 알고 싶을 때 찾게 되는 그런 책 말이다.

그런데 이 책을 써야겠다고 마음을 먹고나자 막막함이 가장 먼저 다가왔다. 어디서부터 어떻게 이야기를 시작해야 할지……. 오랜 시간을 고민한 끝에 무엇보다 솔직하고 진실되어야 한다는 생각에 이르렀다. 진실된 이야기만이 듣는 이들의 마음을 열 수 있고, 그들을 올바른 길로 이끌 수 있기 때문이다. 그러자 결론이 나왔다.

'내 이야기를 쓰자! 내가 좌절하고 실패했던, 그러면서 점점 발전해 나아갔던 경험들을 보여준다면 이 글을 읽는 친구들은 나와 같은 실수를 되풀이하지는 않을 것이다.'

그리하여 지금까지 여러분에게 나의 고등학교 3년을 소개한 것이다.

나는 내 고등학교 생활이 완벽했다고 생각하지 않는다. 지금 생각해 보면 하나를 얻느라 다른 것들을 잃기도 했고, 또한 이렇게 했으면 더 좋았을 텐데 하는 아쉬움이 남는 것도 사실이다.

그런데도 나는 고등학교 시절의 내가 정말 자랑스럽고 대견하다. 왜냐하면 힘든 가정 상황과 끊임없이 떠오르는 부정적인 생각 속에서도 끝까지 참아내고 최선을 다해 노력했기 때문이다.

내가 원하는 결과를 얻어낼 수 있었던 건 그 힘겨움과 어려움들을 묵묵히 견뎌냈기 때문이라고 생각한다. 그것은 내 능력이 특별히 뛰어나서가 아니다. 반드시 내가 해야 할 일이라고 믿었기 때문에, 견디기 힘든 상황 속에서도 이를 악물고 버티고 참아냈던 것이다.

공부를 즐겁게 하는 순간도 분명히 있을 것이다. 그러나 3년 내내 즐겁게만 공부할 수는 없다. 어쩌면 승리하는 것, 꿈을 이루는 것은 누가 잘 참고 견뎌냈느냐 하는 것으로 결정되는지도 모른다. 힘들이시 도망치고 싶어도, 놀고 싶어도 그 유혹에 넘어가지 않고 이겨낼 때 원하는 결과를 얻는 것은 물론, 좀더 성숙해진 자기 모습을 발견할 수 있을 것이다.

아직 늦지 않았다. 여러분이 몇 학년이든 상관없다. 지금부터 시작하면 된다. 해보고자 하는 사람에게 이 책은 작은 버팀목과 동시에 좋은 길잡이가 되어 줄 것이다.

이 책은 결코 한 번 보고 버리는 책이 아니다. 끝까지 읽은 뒤에도 공부하다가 다시 찾아가면서 마음을 새롭게 하고 공부하는 방법을 재정립할 수 있는 책이다. 이 책을 동반자삼아, 친구삼아 가장 의미 있고 보람된 고등학교 시절을 보내기를 바란다.

여러분의 성공을 간절히 기원한다.